小说集

一匹被扯开了线头的布

卢涛 著

天津出版传媒集团

百花文艺出版社

图书在版编目（ＣＩＰ）数据

一匹被扯开了线头的布 / 卢涛著 . -- 天津 ： 百花
文艺出版社 ， 2024.2
　　ISBN 978-7-5306-8697-3

　　Ⅰ．①一… Ⅱ．①卢… Ⅲ．①小小说－小说集－中国
－当代 Ⅳ．① I247.82

中国国家版本馆 CIP 数据核字 (2024) 第 041520 号

一匹被扯开了线头的布
YI PI BEI CHE KAI LE XIANTOU DE BU

卢涛　著

出 版 人 : 薛印胜
责任编辑 : 赵世鑫
装帧设计 : 吴梦涵
出版发行 : 百花文艺出版社
地址 : 天津市和平区西康路 35 号　　**邮编** : 300051
电话传真 : +86-22-23332651（发行部）
　　　　　　+86-22-23332656（总编室）
　　　　　　+86-22-23332478（邮购部）
网址 : http://www.baihuawenyi.com
印刷 : 三河市华东印刷有限公司
开本 : 880 毫米×1230 毫米　1/32
字数 : 207 千字
印张 : 10.5
版次 : 2024 年 2 月第 1 版
印次 : 2024 年 2 月第 1 次印刷
定价 : 58.00 元

如有印装质量问题，请与三河市华东印刷有限公司联系调换
地址：三河市燕郊冶金路口南马起乏村西
电话：19931677990　邮编：065201

目 录
CONTENTS

小·调

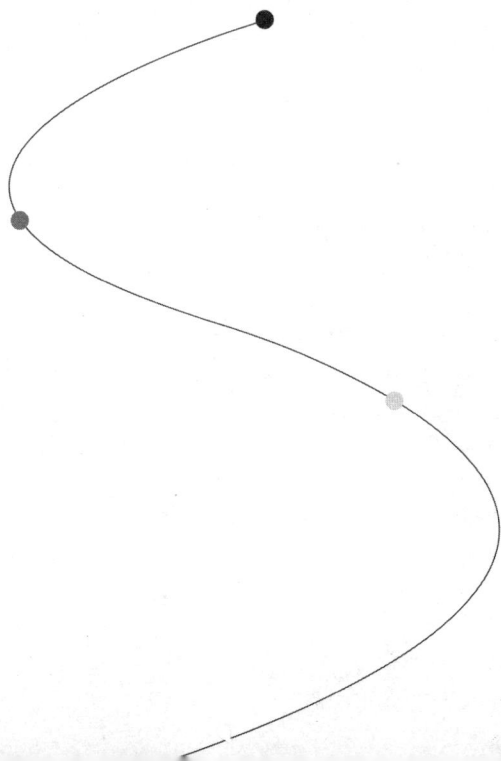

手指

这是一双男人的手。

粗大的手指关节像竹笋老根一样膨胀着。相比之下，关节之间的皮肤反而有着不应该的精致。伸出的食指不费力气地轻轻往上一挑，就把阿水递过去的透明塑料袋钩了过去。袋子里装着香喷喷的桂林米粉，早上四点就开始熬的高汤正透过打结疙瘩的空隙漫出热气。

阿水循例顺着对方的手指，抬高了视线，微微弯腰，隔着玻璃挖出的一尺见方的小窗洞，说："二两切，七块，小心烫。"

阿水是这间米粉店的门面，人机灵口条又好。阿水长得憨，小鼻子小眼睛，配上厚厚的嘴唇，中间还夹着一个长长的人中。他大大的招风耳居然还会动。闲暇的时候，常有熟客开玩笑让阿水表演这一"绝技"。阿水可以在右耳上下动的同时，让左耳前后动，似乎是有两个奇怪的开关在控制他的耳朵一样。有人说让阿水去申请吉尼斯世界纪录，阿水笑着摸摸自己刚剃的平头，没吱声。他心想，还吉尼斯世界纪录？吉尼斯能来这儿？谁在乎这个犄角旮旯的臭小子？

阿水在米粉店做了快三年。他的工作就是从他身后的长着半个脸雀斑的麻姐手上，接过烫好的米粉，然后麻利地在十秒钟之内，把摆在他面前的十几种配菜根据食客的需要添加好，再透过小窗洞递给他的"上帝"。叉烧、爽口、脆皮、粉肠、牛腩……阿水手边这几个盛着各种各样的配菜的菜盆，规规矩矩地紧挨着。龙城是一个依赖米粉生存的城市，早餐如果不吃上一碗米粉，大多数人会感觉浑身痒痒不自在，最难过的是那个没有被汤水填充的肚子。米粉店开在老社区旁边，很多人都是相识多年的老食客，店里生意一直不错。最忙的时候，阿水要和六百多个手指打交道。

眼前这个中年男人，阿水不太熟悉。阿水不太记得食客的样貌，倒是记得他们的手指。这个人的食指有点变形，向外倾斜的手指头有点歪，似乎是骨折后变形的结果。因为奇特，阿水也就不经意记住了。

这个男人每次来，总是要两碗米粉。一碗在店里吃，另一碗带走。客人一旦要把米粉带走，麻姐就要先拿起放在橱柜旁已经提前装好塑料袋的小圆盆，装上烫好的米粉之后再递给阿水。

这个男人来的时间不太固定。有时候是中午，有时候是傍晚。也从来不见他和身边的谁聊天。他总是端着一碗一两素的米粉，加上一大勺飘着红油的辣椒，低头吃。他吃得很

一匹被扯开了线头的布

仔细，往往连汤水都会一口咕噜喝完。吃完之后，好像是得到了释放一样，他会静静地坐一会儿，抽一口烟，然后再缓缓地回到取粉处，用他变形的食指钩上一碗打包好的米粉，慢慢地踱出门口。

吃完打包的人实在太多，阿水也不一定都记得。这个男人在打包另一碗的时候，一定会加上一句"麻烦多放点叉烧"。刚开始阿水听到这话，还很不高兴：多放叉烧？你以为我们这里是肉店呀？要吃肉自己买去啊！当时，阿水还极不屑地撇撇嘴，极力掩饰自己想要脱口而出的回呛。只是用拿着勺子的右手轻轻地象征性地抖一抖，把香酥酱红的叉烧肉片零星而可怜地洒在粉汤里。老板曲哥讲了，要学会抖一抖。要抖得有技术含量，让客人以为你已经加了肉，但其实没有。

阿水是门面的技术骨干，总可以用本该配一斤米粉的肉片配出一斤八米粉的效果。这一点，曲哥多次在收工后的员工总结时表扬他。阿水很是得意。

可这个男人的表情却让阿水忘不了。那人直勾勾地盯着阿水，好像要吞下阿水的勺子一样。阿水有点害怕，又有些奇怪。这个男人自己吃素粉，却总是要打包一碗肉粉。他要给谁？从来没有见他和别人来过。既然他要打包带走，那个等他打包的人为什么不能和他一起来吃？

太多的问号，容易让人头昏。阿水可不想想太多问题，就像他不想读书一样，头会昏。初中毕业之后，阿水就和其他乖巧读书的同学分道扬镳了。从小他就不是读书的料儿，因为讨厌读书写字，以前小时候没少被阿妈打。他阿爸不会打他，只会用冷冰冰的眼神瞪着他，丢下一句：不读书，就去给我赚钱，回来讨老婆。他和其他小兄弟曾经坐在村子前面的田埂上咬牙切齿地发誓，一定要赚够一辆摩托车的钱。在阿水和伙伴们的眼里，摩托车实在太帅了，骑摩托车的人都是自带翅膀的神。隔壁家的黑狗哥，去了广东两年，骑回来一辆黑亮的摩托车，那轰鸣的响声好像一服春药，激荡着他们的耳膜和内心。

米粉店这个工作，是阿水的第二份工作。之前他去过堂姐在县城开的桑拿店，当前台小弟。那工作他可干不了，因为桑拿店里的姐姐们都把他当猴耍。她们故意穿得跟妖精一样，晃着一对乳房向他走来，围着他要他表演耳朵会动的绝技，然后咯咯咯地笑。

阿水还是很单纯的。他不喜欢这种脸上摆明要钓凯子的女人。阿妈说，这种拐（方言，女朋友）不能要，要了会败家的。后来，是他堂哥的同学——曲哥，说他店里缺一个传粉工。钱虽然不多，但胜在能到城里多见点儿世面。阿水就来了，一干就是三年。

阿水每天要和很多手指触碰。他真心想记住的，恐怕是那只白嫩的透出清晰毛细血管的手指。手指的主人是一个二十岁左右的女孩。她和她的手指一样漂亮。她倒是不经常在饭点时间来。只要她一走进粉店，几乎所有人都会不自觉看她一眼。因为她很白，白得像是混血儿一样，有种沉默的颓废。她也经常打包，因为总是背着一个大画夹，阿水判定她是一个附近学美术的大学生，有时候她的食指手指甲里会有残留的洗不净的颜料。有时候是红色，有时候是黄色，因为她手指很白，所以任何颜色的出现都会显得特别突兀。

不知道是不是学艺术的人都时常迷糊，她的神情经常放空，好像等待的不是吃的。在阿水的眼里，吃东西是多么开心的事情，更何况我们家曲哥米粉，可是附近方圆几里最有口碑的招牌。怎么能对吃那么随便呢？阿水忍不住要替女孩操心。

女孩的画夹像个巨大的贝壳，把瘦瘦的主人包裹住，更加显出女孩的柔弱。阿水每次在递米粉给她时，都被她纤细手指的温度吓一跳。难道女孩的手就是这么冰凉吗？他没有摸过其他女孩的手。他阿妈的手因为总是干农活儿，早就被厚厚的皮茧塑造成了肉火炉。记得以前小时候，冬天夜里，阿水说冷，阿妈就一把将他的脚丫子捂在自己的手里，摩擦一会儿，就暖暖和和的了。

阿水每次都会不自觉地给女孩多加一点儿肉。手同样是抖，但是抖的幅度却更大些，让油光可鉴又酥软的叉烧多几块落下来。女孩每次都很有礼貌地说："谢谢。"

尽管和那白皙的手指仅有零点一秒的触碰，已经让阿水颤抖不已。要是女孩几天没来，阿水就会悄悄地往店门口望。不知情的麻姐还以为他想要提前开溜下班，常常用严肃的语气询问他："阿水，你想出去撩妹啊？"不敢说出心事的阿水只好蔫蔫地有一搭没一搭地把手里的勺子舀向那些早早被决定命运的肉片。

这天，中年男人和女孩竟然破天荒地同时来了。阿水在一瞬间便感到了一种不同寻常的低气压笼罩在这个小小的十平方米小店。男人付的钱，一碗一两切素粉，二两切肉粉。男人堵在前面，用那个变形的食指和大拇指从咖啡色方格钱包里拈出一张崭新的二十块。女孩跟在那人背后，没有吱声。她还是照例背着她的画夹，军绿色的外壳上裹着几点湖蓝色的颜料，像村子里天气好时天空的颜色。

阿水好奇地望向两人，怎么他们一块儿来了？

男人还是端着一碗打好的素粉，不忘向阿水说："麻烦多放点叉烧。"

阿水的右手抖着，抖着却有点不自然。难不成每次要加肉的米粉都是给女孩吃的？边想着，差点就把手边的装葱花的盆子打翻了。女孩这回是用双手捧住了米粉大碗。拇指的指甲上还是残留着几点颜料。

"谢谢。"还是礼貌地道谢。女孩端起米粉，和那个中年男人坐在了一起。狭小的长条桌子，被两个人面对面地夹着，加上大大的画夹，显得有些拥挤了。好像不需要语言，这两个人沉默地吃着米粉。女孩低头嘬着扁平的米粉时，阿水看见那个男人停下吃粉望向女孩的眼神。那奇怪的眼神很复杂，好像他阿妈看自己的眼神。

女孩手指细细的，捏着筷子的关节因为用力而显得青白。这两人也不说话，吃完了，就直接起身走了。男人手里依然点着一支烟。

阿水看着那一高一矮的背影，心里有些烦闷。

借口要上厕所，阿水躲开了麻姐的唠叨，有些心神不宁地跑到后门巷口去抽烟。阿水的烟瘾不大，是跟着黑狗哥他们一起去圩日里闲逛才学会的。他们两个怎么会是一起的呢？他怎么也想不通。阿水突然觉得自己很蠢。两只勺子在他脑子里好像要打起架来，一只勺是抖得少的，一只勺是抖得多的，好像是他会左右开弓分开运动的耳朵一样诡异。可怜的肉片，就像甩不开的疑问，统统黏在了一起。

丢掉烟头，阿水拍拍自己酸胀的后颈窝，准备要回店里。

这时，他听到走出店里的几个熟人，正在大声说着："你没看见，刚才那对父女？女儿高考时要学美术，老头儿不同意。女儿用美工刀砍断了老爸的手指，自己也疯癫了。现在一到发病的时候，她就背上画夹，到处走，还以为自己是真的大学生呢。"

"啧啧，真是可惜……"有人摇头。

说不上为什么，阿水突然觉得有点眩晕。好像男人那变形的手指和女孩白皙的手指都同时向他伸过来，隔着那个一尺见方的小窗洞……

英娘

鸡死了，是方块三弄的。

很多年之后，我依然记得梁阿远跟我说这句话时，直勾勾地盯着半空的眼神。他扯着白布条的手指，因为用力而泛红。白布条很快将被写上"大人千古"的字样，郑重其事地被挂上吊脚楼的房梁。

都什么时候了，还记得你那些鸡！我一向不喜欢听人诉苦，想要试图打断梁阿远的回忆。

为什么不？梁阿远反问我。天色的昏暗可以有效地掩盖我的不耐烦，我没有回答他。

不远处，戴着白色麻布高帽子的人们，正在有条不紊地操持着关于葬礼的一切。吹唢呐的队伍中，没想到居然有个女人。那女人，身形魁梧，有着男人一样的肩膀，她手上的唢呐则显得小巧玲珑。

不知道英娘会不会嫌我们太吵？我脱口而出的问题，把我自己也吓了一跳。

她是真的喜欢安静。梁阿远没有介意我的冒失，他点起了一支卷得长长的水烟，接上了话茬。

我家那时就只有四只鸡，两大两小。你知道吗？每天我都会去鸡笼里数数，两大两小。我那时好像才六岁，屁大的孩子啥也不懂，就懂得去数两大两小。要是老母鸡下了蛋，英娘就把蛋稳当当地码起来。怕被我碰坏，还特地放在高一点儿的地方。她以为我个子小，肯定偷拿不了。

梁阿远笑了笑。其实，我偷偷拿过，还不止一次。

梁阿远告诉我的，不仅仅是他和鸡的故事，还有他和英娘的故事。

英娘是梁阿远的奶奶。在小东江这个千年的苗寨里，英娘几乎是在寨子里待的时间最长的人。嫁过来的外姓女人，一般都不会有名字。她辈分上的排字是英，时间长了，大家都叫她英娘。

英娘脾气好，手脚麻利，农活儿干得不比男人差。梁阿远长得和英娘很像，都是眼窝深邃的实在人。

不是我吹牛，英娘打过野猪。梁阿远挑起眉，看着我。

在我印象中，英娘只不过一米六的个头，瘦弱单薄。怎么可能？我压根儿不准备把这事记在我的本子上。

我也不信，那是寨子里的老人说给我听的。梁阿远低头吸了一口烟，说了起来。

四周都是竹林，茂密得让人喘不过气的叶子萦绕在山间。英娘背着竹筐上了小东江的后山。那时距离她唯一的儿子掉下悬崖，只过去了短短一年。梁阿远的父亲梁顶天是摔死的。为了把山上的水引到寨子里来，梁顶天参加了水利队。没想到路滑山陡，梁顶天连同拖拉机一起翻下了山谷。没多久，梁阿远的妈妈跑回娘家再嫁他人，从此不见踪影。

英娘没有盼来能通到家里的自来水，却等来了一个冷清的家。还好有鸡，有竹林。中年丧子的英娘还是像一个男人一样干活儿，把梁阿远慢慢带大。

那天上午，英娘如平常一样上山，却在草丛里隐隐约约地看见了一对獠牙。最开始，她以为是自己眼花，可是那尖锐的牙在动。伴随着强大的呼吸声，一个庞大的身躯歪歪扭扭地站立起来。英娘忘记了害怕，本能地把背后竹筐里的砍刀抓在手上。

她的手也在颤抖，和她的身体一样。她不敢确认自己有力气可以转身逃跑。

那个庞然大物从草丛中豁开一道口子，露出了布满血丝的眼睛。英娘从来没有在这么近的距离看过这样的眼睛。黑褐色的瞳仁，透过眼周旁浓密的鬃毛，望向她。

竹林里的风，似乎凝固了。一个女人和一头野猪，彼此对望，不知过去了多久。

搏斗是必然的。我猜想英娘是用了平生最大的力气，将那把砍刀砍向朝她冲过来的身影。锋利的刀，因为插进了被鬃毛覆盖的肉而变得更沉。

幸运的是，那是一头被猎人下了套受伤的野猪。它一边咆哮一边甩动它硕大的头。英娘顾不上看它伤口流出的血，就往山下奔去。

再后来，我们寨子的每一家，都分得了一块野猪肉。梁阿远咂吧了一下嘴，好像在回味那块肉的鲜美。

有人问英娘，当时不怕吗？

怕有什么用？英娘淡淡地答。英娘不是那种用撕心裂肺的方式来表达情感的女人。就算是她的鸡死了，她也没有哭。

方块三说他不是故意的，我不信。梁阿远还是记得他那天去鸡笼数数的时候，四只鸡，两大两小，都齐刷刷地扑倒在地上。老母鸡的屁股下，还有一只沾着粪便的新鸡蛋，朝气蓬勃地面向他。

方块三给全寨子的人卖饲料。只是他没有想到，他这一次卖的是假饲料。他把全寨子的人都给坑了。英娘的鸡，也成了牺牲品。

从那个时候起，梁阿远就打算做一个不坑人的人。最终，他真的走出小东江苗寨，读了大学，成了寨子里不多的文化人。

英娘也老了，和她所在的这个苗寨一样，快速地在年岁里衰老下去。

如果不是因为我要给文联采风，我也不会在这个山里拍到坐在吊脚楼门口的她。如果不是走进了这个小屋，我也不会和梁阿远成为每隔一段时间，就要相约回小东江聚聚的朋友。

我给英娘拍的第一张照片里，苗族特有的银饰把英娘布满皱纹的脸衬托得很有艺术感，每一道沟壑好像都在告诉我过去的故事。

当我和梁阿远坐在木制的小板凳上，喝酒、抽烟、吹牛的时候，英娘就在一旁安静地用火钳扒拉火盆里的红色炭块，让火在冬天烧得更旺些。

英娘的葬礼上，方块三也来了。很多年之后，当时年过六旬的他围着英娘的棺椁默默抽泣的样子，依然让我记忆深刻。

至于梁阿远有没有原谅方块三，这个问题，我就不知道答案了。

一匹被扯开了线头的布

疯人院要搬迁

疯人院要搬迁了。这个消息一传出来，整个新东区的街坊们都沸腾了。快有二十年了吧，疯人院已经快成为新东区的标志。在街坊邻居平时吵嘴的时候，保不准有人回一句恶狠狠的话，我看你是新东区出来的，还不快滚回去！

乔鹭对这个消息并不感到欣喜。疯人院要搬到更大更宽敞的地方，这意味着乔鹭上下班的时间将平白无故地增加两个小时。别小看这两个小时，乔鹭能够做很多事情，比如给小梨子梳好辫子，给小梨子炖好鸡汤，给小梨子讲几个灰姑娘和王子的故事。

小梨子是乔鹭的女儿。对于一个单亲妈妈来说，工作单位的搬迁将会直接导致生活各方面成本的提高。

疯人院里的疯子，才不管这些。他们只会目光呆滞地静坐，或者走来走去，又或者抱着一个破烂不堪的布娃娃假装给她喂牛奶。院子里的空气总是显得凝固而令人窒息。

但是土爷不会这样。土爷是所有病人里面最有文化的一个。没犯病之前，他是市里眼科的骨干医生。可往往医者不能自医，土爷最后还是被送到了这里。

小梨子最近好一点儿了吗？土爷慢条斯理地问，眼睛往帮他打针的乔鹭瞥了一眼。乔鹭把手中的针筒往上挤了挤，然后拍拍土爷瘦骨嶙峋的左手手背，温和地回答，好一点儿了。她最近总觉得自己能看见星星。

这是正常的病理反应，视网膜血管硬化之后，会出现幻影。土爷严肃地说，全然没有察觉自己手臂被扎针的疼痛。快七十岁的老头儿，眼窝深邃，道骨仙风，加上下巴下面一小撮白色的长胡须，颇有些大师风范。

是啊，做了检查，医生也是这么说。对了，忘了您就是最好的医生。乔鹭朝土爷笑笑。土爷点点头，继续用右手画着手上的画，沉静得像水一样。

乔鹭悄悄地离开了土爷的床位。土爷是知青，在某个兵团待了好长时间。听土爷自己说，他小时候特别喜欢画画，后来因为在农村没什么可看的书，他把一本人体解剖学的课本，画得滚瓜烂熟。再后来，恢复高考之后，他就顺利地考上了医学院，当了医生。至于为什么要选眼科，土爷没说，乔鹭也不敢问。

相比其他的患者，土爷是最容易照顾的，乔鹭有时候甚至会忘记他是一个病人。在某个天气晴朗的下午，乔鹭会和土爷一起聊起她的生活，聊起她的小梨子。

小梨子的出生，是乔鹭最值得炫耀的事情。虽然那个软弱的男人，再也没有出现在乔鹭的生命里。乔鹭会把小梨子画的小房子小草地还有小花园拿给土爷看。画虽然幼稚些，但那是小梨子画的。

因为怀孕的时候，营养不够，小梨子的视力天生有些问题。可是这不妨碍小梨子把自己看到的世界快乐地画进她的画里。乔鹭把画拿给土爷看，土爷有时候会在小梨子的画上，随手添上几个有趣的小人偶，乔鹭拿回去，也能把小梨子逗得哈哈大笑。这一老一小，依靠着画一来一往，倒也建立起了深厚的感情。

土爷没有亲人，乔鹭看过他的病历卡，联系人一栏留着的是土爷原来单位的电话号码。他的家人呢？乔鹭心里总留着一个挥之不去的疑问。

这天晚上，乔鹭值夜班。她刚刚把那个难哄的抱着布娃娃的病人安顿好，经过土爷的病房，只见土爷从病房门口神秘兮兮地探出头来，乔护士，你今天值晚班啊。

对啊，土爷，您还没有睡啊？

没睡没睡，我以为今晚不是你值班。

医院要搬迁了，我这几天都在整理东西，所以今天晚上调了夜班。乔鹭回答。

搬了也好，这里空间太小了。

搬了就远了，我没法照顾小梨子了。可能……我就转去社区医院了。乔鹭说这话的时候，竟然有点不忍心。

你不跟我们一起搬啊？土爷的声音变得有点颤抖。

嗯，土爷，您放心，还有其他医生护士一起搬过去的。

乔鹭说话的底气越来越不足了，因为她看见了土爷眼里升腾起湿润的雾气。

乔护士，如果我的女儿还活着，她可能比你年龄还大一些。只可惜她还没机会做妈妈，她就不在了。土爷本来就低沉的声音，更加让人惆怅。

土爷，对不起，我不知道您女儿的事。乔鹭有点不知所措，她不想触碰到土爷内心的伤口。毕竟，每一个人心里的疤，都流淌过生命的痛苦。

我还等着小梨子给我画呢……土爷喃喃自语地回到了寂静无声的病房。

按照惯例，上完夜班之后，乔鹭能休息一整个白天。等到第三天，乔鹭再回到医院的时候，土爷躺在了病床上。

这老爷子又疯了，一个晚上不停地画画，只画女孩子的眼睛，怎么劝也不听。身旁的护士小声地议论着。

被土爷随意扔在墙角的白纸，横七竖八地躺着。每一张上面都有一双水汪汪的眼睛，清澈纯净的眼神，美丽又神秘。

土爷的女儿是瞎子，这是土爷上大学之后才知道的。那年，他和老乡家的一个女孩私订终身，却被女孩的爸爸断然拒绝了。在他考上大学之后，女孩偷偷生下了土爷的女儿，谁知小婴儿竟然是先天性眼盲。家里觉得这是天大的丑事，毫不怜惜地把这对母女匆匆许配给了山坳里的老光棍儿。性子烈的女孩受不了，没过多久，就带着女儿跳了崖。

而这一切，让土爷愧疚了一辈子。后来，土爷从医学院

————————————— 一匹被扯开了线头的布

毕业，做了眼科医生。他一犯病，就会不停地画画，画眼睛——画那个女孩的眼睛，画那个小婴儿的眼睛。

在土爷的心里，也许保留着他未曾谋面的女儿的样子。这个样子也许慢慢地和乔鹭重合，和小梨子重合……

疯人院如期地搬迁了。搬迁典礼上，土爷的画作，被精心装裱起来，摆在了医院大堂最显眼的位置。

乔鹭正在静静欣赏着最后一幅画作：一个老爷爷和一个小女孩正在树下认真地画画。作者署名赫然写着土爷和小梨子。

不远处，土爷正在朝她走过来，正冲着她咧开嘴笑。乔鹭也微笑地朝着土爷和那一群病人走去……

古榕酒香飘

　　远远地望过去，黑暗里只有看不见的宁静。四周的山丘似乎凝固了。这是 1939 年的夏天。

　　砰砰砰，阿九的心跳得厉害，他把挡在他身前的杂草往右边拨了拨，顺势把肩膀上的扁担往上颠了一颠。脚底下踩着的泥土仿佛一根黑色的绳，绑住了阿九疲惫的神经，但是阿九似乎忘记了自己已经不停歇地走了大半天。

　　阿九只想着，还有大半个时辰，走过前面那个渡口，再转一个弯，就进城了。进了城，就能看见小篮子了。

　　小篮子最喜欢仰着头，步履蹒跚地朝阿九跑过来，口齿不清地叫着"哥，哥……"　阿九还记得把狗尾巴草往小篮子的脖子后面挠一挠，小篮子会一边哭一边笑，扭着头抗议，"哥……哥，坏……坏"。阿九会刮刮小篮子的鼻子，取笑她："你这个小娃崽，又哭又笑，黄狗撒尿。"

　　阿九的家前面有一棵大榕树。从小就听老人家说，那是

　　　　　　　　　　　　————————————————一匹被扯开了线头的布

古榕精，就算活了几百岁，还是那样郁郁葱葱。在那片古榕树的绿荫下，小篮子会拉着阿九的大手，围着大树脚转圈圈。这条街的街坊阿伯，会摇着蒲扇，吸着水烟，围在一张不知年岁的石桌旁下象棋。妇女们会在这里择菜、聊天。有些泼辣的新媳妇，会不避讳地敞开胸膛，大咧咧地奶孩子。在这个南方的小城里，看上去平静的生活会让阿九忘记了战争的存在。

天上的飞机，这几天越来越多。原本湛蓝的天空，会被这些坏东西拖着尾气污染得不成样子。阿九的师傅才叔，曾经望着天上飞过的那些黑家伙，往地上吐一口口水，然后咕噜咕噜灌进大口大口的桑葚酒。

不知不觉就走过了渡口，原来还算繁华的码头一片死寂。以前停泊在这里的小货船，早已不见踪影，只留下呜咽的柳江河水在静静流淌。

再往前走，就进了城门。虽已是深夜两点，可沿街的骑楼却依稀有着灯火。阿九定睛一看，那些在黑暗中隐隐约约的灯火竟然是一盆盆纸钱燃烧后发出的光亮。原本宁静的空气中传来了高低起伏的悲戚的哭声，在寂静的夜中，显得悲凉而又凄清。

再往前走，阿九看到了大榕树，它还在。

可是，它憔悴了。原本舒展到天空的枝叶，如今只剩下光秃秃的躯干。树脚下一片狼藉，石凳石桌东倒西歪。触目惊心的一摊摊红色印记，像诅咒的符号一样刻在地面上。

"快点儿走，别停下，"身旁一个声音打断了阿九的思绪。

一个穿着黄色军装的人，恶狠狠地说。

阿九没出声，默默地把扁担拽得更紧了。扁担挑着的是才叔的毕生心血。

阿九是才叔的关门弟子。才叔的桑葚酒，是方圆几十里最好的。全城最古老的酒曲，到才叔这一辈已经传了三代人。早些时候，进城的日本人知道了才叔的桑葚酒。听说小司令山本五太郎特别好酒，所到之处总喜欢搜罗各地美酒。今天上午，他派了一个小分队去了位于城郊的"才叔酒坊"。

阿九眼见着才叔被日本人用锋利的刺刀抵着胸膛。平日颇有些骨气的才叔却一反常态地卑躬屈膝。看着才叔脸上那谄媚得快要垂到地面的胡子，阿九心里有说不出的厌恶。才叔把埋在地下快十年的酒坛子麻溜利索地挖出来，打包装车。才叔说："长官，这都是我酒坊里最好的酒，您拿回去给太君，好好尝尝。"

连同阿九在内的所有伙计，都为才叔的不争气愤怒着。阿九气鼓鼓地把手里装酒的大勺"扑通"扔在了老窖池旁。

才叔向阿九眨眨眼，把他叫到了身边，耳语了几句。

没多久，才叔和阿九就被日本兵押着往城里走，连同满满一车的酒坛子和阿九扁担上那一筐老酒曲。

…………

几年之后，城郊的墓园里常有人来祭拜在战争中被日本人残害的亲人。每逢清明，人们总会看到一个女孩和一个青年男人站在一块石刻的墓碑前。两人肃穆地伫立着，一动不动。

"小篮子，阿九，又来看才叔啊？"有相熟的人问道。

小篮子转过头冲着人们笑笑。阿九在心里又回忆起了那个熟悉又遥远的故事……

在才叔把酒曲带到日本人的军营之前，他找了个借口把阿九支开。山本五太郎犒劳军队的盛宴正在进行，军营里的大部分人都在纵情狂欢，氤氲的酒香散漫在整个营房的上空。但没过多久，只见军营里传来一声巨响，随后火光映天，哀号声四起……

阿九仿佛又听到了才叔那天在他耳边轻声说的话："我在酒坛里放了白磷，只要温了酒，就能让这帮王八蛋全部上西天。阿九，记住，一定要活下去，你要把我的酒坊传下去。"

小篮子拉拉阿九的手："哥，想什么呢？"

阿九摇摇头，定定地望着远处的山丘和初露的霞光。

那棵古榕树依旧立在那排骑楼前，仿佛空气中飘来了熟悉的桑葚酒香。

现在，已是 1945 年的夏天了……

为怨青山不葬愁

眼前那条狭长的巷子，在昏暗的街灯下安静地睡着。青石板的路面，倒映着东门骑楼的脊背。沿街的店铺都关上了门，从门缝里隐隐约约透出屋里的灯光。

我摸摸脖子后面的皮肤，感觉凉飕飕的。那条黑亮的大辫子被我用剪刀"咔嚓"剪掉了，昨天阿姆还在家里大哭了一场。

在阿姆面前，我没有哭。可是刚刚在他面前，我却控制不了自己。我哭了，我也不知道为什么。是委屈？是恐惧？还是担心自己不够勇敢？

他不一样。他是勇敢的。

他是芸生。

刚刚在粤东会馆的后屋，我听到芸生和他的同志们说的那些事情，罢工、罢课、游行……方形的木板桌子，煤油灯忽明忽暗。屋里的青年人，时而起身从凳子上蹦起来，时而

——————————— 一匹被扯开了线头的布

激动地挥舞拳头，时而相互对望着沉默。我记得芸生那双眼睛发出来的光，好像要把周围的黑暗都撕裂开来。窗外，1926年的月亮在冬夜的天幕上，俯瞰着这一切。

他们陆续走了，只剩下我。

这个时候，他好像才看见了我的后脑。怎么了？剪辫子了？他一边问，一边收拾着桌面的茶碗。

我的眼泪是滚出来的，像是没有闸门的柳江河水。

秋帆，你不要哭。芸生抬起头，凝神看着我。你这样很好看。

我才没有哭。我把头撇过一旁，故意不看他。我阿姆才哭得厉害呢。

秋帆，你可知道，这辫子是该剪的，女孩子就应该反抗。你阿姆不懂。这个封建的东西把我们压迫了多少年？！

那以后演话剧，我没有辫子了，怎么演你的女伴？我心事重重地问。

傻秋帆，以后革命不只是演话剧，我们还要下农村，要搞武装。

在四中的女学生里，你是有这个觉悟的。我相信你可以。芸生笑着对我说，他的笑容温柔地散在室内的光晕里。

我的本名叫丽华。秋帆，是芸生给我起的名字。

做了一辈子的陈家米铺生意，我爹爹没有想到有一天自己女儿的名字会和陌生男人的名字出现在"白头帖"上。四中附近的东门巷子，到处可以看见那些白色的小字报。

我刚开始并不知道芸生负责柳州八属的党务工作。芸生总是一副沉稳儒雅的模样。他口才极好，站在人群中演讲的时候，他永远是最挺拔的那一个。

十七岁的我只是跟着国文老师去了夜校，教不识字的街坊描红、写字。有时候客串话剧角色，演送郎北伐的戏份。有时候还扛着旗子走在游行队伍的最前面。

我养你这么大，不求你多有出息，最起码清清白白地嫁一个好人家。你说，你和那个张芸生到底怎么回事？愤怒的爹爹顺手把他最喜爱的青花瓷花瓶打翻在地。

爹，芸生他们在做一件大事。他们要造出一个新世界，我想……我想出一份力。

你是个女孩子，你不要被别人带偏了。

爹，女孩子怎么了？女孩子就要听天由命吗？隔壁家的阿秀，十四岁就被许配给杂货铺的麦少爷。可是阿秀哭着对我说，她想上学，她想读书，她不想嫁到麦家当小妾。

女孩生来就是要嫁人。不要惹这么多事！爹爹横着脸说。

爹，我就算嫁，也要嫁给芸生。否则我就一辈子不嫁人。

你……

爹爹被我气得一屁股坐在了太师椅上，浑身颤抖。

芸生来提亲的时候，是淋着雨来的。那天，下起了那年冬天最大的一场雨。我家骑楼前面的台阶溅起了大大小小的水花，涟漪一圈圈的，煞是好看。

我也不知道芸生究竟是怎么说服了我爹爹。我真的成了

————————— 一匹被扯开了线头的布

芸生的未婚妻。

秋帆，以后你就用这个名字吧。芸生在巷口和我分别时说。陈丽华，从此死了。你还活着。

我觉得自己的身体里好像有一个自己复活了，是因为芸生吗？还是为了别的？

就像我剪掉辫子的那一瞬间，我觉得自己活得更像一个人，一个真正的人。

我爹怎么会答应你？我不解地问。

我告诉他老人家，我在老家福建有五间洋行。不瞒你说，我家是开洋行的。真的对不起，没想到小人这么卑鄙。造谣生事，是我拖累你了。芸生低下头，神情很懊恼。

没关系。拖累又何妨？我也低下头，一字一顿地说。

⋯⋯⋯⋯⋯

今晚，粤东会馆的夜色特别迷人。

我要走了。

明天我就要和因为反对当局政府而被四中开除的几个同学一起南下广州学习。

今晚的我并不知道这个夜晚是我和芸生最后的诀别。来年的 4 月 12 日，芸生被捕。

今晚的我并不知道在南宁陆军监狱里度过 130 多个日夜的他有没有想起那个剪了辫子还在他面前落泪的我。

今晚的我并不知道他在生命终结的最后一刻，有没有感觉到子弹击穿胸膛的痛。

今晚的我并不知道，我将会收到他托人从狱中给我捎来的一封信，里面有一句诗：秋坟一夜啼鹃血，为怨青山不葬愁。

诗的后面，还有一句话：秋帆，有一天我死了，你不要哭。

————————————— 一匹被扯开了线头的布

永结同心

沈小小一直认为，青云巷在梅雨时节才最有韵味。

形色各异的女子，进出在窄窄的小巷里。绰约身影，让迷蒙的细雨都多了几分温柔。

巷子深处，是祥云坊。

祥云坊是龙城最好的旗袍店。坊主胡哲义据说手艺精湛，却脾气古怪。平时制衣有奇怪的癖好：烈日不制、冬夜不制；饭前不制，酒后不制。要是哪位客人不亲自到店里来量尺寸，就算给再多的钱，胡哲义也不会搭理她，更别提要用他那传说中的麒麟针在丝绸上走笔飞花了。

胡家是祖传的手艺。相传早在清朝康熙年间，胡家就有入了内务府的裁缝和绣女。御赐的牌匾"祥云飞衣"高悬门阁，风光一时。听说是胡氏绣女设计了一组祥云图案，深得皇后娘娘的赏识，皇后娘娘特地请皇上御笔亲赐了牌匾。这在龙城传为佳话。

后来，世事变迁，胡家家道中落，制衣这门手艺也越来越颓败，大多数胡家子弟不愿意再入此行。

好在出了一个胡哲义，他的麒麟针是一绝。高矮胖瘦，瘦胖矮高，不管女人的身姿如何，胡哲义设计的图案总能把女人最美的一面展现出来。

城西有一户人家，姓唐，生了一个女儿，取名佳人。唐佳人虽然相貌清秀温婉，可惜有点高低肩。在相亲那天，唐佳人穿了一身天青色的旗袍，身前的图案是鱼戏荷叶。墨绿色的荷叶若张若开，明暗相间。几条鱼儿逼真得好像要从衣裳里跳出来一般。唐佳人肩部的荷叶被绣成了渐变色。她肩膀低的那边是浅绿，肩膀高的那边是深绿。浅色显胀，深色显瘦。一眼看过去，唐佳人这娉婷少女，肩平面正，宛如仙子。在场的人都深觉惊艳，称奇叫绝。

这旗袍，就是出自胡哲义的手笔。沈小小那时还小，却还能记得那旗袍上吐着泡泡的鱼，还有鱼儿的鳞片折射出来的奇异光泽。

"小小，你怎么还没有去送布？祥云坊在催了。"覃师傅在门口远远地喊。

"来了来了，马上就去。"还在沉思的沈小小将手中的麻绳用力地扯了扯，肩膀上的力量加重了一些。不多久，她就要和这一车布匹一起，进入祥云坊的后院。

青石板路湿漉漉的，马车跑得有点慢。沈小小正在盘算着，今天的计划能不能实现。

祥云坊的伙计大旺在后院的门口伸出半个脑袋来，一脸

　　　　　　　　　　　　　　　一匹被扯开了线头的布

不耐烦：“今天怎么来得慢？”

沈小小斜着脑袋，对着大旺赔笑道：“雨天，动作慢了点。大旺哥，别见怪。”

大旺把小小和马车引进了祥云坊的后院。早已经来过无数次的院子此刻有些冷清，大概也是下雨的缘故。平时，后院的马车挤挤挨挨地塞满了小院。客人太多，大旺还要给马车夫发牌号。车夫们经常一边抽着旱烟，一边打着大字牌，一边等待自家的主人。只不过，时局越来越紧张，小姐太太们来得也越发稀落。

今天人少，正是时候。沈小小暗中想。借口拉肚子，小小一路小跑过了后院的小门。

过了小门，左边，就是祥云坊的仓库。一推开门，就能看见胡哲义亲手制的成品。一件件袅娜美丽的旗袍，好像一个个情窦初开的少女，在这昏暗的房里等待元宵月夜。

慌乱中，她把手伸向了金色的裙摆……

她还没来得及跳回到自己的马车，大旺拦住了她。“小小，你干吗拿个布兜？”小小大大方方地从黑色布兜里扯出一件臭烘烘脏兮兮的褂子。“大旺哥，不好意思，跑肚子，没忍住。”大旺嫌弃地捂住鼻子，甩甩手说：“行了，行了，晦气，快走！”

回来的路很远，却一点儿都不漫长。沈小小觉得自己身上的黑色布兜沉甸甸的，好像装满了幸福一样。

这边祥云坊，一个时辰之后，库房清点物品，发现少了一件没完工的金色旗袍，赶忙报告了坊主胡哲义。

"沈小小？"听完大旺的回忆之后，胡哲义摸摸自己的山羊胡，问："就是那个城南沈家布庄的丫头？"胡哲义早前听说沈家布庄的儿子沈念君加入了革命派，去搞什么农民武装。

这年头，能够糊口就不错了，还作什么妖？当行业里的掌柜们都在感叹这时局太乱的时候，胡哲义向来都是不动声色地听，很少发表议论。

"走，咱们去沈家一趟。"胡哲义说话了。

细雨微斜，到沈家的时候已近黄昏。远远望去，沈家的大门口挂着白色的"奠"字。胡哲义还没有跨进院门，就听见里面一个稚嫩的女声在嚷嚷："我不管，嫂子做梦都想和念君哥成亲。念君哥最喜欢看她穿祥云坊的旗袍。"

"小小，你哥他……他看不到了。"苍老的男声痛苦地回答道。

"看得到的。"

胡哲义迈进了大堂，看到了一个少女跪在一个老人面前。少女是沈小小，老人是沈伯。他们神情凄然，目光都望着停放在厅堂中央的那两口赭红色棺材。

小小抬眼看到胡哲义，缓缓开口说话了："胡掌柜，旗袍是我偷的。如有冒犯之处，我任由您处置。只不过事发突然，待我家把事情办好，我会赔偿谢罪，望您大人有大量。"

胡哲义看着眼前这个十五六岁的少女，竟被她的镇定和大气弄得一时半会儿不知该说什么。

沈小小转头对她爹说："爹，我答应过嫂子的，这事我

　　　　　　　　　　————— 一匹被扯开了线头的布

做主。”

原来，沈念君在广州起义失败，胸膛被乱刀捅成了蜂窝。等到敛尸的人把念君送回龙城，在家里待嫁的嫂子阿暖竟一时想不开，用脑袋撞了后院门柱，血铺满了一个院子。本来已经约好去祥云坊找胡掌柜制衣的阿暖，还没有等到量好尺寸，人就随沈念君去了。

沈小小熟悉胡掌柜的怪癖，情急之下，只好出此下策，偷了一件旗袍来给阿暖。

胡哲义看着眼前这两口偌大的棺材，仿佛张着巨大的嘴巴在吞噬这个纷乱的世界。他沉默了半晌，微微地点了点头，开口说：“丫头，那件旗袍还没有制好。恐怕你要等等……”

从此，龙城又多了一个传说。祥云坊坊主胡哲义，用麒麟针在那件金色旗袍上绣出了一朵白色的马蹄莲。倾斜着半开的白色花瓣，映衬着阿暖紧闭着双眼的脸，格外素雅。在胡掌柜半跪着在棺材边刺绣的时候，沈小小不经意间仿佛看到了嫂子嘴角浮出一丝明媚的笑容，就像阿暖活着一样。

后来，沈小小才知道马蹄莲的花语是“永结同心”。

打银记

凌晨五点，远处的天空刚刚透出一点儿微亮。刚睡醒的云，被朦胧的金色晕染开去，空灵寂寥。村子的边上，传来一阵击打声。哒哒哒，哒哒哒……

旺智又在打银。他像着了魔一样地在打银。

三月三，快到了。在外乡的人们会从千里之外赶回来。这大概是除了春节、清明之外，这个村寨最欢腾的节日。

在人山人海的歌圩上，谁家的阿妹要是看上了哪个阿哥，就把亲手绣的绣球抛给他。而憨憨的阿哥，就把早已准备好的银镯子，一把塞给心仪的阿妹。一段好姻缘，就会从悦耳的歌海中开始了。

当年，旺智的银镯，给了雅琴。

旺智是韦家银饰唯一的传人。村寨里的年轻人，像逐渐荒芜的土地一样，慢慢地变少。他们大多去了遥远的外地，把自己装进了用水泥砌成的房子里。

——————————— 一匹被扯开了线头的布

哪里都没有村子里好。旺智这么觉得。他习惯了在打银感到疲倦的时候，跑到后屋的大山上。随意地找一处葱郁的草丛，把自己的脊背贴紧着有青草味道的泥土——他仰着面，跷起二郎腿，望向高远的天。

天是一个奇怪的家伙，旺智想。天从来不是一模一样的，哪怕一秒钟也不同。变化万千的天，好像是一个不说话的朋友，陪着旺智，度过那一个个想念雅琴的日子。

你真没出息！雅琴生气的样子还是很好看。她原本戴着银色头饰的额头，现在空荡荡的。原本顺滑的刘海用发胶堆成了一个弯曲的拱形，招摇着。

我不觉得打银没有出息。旺智歪着头，眯缝着眼睛，专心盯着手中的银镯。刻刀还是在轻巧地飞舞，被火烫软的银镯横面上变化出各种图案，就像云一样。

好，随你。雅琴抿了抿嘴，说道。

阿爸说我这辈子就是打银的命。旺智没抬头。

树挪死人挪活，我不想一辈子就待在这个山沟沟里。雅琴把手中红白竖条的塑料袋，从地上一把拽起来，转身离开了银炉子。背影坚决，毫不留恋。

小银炉的火苗呼呼往上蹿，在安静的打银间里，只有旺智打银的声音在回荡。哒哒哒，哒哒哒……

旺智打的银饰，色泽鲜亮，造型独特。他的雕花更是一绝。他最喜欢用云做背景，把天上飞的、地上跑的、水里游的各种动物都刻在银饰上。阿爸还在世的时候告诫过旺智：打银要打心。没心的人，做不成事。

谁家有红白喜事，需要来韦家定制银饰的，哪怕时间再紧急，旺智就算日夜不眠，也要赶制出来。

这一天是赶圩的日子。旺智照惯例把自己打好的银饰，装在三轮摩托车的后座上，拉到镇上的街市去卖。十几年来，他的摊位，早已经成为街市的一个标志。情窦初开的小阿哥会带着娇羞的女孩，来这里挑选首饰……

壮族人天生爱美，爱银饰。旺智小时候听阿爸说过，上古时代，壮族的女首领因为保护族人和棕熊搏斗而牺牲。后人为了纪念女首领，就把她头上的银饰保留下来。有用薄片串联起来的银帽子，有绺状银条编织的银项圈，有牛头形状的银扣子，有各种雕花的银镯子……一个壮族阿妹在出嫁那天，身上披挂的银饰，有时候重达十公斤。红色的绣服，银色的首饰。新娘一扭腰，便叮叮当当响，那是幸福的声音。

旺智也曾经无数次想象过雅琴穿上银饰嫁衣的模样。只是这个情形，偶尔出现在半夜醒来的寂静里。

雅琴回来的时候，带着她女儿。一个圆乎乎的小娃娃，被包裹在刺绣着白色长寿花的红色背带里。黑晶晶的眼睛，好奇地望着周遭的一切。雅琴的阿妈，在夕阳快要落下的时候，来找旺智，让旺智赶制一对长命锁。

旺智，你不要怪雅琴。雅琴阿妈说。她在厂里，一个姑娘家很不容易。后来，有个厂长对她特别好。

阿姨，别说了。旺智专心地雕着锁上的福娃。雅琴她觉得好，就好。

临走的时候，旺智把雅琴阿妈递来的钞票，重重地塞回老人家的手里。阿姨，回去告诉雅琴，这是旺智伯伯送给娃娃的。

十几年后的今天，旺智早就断了想雅琴的念头。他找的老婆清芳，没有雅琴那么水灵，但是足够实诚，生了一儿一女。一家人倒也和和美美，过着小日子。现在清芳跟着小女儿在县城里陪读，大儿子也准备参加高考读大学了。旺智一辈子没有出过村寨，但旺智觉得打银好像成为自己生活的眼睛，记录着这个村寨的花花草草，人来人往。

这也挺好。旺智心想。

摊位上的客人，有很多是慕名来看三月三的。旺智眼前突然闪过来一个人影。微卷的长发，巧妙地把圆润的脸庞遮掉了一些，显得可爱时尚。不胖不瘦的身材，让大红色的连衣裙多了几分俏丽。黑晶晶的眼睛，不羞涩地正视着旺智。老板，你这里有没有给小婴儿戴的长命锁？

哦？长命锁，有呀。旺智听到客人的要求，也马上从小马扎上站起来，在摊位上翻找。

那有这个样子的吗？女孩子把手中银闪闪的一个物件，递给旺智看。

最熟悉不过的雕工，锁上的福娃笑吟吟地看着旺智。

你这是从哪里得来的？旺智忍不住反问。

这是我妈给我的。从小我就戴着呢。女孩的神色有些凄惶。

你妈？她是不是叫作雅琴？旺智这时才发现这女孩的神情竟有说不出的熟悉。

嗯，老板你认识我妈？我妈曾经说过，这里是她的老家，也许会找到帮我打长命锁的人。

你妈妈没跟你一起回来？旺智没收住自己的嘴，还是忍不住问。

她……她永远回不来了。女孩颓然地蹲了下去，用手扶住了摊位的水泥边缘。

旺智心中一惊，感觉到自己的脑袋突然像被什么重重地击打了一下，有点晕。

雅琴走了，是在去年冬天。

女孩缓缓说起她妈妈的事。她爸爸的厂子破产之后，她妈妈就撑起了这个家。善于经营的雅琴，盘下了一个首饰店，主要卖一些她从各地批发回来的廉价首饰。靠着小本生意，家里勉强可以度日。店里，经常会有一些银质的手工首饰，有银镯子、银项圈、银锁、银扣……雅琴说，是从老家进的货。

旺智听到这儿，心里突然想明白了。原来，这些年，雅琴她家表哥经常来摊位买首饰，一买就是十几种。旺智还问过原因，表哥憨厚地说，是要做供货商，给店铺发货呢。每一次，表哥给的价钱都很公道，比一般的客人高了不少。

我妈不知道自己的病这么严重。女孩望着自己手里的长命锁说。原本以为化疗之后，她会好的。她还说要陪我回来赶歌圩，来看三月三的。她没有兑现她的诺言。

旺智的眼皮不自觉地抖起来，他突然很想跑回后山的坡顶，想躺在土地上，再看看天上千变万化的云。他记得在看

——————————一匹被扯开了线头的布

云的时候，有时候会从不远的河边传来阿妹们的歌声，其中就有雅琴的声音。她的声音，旺智能够从一群人的声音里，准确地分辨出来。

我妈过完三月三，就要下葬了。她的首饰盒里，有一个很漂亮的银镯子。我问过她，是谁送的。她没有告诉我。她临走的时候，让我来找帮我打长命锁的人，帮她再打一个银镯子，陪她。女孩的眼泪含在眼眶里，隐忍地徘徊着。

旺智抽了抽鼻子，闷声说，阿妹，你不用找了。你的锁，是我打的。今天你在村里住着，我帮你打银。

凌晨五点，刚睡醒的云，被朦胧的金色晕染开去。哒哒哒，哒哒哒……

旺智又在打银。他像着了魔一样地在打银。

第二天离开村寨时，女孩惊奇地发现，这个面容朴实的大伯把一个壮族织锦包成的包裹塞到了自己的手上。里面除了有一个雕着云朵的银镯子，竟然还有银项圈、银手链、银扣子……每一样银饰，都熠熠发光。

这些多少钱？女孩问。

不要钱。这是伯伯的心意。旺智熬红的双眼，疲惫得快睁不开了。看着女孩走出村口的背影，旺智抬头看了看后山山顶上的云，心里默默地说，雅琴，你在那边过得好，就好……

这时，云好像也听懂了旺智的话，晕开的形状，好像一滴泪珠，晶莹透亮……

丢失影子的河

当思思把手边的芦苇拨开，她看到了倒映着夕阳的河面。洛清河的水流很慢，几乎看不见波纹。太阳的圆晕，被河水悄悄地捧在手心，像在对着思思温柔低语。

思思，快点，有客人了。码头上传来老婶娘熟悉的呼唤。

好咧，思思应了一声，撩起浅蓝色的百褶裙，伸出一只脚，轻盈地踩上了岸边。来不及把被河水打湿的裙角抒一抒，思思就飞快地跑向了那栋木质的二层小楼。

这样的木楼，在中渡古镇很常见。千百年来，这里的人们平静地生活，直到死去。河边的码头旁，有一棵千年古榕。它向四处伸出的树荫，像是巨大的山脉，横亘在人们的心里，挡住了悲喜。

客人不多的时候，思思就会跑到河边。看头顶上古榕树散开的枝叶，看从树缝里漏出来的细碎光影。就这么长时间发呆，也是极好的，思思想。

眼前的一男一女立在前台。女孩子留着披肩发，粉红色的露肩装，圆润的肩头骄傲地展示着她的年轻。男孩子长得白白净净，有一双细长而明亮的眼睛。他们好奇地打量着店里的一切，思思早已习惯了客人们刚到这里的表情。

女孩说，老板，我们怎样才能享受到优惠？

思思说，你们多久没有一起看夕阳了？

女孩说，看什么夕阳呢？人都快看不到了。

男孩说，你这是什么话？烦不烦啊？

女孩转过去，盯着男孩，表情非常复杂，抿了抿嘴，没有再说话。

思思说，现在正是时候，你们可以一起去码头看看夕阳。

女孩说，夕阳……说实话，真的很久没有看过了。

思思说，只要完成了我们的任务，你们就可以享受我们民宿打五折的优惠。

男孩看了看思思，又看了看女孩，说，好吧。

思思说，那么现在请两位手拉着手去到岸边，在夕阳下待上半个小时，好好回忆你们曾经一起看过的夕阳吧。

女孩和男孩，互相对视了一眼，各自脸上浮起了复杂的神色。

望着两人牵手远去的背影，思思若有所思地笑了笑。低头把一本标记着各种符号的手账本翻开，一笔一画地写下"夕阳套餐"。

这家民宿叫作"爱情博物馆"，安安静静地开在中渡古镇的码头边。很多网友慕名前来住宿，除了向往中渡的自然风物，还带着他们千奇百怪的诉求。

　　比如这个女孩，她叫木子，她丈夫叫小维。在预订房间的留言栏里，木子絮絮叨叨地讲述了她的不安。和很多刚毕业的情侣一样，木子和小维的爱情被现实牢牢地束缚着。木子是个感性的女孩，可是小维却不再像以前那样耐心地陪她看云、听雨，也不再跨过半个城市去吃一顿他们觉得很奢侈的牛蛙火锅。结婚之后，他们似乎陷入了一个深不见底的漩涡，他们之间的爱情仿佛被这漩涡吞噬得粉身碎骨。

　　我不想在遗憾中失去他。木子写道。

　　思思当然知道这种感觉。

　　那一年，她也是在机缘巧合下，来到中渡古镇。在洛清河的岸边，看了一个夏天的河水，慢慢治愈了她心口的伤。洛清河好像一个不说话的老人，安详地坐在这里。河水冰冰凉凉的，拂过手背的时候，会让每一个毛孔张开，迎接新鲜的空气，仿佛新生。

　　没错，是新生。思思这么告诉自己。

　　古镇一直留在遥远的时光里，静谧地守着它的古朴。顺着青石板路往山上走，又是另一个世界。那里有尖而翠绿的竹笋，有顶着各种花纹的蘑菇，有四处游走的松鼠和野兔，还有始终不肯待在枝头的鹧鸪鸟。第一次进到山林的思思，没有想到他的故乡是这个样子。

　　老板，你是中渡人吗？木子问。和小维看过夕阳之后，

　　　　　　　　　　　　　　　　　　一匹被扯开了线头的布

木子的表情显然更加生动了。

我不是。思思笑笑说。

你是哪里人？木子问。

我是北方的。思思一边收拾餐桌的碗筷，一边答道。小民宿的好处，就是日常生活完全融入当地风俗。客人和老板一起吃饭，喝酒，聊人生，是再常见不过的场景。

生长在北方平原的思思，也没想过会在中渡这个南方古镇驻足这么久。爱情博物馆，是他想的名字。也许，在他的心里，也有一个坐在码头旁静静看着洛清河的俊俏姑娘。

小维说，老板，你是为了什么来这里？

思思说，你猜猜看。

小维说，那还用猜，肯定为了爱情。

思思说，你呢？是不是为了爱情？

小维说，刚开始，肯定是……

思思说，后来，爱情就变味了吗？

小维说，没人想这样……

思思说，你觉得河水有影子吗？

小维没接话，眼睛望向了正倚着窗台看洛清河的木子，眼神绵长而忧郁。

河水无声地流向前方。这个夏天的夜晚，风带着山林的凉爽吹过。此时此刻，思思的脸是极其平静的，即使她心里又一次忍不住想起了他——飞飞。

这个中渡少年在生命最后的时刻，把自己的肝脏捐给了思思。这个爱写诗的少年，无数次描摹他故乡的这条洛清河。

这个对爱情充满憧憬的少年，无数次给码头边暗恋的姑娘写下热烈而直白的情话。

相恋五年，男友毫不留情地离去，再加上长时间等不到匹配的肝脏，那时的思思早已失去了活下去的力气。幸好，有了飞飞。

从昏迷中醒来，和手术室天花板上的白炽灯对视了仅仅一秒钟，思思便知道，她的生命从此有了两个人的意义。

许是为了感谢飞飞，许是为了弥补飞飞的遗憾，费了不少心思，跨越了北方和南方之间的广袤土地，思思来到飞飞的故乡，开了这家民宿。飞飞给他的诗集起的名字，听起来纯粹又伤感——爱情博物馆。

逃离了死亡，思思活得比任何人都努力。她在网上挂出了治愈爱情的各种套餐。她想让迷茫的人得到更多顿悟。看夕阳，采竹笋，挖蕨菜，划竹船……看上去是一些最平常不过的任务，在自然里，人放下了世俗的伪装，也许更能看清自己的心。

码头的千年古榕，迎接着日日夜夜，送走了来来往往。思思想起，你觉得河水有影子吗？飞飞在诗集最后留下了这个疑问。

丢失影子的河水，是希望自己变得更加透明吧。只有透明，才能包容这所有的快乐和忧伤，才能拥有永久的陪伴。思思看着小维走向木子的背影，似乎找到了答案……

石头城的月光

月光已经变淡了，这是早春的后半夜。

抛锚的车子一动不动地躺在沙石路上，像条慵懒的蛇。我甩了甩自己已经发麻的胳膊，把车子的引擎盖用力地往下砸，好像能砸出一条通天大道来。要是在车子里对付一宿勉强可行，但是我已经连续一整天没有吃过东西了，胃被酸水空磨的感觉确实不好受。

没办法，只好往前走走。在把提醒避让的红色警示标示摆放好之后，我拖着疲惫的步子，踩着不知是泥还是土的凹凸不平的地面，往一百米之外的半山人家走去。

灯还亮着，门没开，看得出这是一栋新砌的小洋楼。二楼的阳台还用上了两根洋气的罗马柱。门头上一块木质的"吉祥客栈"的牌匾，在一片黑色远山的映衬下特别显眼。咚咚咚，我敲了敲棕褐色的铁皮大门。你好，请问有人在家吗？

屋里，窸窸窣窣地有了动静。紧接着，大门打开了，探出一张男人的脸。

什么事？他的声音中没有太多防备。

你好，我是经过这里的游客，我的汽车抛锚了，就在你们家前面不远的路口。我能不能在你家先住下，等明天天亮了，我再找人来修车？一边说话，我一边从身后的旅行包里掏出身份证。你看，这是我的身份证。我不是坏人。

嗨，咱们这鸡不生蛋鸟不拉屎的穷地方，你要是坏人也不选这里，没啥子油水可捞。那男人的幽默回话却让我一下子不知该怎么回应。

小伙子，进来吧。这大半夜的，歇歇脚。要是不着急，明天早上我再给你修车。男人拉开了门，笑着说。

在桂林市郊四十公里的石头城，从四百公里以外的老家按照导航一路摸索过来，让我这个新手司机感受到了意外的温暖。

山里的清晨，空气像是酿成了果酱的蜂蜜，有一种无法言说的清香。我站在石头哥的阳台，远望群山的时候，我仿佛明白了这里吸引人的秘密。

男主人叫石头，退伍军人，在广东佛山打工了一段时间后回到了老家石头城。石头嫂是四川人，圆胖的身段让人看了觉得特别喜兴。几年前，他们夫妻俩回乡后，从石头城老屋搬出来，在村口的半山腰开了这家吉祥客栈。启动资金是葡萄镇脱贫攻坚帮扶组给解决的，老书记张光年说，石头城以后要开发乡镇旅游，游客多了，配套服务要跟上。石头夫妻俩在外面闯过世面，人勤嘴甜，是最合适的人选。说起这些，石头嫂嗔怪地望向正在帮我修车的石头哥。就是这个石头，名字叫石头，没想到跟他一起回来，周围还是石头。真是石头城碰石头，碰在一块儿了呗。

石头哥没接腔，从引擎盖后面抬起头憨憨地笑了笑。

石头嫂嘴里的石头城，是隐藏在青翠山峦中的古城。趁着修完车之后的空当，石头哥带着我往山上走去。昨晚刚下过雨的山路，泥泞又崎岖。石头哥熟门熟路地绕过一个又一个水坑，把我领进了石头城的老城。

因为大部分的村民都已经搬到山脚下，修起了新房。这里几乎成了空城。看得见的每一间房屋都是用石块垒砌而成。石头门、石头窗、石头屋顶、石头城墙，关于石头的一切应有尽有。所有的石块没有经过任何黏合剂的作用，竟能纹丝不动地抵抗百年风雨。虽然之前早已有了心理准备，可是当我真的看到眼前雄伟质朴的石头城时，先人的智慧，着实让我惊叹。

知道吗？我们石头城，在当年打日本的时候，还差点被日本鬼子血洗村庄。但是，日本鬼子的部队来到这座山脚下的时候，抬头看见我们的石头城墙又高又大，这山路又陡又险，他们啊，吓得腿都发抖，没有人敢上山。石头哥走在我的前面，带着自豪的语调说着石头城的过去。

恍惚之间，我仿佛听到同样自豪的声音在我耳边回响。那个石头城，有好多好多石头做的房子，那里的山高高大大，就连日本鬼子都不敢贸然进攻，只好绕道而走。这个声音的主人，脊背挺直，脚步缓慢而坚定地行走在我过去儿时的记忆里……

爸，那些石头从哪里来的？少年问。

从山上来的呀。

爸，那是谁修的石头房子呀？少年问。

应该是明朝以前的老百姓建的吧，了不得。

爸，你为什么又不能回家？少年问。

儿子……工作忙，我实在走不开……

晚饭的时候，客栈来了几拨客人，说贵州话的、说广东话的，还有说东北话的。石头嫂在厨房忙得脚不沾地。石头哥也在桌子之间来回穿梭，帮忙递茶盛汤上菜。这是不是小伙子带来的好福气？石头嫂朝我高兴地点点头。

对了，小张，你明天就真的要回去了？不再多住几天？石头哥在忙碌的空隙中问我。

嗯，石头哥，我要回去了，工作也忙。以后你这里还可以增加一点儿有特色的纪念品。我看啊，山里这么多漫山遍野的石头，你找村里的几个会画画的姑娘小伙儿，在这石头片上面，画点小鱼小虾的图案。要是需要帮忙，可以随时联系我。我呀，刚刚从美术专业毕业。我可以帮忙。我答道。

哎哟，这真是瞌睡遇到枕头了。我们没文化，不晓得怎么搞旅游。要是真的能做成纪念品，那就太感谢你了。石头哥咧开嘴笑着。

石头嫂端着香喷喷的桂林特色菜——啤酒鱼，从厨房走出来，接上话茬子。是不是这个石头片，可以叫作……叫作什么创产品？

这婆娘，什么什么创？人家那叫文创产品！石头哥笑话石头嫂，结果被石头嫂丢来了一个白眼。

对对对，可以叫作吉祥文创，还可以叫作吉祥三宝。我被石头夫妻的幸福互动逗乐了。

吉祥客栈今晚特别热闹，石头城的月光也越来越明亮，轻轻柔柔地洒在每一个人的心里，洒在这一片翠绿的大山上。

其实，我没有告诉石头哥，我爸叫作张光年，是这座石头城退休的扶贫书记。还没有来得及看到石头城的新发展，他在上个月静静地离开了这个世界。临走的时候，他嘱咐我一定要替他来看看他曾经奋斗半生的地方——石头城。

我记得，我爸走的那个晚上，月光也是这么美……

只有一条鱼

　　日头还亮着，暖暖的影子斜照在水库的中央，把周边的山峦清晰地勾勒在道哥的眼睛里。

　　快要接近黄昏了，道哥的塑料桶里，却只有一条鱼。

　　它细长的身子，努力在狭小的桶里挣扎。这个村子里的人越来越少了，道哥心里有一种说不出的寂寞。自从老伴秀梅去了城里之后，道哥身边就少了唠叨的人，耳朵竟然生出一种可怕的沉默。

　　秀梅是去带孙子了。道哥的儿子大祥，大学毕业之后，在市里公务员系统找了一份体面的工作，和原先的大学同学谈了几年恋爱，就顺理成章地结婚了。

　　刚开始道哥和秀梅都很少去儿子家，一是怕打扰小两口的二人世界，二是怕老两口的生活习惯和城里人不一样，被笑话。道哥和秀梅，在越来越空寂的村庄里，守着渐渐荒芜的土地，倒也有自己的快乐。

　　　　　　　　　　　　　　　　一匹被扯开了线头的布

可是，这一切，从孙子果果出生之后，就变得不一样了。

媳妇小月的母亲身体不好，常年高血压，还有心脏病，听不得小孩的吵闹声。这带孙子的光荣任务，就交给了道哥的老伴秀梅。媳妇小月还算懂事，对秀梅也客客气气的。

秀梅脾气好，做事勤快，和媳妇相处得不错。从媳妇坐月子开始，她一直在儿子家，这一晃就过了快两年。有时候，秀梅给道哥打电话，低沉的语调让道哥很担心。道哥知道，儿子、媳妇工作忙，秀梅一个人带着果果，每天心里都在晃着，不安生。孩子摔了，孩子着凉了，就算儿子和儿媳妇不说，秀梅心里也觉得过意不去。

秀梅平时带着孙子，买菜做饭虽然辛苦，倒也不是最难挨的。城里地方大，高楼多，可这些都没有村里的清水河来得亲切。听秀梅说，小区像她那样从村子里到城市带孙子孙女的老人可不少。每天在忙忙碌碌的生活杂事中，秀梅只能和这些老人家聊聊天，拉拉家常，感觉好像也没有多孤独。

有时，道哥心里有说不出的不舒坦，可又没办法。谁让那是自己的亲孙子呢？有个说法，把秀梅这样的老人叫作"城漂老人"。漂什么漂！道哥想，像清水河的鱼那样自在地漂才对嘛。

打从年轻时候开始，道哥和秀梅就是村子里让人羡慕的好夫妻。在秀梅嫁到梁家的第一天，道哥就对自己说，这辈子要对这个女人好。

那时，道哥也算是村子里有点文化的人，初中毕业后没考上高中，还在城里打过几年工。回村的时候，媒人介绍把秀梅介绍给道哥。在乡里的集市上，一群叽叽喳喳的女孩子当中，秀梅就安安静静地待着，眼里淡淡的。道哥一眼就相中了这个女孩，她就是个过日子的实在人。特别是在夜里的时候，温温顺顺的秀梅格外让道哥感到安生。这家，就该这样。

算起来，有好长时间，没有看到秀梅了。上次去看孙子，也是两个月之前的事了。

真不害臊，这老都老了，还要想媳妇，道哥有点羞涩地骂自己。昨天秀梅打电话来，说想吃清水河的鱼了。

除了平时忙碌农活，钓鱼就成了道哥打发时间的唯一方式。懂行的都知道，钓鱼这事，急不来，全得靠一颗修行的心。每天道哥把钓具往破烂的自行车上一放，就把清水河水库附近的小地方转个遍。

茫茫水面，偶尔有白鹭掠过，更多的时候，是没有尽头的寂静。有时候，道哥往那里一坐，就是大半天，就好像是这一片静水的守护者。

就在今天中午，道哥给儿子大祥打电话：祥子，你和你娘说，我明天就把鱼送过去。

行了，行了，这里又不是没有鱼可买。电话那头，儿子很不耐烦地打断了他的话。

那里的鱼怎么能一样呢？道哥忍不住提高了嗓门儿。

知道了，知道了。又不是说家里没钱买鱼，大老远的，您非得要送过来。

咱们清水河水库的鱼，比哪里都好。道哥自豪地说。

行了，行了，清水河的鱼最好，您亲自钓的鱼全世界最好。儿子在电话那头嘟哝。

你娘最喜欢吃我钓的鱼了，生你的时候，家里穷没有补品，就靠吃这鱼，你娘才缓过来。道哥忍不住开始说起往事，想起了秀梅那张因生产而虚弱苍白的脸。

没想到，儿子很快地被身旁的声音干扰了，爹，您又开始忆苦思甜了。您那条鱼是鱼精，您就送过来吧。不过明天我要下工地检查，没空接您。哎，领导找我开会了，就这样了啊。挂了。

道哥无奈地听着电话里的嘟嘟声，突然觉得自己显得那么多余。他有点想念秀梅了，想秀梅的唠叨，想秀梅陪着自己在田里干活儿的样子。道哥心里，空落落的。

又过了几个小时，道哥还是没有等到意外的收获。桶里，只有一条鱼。这水库的鱼越来越少，就像这村子的人一样。道哥望着活蹦乱跳的鱼，心想，要是没有你，这村子不知该有多冷清。

天渐渐黑下来了。道哥把塑料桶小心翼翼地放在自行车后座上，把因久坐而僵硬的肩膀在空气中转了转。

虽已暮春，可夜里还有凉意，道哥感到脊背有点寒气，不自觉地抖了抖。想到后座桶里的鱼，他不禁咧开嘴笑了，眼角旁的皱纹一起攒成了深深的沟壑。路旁的山上，那些浸润着春雨的新笋该可以摘了。等明天送完鱼，我再来摘点新鲜的竹笋送过去，秀梅最喜欢吃了。这么一想，道哥开始觉得心里又有些奔头了……

天亮了。山谷寂静，河水无声地流淌。

道哥在半梦半醒之间，隐约听见门外传来声响。没等他回过神，只见一个熟悉的身影闪进了大门。

秀梅？道哥诧异地看着眼前这个女人。

发什么呆呢？像个傻子一样。秀梅笑着说。

你怎么回来了？

想吃鱼了呗。

鱼？昨天我……只钓到……一条鱼。道哥有点沮丧。

一条就一条。秀梅说。

你还走吗？道哥问。

不走，不走，陪你看着清水河。

不走？不走，那就好。道哥脸上浮现的笑容就像当年他娶秀梅过门那样……

————————————————————— 一匹被扯开了线头的布

云是从海里来的

　　我的上辈子一定是一辆货车。文玉恶狠狠地这样想。狠狠的她把手里拿着的肥而不腻的五花猪肉、被淋上了水珠以显得新鲜的青菜，以及诸如虾子、烧鸭、猪肚之类的菜品，还有因为有打折而临时加买的三大捆卫生抽纸，还有一个用黄色礼物盒包装好的十寸蛋糕，放在了公交车站台的水泥地面上。手臂上的酸痛远远没有内心的失落来得猛烈。

　　文玉知道他还是不会来。

　　他是高小勇的父亲，也是她的丈夫——高强。文玉已经习惯了在超市购物之后，提着一堆东西，到超市门口的55路公交车站。一般情况下，他是不会来接她的。尽管这时她的肚子已经微微凸起，杂乱的碎发在她的头上随风飞舞。

　　蛋糕是高小勇的，一晃眼，大儿子已经十二岁了。所有的甜蜜与痛苦都成为像吃饭喝水一样的习惯。文玉和高强之间已经被时间雕刻成为最亲的陌生人。文玉知道自己的脾气不好，当初就是因为这犟脾气才不顾家里反对，横了心要和高强在一起。

年轻的高强可不是现在这样。那时的他，在校园背着吉他走过球场的时候，会引起女孩子的一片惊呼。那还是白衣飘飘的年代，只不过如今白裙子都已经飘成了白汗衫，早已失去了那时的轻盈与诗意。

对的，诗意。当收到高强亲手写的情书的时候，文玉的心觉得被那美丽的句子不由分说地绑架了，也被高强绑架了。你是我天空的一片云，偶尔投影在我的波心……

在一群中文系女生中，文玉并不是最显眼的一个。可她家世好，自小在城里长大，当厂长的父亲虽然退休了，可是一幢两层楼的联排别墅坐落在龙城市中心最昂贵的地段。

文玉，你记住，以后找老公，一定要个门当户对的。不然，有你受的。文玉妈常常一边摇着减肥摇摇机，一边嚼着生黄瓜对她说。文玉妈腰间一团肥肉正在被地心引力甩过来甩过去，像是文玉自己的生活。

毕业那时，兵荒马乱的离别容易让人滋生莫名其妙的亲密感。如果我回到老家，可能一辈子就没有机会出来了，高强低着头的样子让文玉心疼。

我想带你去看大海呢，只是可能没有机会了……高强和文玉一起去学校外面的小电影院看的《将爱情进行到底》。李亚鹏在空无一人的浩瀚大海边，对着手机里的徐静蕾说爱你的场景，让感性的文玉流了几滴泪。

高强其实没有看过海，他生长的村子，三面环山，只有一条小小的黄土路将外面的世界和这里连通。村口有一个巨大的水库，偶尔会有夕阳把天上的云投在水里，断断续续的光影在流淌，像是一幅写意派风景画。

昏暗的堂屋里，文玉一面把四处乱飞的苍蝇从脑袋边支开，一面冷静地面对高强他妈半信半疑的表情。

文玉决定跟着高强回家，是在被文玉爸逼着相亲之后。

文玉知道自己长得不好看，随了她妈。脸圆，五官淡，眼睛睁大了也不过是平常人的一半。那天，坐在西餐桌对面的那个穿着不合体的西服，把头发梳得油光可鉴的胖子，正努力用肥短手指从一条蒸蟹的大腿中抠出零星的白花花的蟹肉。

你爸说你脾气不好，没关系，我不在乎。我脾气好就行了。你放心，以后咱们要是真成了，我会对你像公主一样。嗝……一边说着话，这男人一边打了一个饱嗝。隔着桌子，文玉都闻见了那股酸腐的气味。

不爱就不会嫁。文玉把这句话甩给她爸。没有太多犹豫，文玉就和高强坐了十七个小时的硬座，回到了那个小村庄。这条不长的乡道，两个人却摇摇摆摆地走了很久。

父母总是爱孩子的，即便对子女的疼爱总带着些讨债的意味。女大不中留。文玉妈在婚礼上没有人看见的角落，不停唠叨着这句话。倔强的文玉还是嫁给了高强，得益于文家得天独厚的条件，加上高强自己本身也很拼，没用多久，他就在单位里混得风生水起。

人是在一天一天中变老的。文玉年轻的时候就不够艳丽，生了高小勇之后，就显得更加庸常了。有时候，也有朋友戏谑说起文玉的外貌，高强总是一副不置可否的态度。懒得评价，这通常是冷漠的开始吧。

上午在高小勇上学之前，文玉当着孩子的面问他，小勇今天生日。

嗯，高强答。

你晚上能不能早点回来？文玉问。

嗯，你知道的，这工作的事，由不得我……高强低声回了话，留给文玉一个沉默远去的背影。

话越来越少了，为什么会这样？文玉几乎不记得高强和自己讲过除了水电煤气、孩子学习之外的其他话题。文玉的妊娠反应不算明显，比起高小勇在肚子里大战群魔的翻天覆地，这一回的肚子倒是安静得过分。

是那一天怀上的吗？文玉也不敢确定。喝醉的高强带来的突如其来的激情，让文玉极其不适应。就算是在新婚之夜，高强也是客套地问她，你准备好了吗？文玉又羞又急地捶了捶铺了大红色床单的床垫。这傻子，这种问题，怎么能这样问呢！

小勇出生后的好几年，高强都没有碰过文玉。有时候隔个大半年，偶尔从身后搂搂熟睡的文玉，大多都是喝醉的时候。

文玉早已经习惯了自己一个人去产检、去买菜、去买婴儿的小床。就像现在，她独自扛着为高小勇准备生日晚餐的食材，又来到熟悉的公交车站，等待还有 7 分钟到站的 55 路公交车。

天气渐渐凉了，吹来的风把从塑料袋露出一角的葱花尖吹到了文玉裸露的小腿上，酥酥的，痒痒的。这有点像北海海滩上的细沙把自己包裹起来的感觉。每次文玉把自己埋进细沙里面，她就觉得全世界都在爱自己。

公交车来了，还没有到晚高峰的时间，车厢里显得很空荡。文玉吃力地把手里的东西搬上了车上的座位旁。那个几乎天天打照面的司机小伙子，会体贴地提醒一声，准备开车了，请坐稳扶好。

车子有节奏的摇晃，让文玉很快陷入孕妇特有的迷糊中……

她仿佛又回到了毕业那年的夏天，在通往海边的马路上，一辆拉砖的农用小货车斜横在路中央，被撞倒的自行车倒在七八米外。

血流出来，开了头就仿佛没有结束。疼痛让文玉逐渐失去了意识，蒙蒙眬眬中她听见有人来救她和高强，那声音很远又很近……

她敢确定，她坐在高强自行车后座上的样子，一定是她这辈子最好看的。天空的颜色是小孩子画布上涂鸦般留下的水蓝色。她从来没有怀疑过自己对高强的爱，哪怕高强的左小腿永远留在了那个看海的下午。

看啊，天上的云多好看，你说，云从哪里来？文玉指着天，陶醉地闭上了眼睛，问道。

傻瓜，云是从海里来的。

鱼眼

　　十米开外的破门洞上，反射着一道刺眼的光束。旺叔的心脏好像被人用手毫不留情地捏了一把，更加剧烈地跳动起来。

　　好，就是它。旺叔告诉自己。他大步地走向那里，像是虔诚的信徒一样走向那个圆形的凹处。

　　旺叔自己也记不得，有多少次像这样，不自觉地就被它吸引。这种奇妙的感觉，就好像以前小时候在乡下的浅水河里，打着赤膊，光着身子去捞鱼那样。透明的河水下，一条条扑腾的滑腻的鱼，会用大而圆的眼睛望向天空。

　　许是职业原因，旺叔喜欢一切的圆。他看见圆形，就会有莫名的欣喜。刚入行的时候，他的师傅老郑头总是用一本正经的语调说，旺仔，你记住，这一行要讲手艺，更要讲德行。锁在人心，这世上没有开不了的锁。

　　旺叔从来没有怀疑过这句话。二十年过去了，旺仔早已

　　　　　　　　　　　　　　　　　一匹被扯开了线头的布

熬成了旺叔。

他对待每一个上门要求开锁修锁的人，永远都客客气气。但这客气中有他自己的规矩。凡是来开锁的，一定要真正能够证实自己就是房主。要是拿不出证明的，开的价再高，旺叔也会斜着眼摆摆手，低头继续修他的锁头。凡是老人、孕妇、小孩，还有军人，旺叔一定会把价钱打个五折。

这年头，高楼大厦越来越多，房子也越盖越高，锁头的工艺也越来越复杂，可旺叔的生意也越来越萧条。有时候呆坐在安静的小店铺长桌旁，旺叔会陷入一种静止的失落里。

就算街对面的同行赵小齐闹出了一件丑事，旺叔也没有动过坏的心思。那回，赵小齐用502胶水把整个福利社区的门锁都堵上了，然后把自己家店铺的电话号码贴在了别人家的大门上。赵家的生意倒是兴旺了好一阵。

好几个小徒弟聚在一起寻思着，这方法挺好啊，来钱可快了。

刚跟旺叔一提，就被旺叔甩了白眼。旺叔把手上的锁头啪地往桌面上一砸，昂着头对着小徒弟大声骂道，你们几个小子可别乱了我们这一行的规矩。祖师爷传下来的东西，谁动谁是孙子！老子跟他没完！

看到旺叔这么说，徒弟们都不敢吭声了。

话是真说了，可到底是没锁头来修，旺叔的心，也总是痒痒的。自己的身体好像也越来越不听使唤，像离了水的鱼，缺了啥东西似的。

于是，他就带上开锁工具到处转悠，专门找要拆迁的破房子，往里面转进去，看到破烂的锁头，就拿来练手。比如，现在这个离正街不远的凤凰大厦，听说将要改建成大型商场。大厦早早被贴满拆字的天蓝色铁皮围栏圈起来了。

旺叔是从围栏后边的一个破洞里偷偷摸摸钻进来的。

一转二划三挑，旺叔熟练地把手上的锁头轻松地复位。看着规规整整的圆展现在自己眼前，旺叔平时皱着的眉头可算舒展了些，他感到像在水里漂浮一样，通体畅快。他按捺不住心中的兴奋，他的眼睛四处寻找着那些破败不堪的圆，下一个，再找找……

几天后，凤凰大厦要被爆破了。在现场的工程师惊奇地发现，六层高的大厦，六十个房间，每一个荒芜的房间里，门锁却毫无例外地都完好无损。一个个完整的圆形，像一只只睁大的鱼眼睛，望向人们。

奇怪了，这些原来明明是坏的。

旺叔还是像往常那样，戴着眼镜低着头修着锁。不远处，传来了震天般的爆破巨响，徒弟们在一旁小声议论，凤凰大厦不知出了什么幺蛾子，那些坏锁竟然全都被修好了。

旺叔抬头看看爆破声传来的方向，若有所思地笑了笑，低下头继续修着他的锁……

——————————— 一匹被扯开了线头的布

咖啡

    张海毅从来没有这么烦躁过。当他看到那一抹熟悉的红色身影拐进了街口那家"阳光家园",他想把身上所有能够甩出去的东西统统摔到地上,就像他在格斗时丝毫不给对手生存的机会一样。可是,此时,他只能用生着老茧的右手把自己短短的竖着的头发发疯似的扯一扯。

    张海毅这次休假是瞒着家里的。因为他所在的连队在上次比武大赛上又立了功,兄弟们在泥水中摸爬滚打,拼死拼活换来的荣誉,在他看来远远比回家探亲有意义。可是,首长体恤他,知道他已经连续放弃了几次探亲假。那天,老首长暧昧地朝他笑一笑,"小张,你也过了三十了吧?"张海毅答:"报告首长,我今年三十二了。"一直像父亲那样关照自己的首长盯着他目不转晴地瞅了一圈:"你看你长得也是非常周正的嘛,年纪不小了,要回家生个大胖儿子了。"张海毅被首长盯得不好意思:"一定努力,一定努力。"

努力个啥啊，张海毅心里暗暗叫苦。一年就见不着几面，这种苦，只有自己能懂。

每当夜深人静的时候，张海毅就会想起家里那个温润如水的女人。女人名叫玉香，人如其名。从一开始见到她，张海毅的鼻子里就会钻进不知从哪里来的香气。这种微妙的女人香，会让他有点心猿意马。每次约会的时候，他都会告诫自己一定要斯文一点儿，不要吓着人家姑娘。玉香也是有文化的人，在幼儿园当音乐老师，往人群里安安静静地一坐，就像是仙女一样引人注意。

记得第一次约会，阳光暖暖地洒在窗沿，照得张海毅有点头晕。他想，总不能让人家觉得自己是大老粗吧。为了给女孩留下好印象，他还特地去上网搜索了一下国内著名美声歌唱家的名号，希望能够给玉香留下深刻印象。谁知，在他结结巴巴地背出那些陌生的名字以后，坐在对面的玉香扑哧笑出声，她弯弯的眼睛笑起来真好看。"你这人真有意思，我是搞民乐的，你说的这些人我和他们都不熟。"

本以为这尴尬的局面，肯定没戏。谁知，玉香对媒人悄悄地说，这小伙儿实在，就是他了。

从牵手到亲吻，再到结婚，张海毅和玉香一年没有见几次。有时候，张海毅想得慌，就会在部队的跑道上再跑上几圈。他脑海中那张小小的薄嘴唇，会用娇嗔的语气对他撒娇："你看你，这么不听话。"她以为我还是她幼儿园里的小朋友啊，张海毅苦笑着摇摇头，我可是出生入死的人民子弟兵呢！

————————一匹被扯开了线头的布

说到出生入死，张海毅最亏欠玉香的，就是没有能给她一场完美的婚礼。本来什么都准备好了，谁知正好碰上抗震救灾，张海毅被一个电话召回了部队，带着兄弟们开着坦克车进到了灾区。

　　自然是最大的上帝，也会是最大的魔鬼。山体被自然的大手整体移了位，突兀的山脊像被撕碎的布娃娃，破败不堪。人呢，都压着呢，像塑料片一样扁。

　　张海毅自己也没有见过这么惨烈的场面，有些年纪小的新兵被眼前的场面吓哭了，哇的一下就吐了。张海毅凶着脸骂道："哭什么哭，救一个是一个！快，赶紧的！"他心里还有私心，那就是：一定要活着回去，一定要活着回去抱老婆。

　　那场没有新郎的婚礼，后来是由张海毅的小妹张海兰代替他哥举行的。玉香在一众亲友的注目下，和小姑子拜了天地。后来玉香还和张海毅说："傻子，别难过。一场没有新郎的婚礼，放在哪儿都不多。咱们算是开了先河，保不准被人记住呢。"张海毅只能傻乎乎地望着老婆笑，心里有说不出的愧疚。

　　一晃结婚六年，玉香在家里静静地教书，偶尔给他发发短信打打电话，可是又怕耽误他的工作，常常没说几句，就匆匆挂掉了。

　　这回，张海毅从部队回来想给玉香一个惊喜。谁知，被小妹张海兰偷偷发短信告诉了他一个秘密。最近，玉香经常去街口那家"阳光家园"咖啡厅，一坐就是很久。

"哥，嫂子不会有什么情况吧?"张海兰这一句问话，把张海毅的隐忧勾了出来。

跟踪敌人不在话下，跟踪自己老婆，张海毅还是觉得怪怪的。但是看到他心中朝思暮想的女人带着一身香气熟稔地走进了咖啡馆，他的心脏比跑了十公里越野跳得都要激烈。

女人，都不靠谱。张海毅突然有点怨恨起自己。要是我能陪在她身边，那就不一样了。但是，想到那帮和自己同生共死的兄弟，他的眼眶有点湿润了。

"妈的，要是被我抓到谁敢挖我的墙角，我一定让他知道我的厉害!"张海毅狠狠地对自己说。

想都没想，张海毅一个箭步冲进了店里。"砰!"原本宁静的轻音乐被这突如其来的关门声打断了。坐在窗边的玉香还是那么美，美得就像西方油画里那个纯情的少女。抬眼见到老公，玉香的眼里充满了惊诧:"傻子，你怎么来了?"

"我怎么来了?我不来，没准儿出什么乱子呢。"张海毅气鼓鼓地把话顶了回去。

"姐，这是您点的卡布奇诺咖啡。"不知状况的男服务生背着一只手，端着盘子走近了两人。

张海毅扭头一看，突然发现这个和自己差不多高的男服务生居然和自己长得有八九分相似。只不过他的头发比自己长了一些。

玉香看了看男服务生，低下头，望着桌面那杯浮着白色奶沫的卡布奇诺，幽幽地说:"傻子，你不觉得他长得很像你吗?"

　　　　　　　　　　　一匹被扯开了线头的布

卡布奇诺？这是张海毅第一次亲吻玉香时，两人去咖啡馆点的东西。玉香那时撑着下巴，搅拌着棕色的咖啡，眼睛闪着光："知道吗？卡布奇诺的含义是——等待爱情。"

等待爱情……

张海毅似乎突然懂得了什么。

这时，咖啡的香醇飘满了整个咖啡厅……

赴约

清冷的灯光打在汪白鹿的脸上，他的耳朵听见了原本震耳的鼓点在黑暗的舞台尽头一点点走远的脚步声。除此之外，他竟然隐约还听见了老尹熟悉的嘲笑声。

老汪头，你看你，最后的造型，你脑袋总是往左边歪。你也就是这个水平了，有本事你来跟我比比？

老尹……他就是到死也要跟我比个高低。汪白鹿没好气地甩甩头，试图想把老尹的声音从脑中甩掉。只是，这一甩，反而让汪白鹿的后脑勺晕乎起来。支撑了他七十二年的身体，有点摇摇欲坠。

汪白鹿差点忘记了自己前天才参加了老尹的葬礼。空荡的礼仪厅里，老尹静静地躺在一片白色的塑料花丛中。他身上盖着的大红色被子印着龙凤呈祥的金色图案，就像老尹平时紧绷的脸一样难看。老尹总是吐出嘲讽话语的嘴巴，此时正紧紧地闭着，全然看不出他在排练时训斥人的凶狠。此时的老尹，显得过分安静了，这让汪白鹿感到很不习惯……

夏至的清晨，黄村菜市场，一些零星来赶早市的人们，会在这里闻到这个小城刚刚苏醒的烟火味。

除非是听戏的常客，外人只有在进入菜市场小北门之后，向懂行的鱼贩子打听，才能找得到那间有了年月的公共厕所。在这一间男女各只有两个蹲位的灰棕色厕所旁边，有一个灰白色铁皮大棚搭起来的剧院。

剧院的前身据说是一个机械车间的老厂房，曾经废弃了一段时间，这几年才重新热闹起来。

装有拉闸门的入口，挂着一块木质牌匾"凌云剧团"。用金漆描的几个隶书大字，倒是显得大气方正。大概是少了一颗钉子，牌匾正向右下角并不精神地耷拉着。

老尹是剧团里的编导。听说"凌云剧团"刚成立，老尹就来了。

大概是因为他资历最老，所以对于后来的人，他总是一副看不顺眼的样子。

汪白鹿是跟着自己的老伴儿凤英来这小城帮忙照顾孙子吉吉的，如果不是他那天顺着偶然听到的二弦和月琴的乐曲声找到了这铁皮大棚，可能汪白鹿早就已经忘记了自己想唱桂剧这个事儿。

小时候在老家贵妃山的庙会草台下，看着脸上涂抹着各色油彩的小旦、小生、小丑在台上翻来舞去，汪白鹿的心里就幻想着什么时候自己也能够站在上面给观众唱上几句"叫得响的"。

大半辈子过去了，汪白鹿做梦也没有想到在这把年纪还能真正学上了戏。

你嗓子不错，够沉。老尹听完汪白鹿的试唱之后评价，脸上没有一丝表情。

老汪，我们还缺一个老生，你来吧。可别嫌弃我们这地方破烂。团长蔡老头儿眼巴巴地看着汪白鹿，话里有掩饰不住的欣喜。

汪白鹿记住了老尹那冷淡的神情，心里有一种莫名的奔腾在涌动。来就来，谁还怕了不成？

老伴儿凤英忍不住埋怨，你这老汪头儿，都这把年纪了，还要跟人家学什么唱戏，你以为自己还能唱成一个角儿？

不为别的，就为自己。汪白鹿仰着头，淡淡地回了一句。

没错，就为自己。"凌云剧团"的每一个人，大概都是这样想的。这平均年龄有六十五岁的老年剧团，因为在公厕旁边而被戏迷们称作"厕所剧团"。每周有固定时间在白天排练，晚上演出。来看戏的，大多也都是满头白发的老戏迷。

每当灯光打亮、行头扮上的时候，汪白鹿就好像一个走失在荒漠中的人，突然得到了绿洲的荫庇，激动和兴奋掺杂在一起。在舞台上旋转的某一个瞬间，汪白鹿仿佛看见了少年时在庙会草台下的自己。

不是谁都像老尹这么幸运的。待在剧团的时间长了，汪白鹿渐渐听说了老尹的底细。老尹大名叫作尹博文，是正儿八经的柳市曲艺团的演员。当年，桂剧《打棍出箱》在北京的

　　　　　　　　　　　一匹被扯开了线头的布

人民剧院公演，扮演范仲禹的主角就是老尹的师兄。

老尹，你师兄的绝活儿，你能行不？汪白鹿有时会故意挑衅地问。这绝活儿，是"铁板桥"。那是在一口木箱里，演员一个"鲤鱼打挺"，不借助任何支撑从箱里翻出来，身体笔直地横陈在箱上。这都是腰腿的真功夫。

老尹坐在他常坐的那张斑驳着墨绿色油漆的木椅上，斜着眼看看汪白鹿，从鼻孔哼出一口气，哼，你说呢？

谁知道呢？没人见过。汪白鹿偏偏哪壶不开提哪壶。

老汪头儿，你不要以为你现在有点进步，你就得意忘形了。老尹冷笑地说，你的定型能力就是差，别不服。就为自己，你给我练好了，别给我在台上丢人！

汪白鹿早已习惯了和老尹你一句我一句地斗嘴，他觉得热闹也有趣。特别是听说桂林的桂剧团要来柳市和"凌云剧团"会演的消息，团里的所有人都练得格外认真。

汪白鹿记得，那天，老尹破天荒地抬来了一口木箱。箱子一看就是年代久远，有些年头了。箱口最上头的木质纹路，已经被磨得有些模糊，看得出是人用脊背硬生生地给磨平的。老尹用手掌默默地摩挲着箱子的外沿，也不说话，眼里闪过的是汪白鹿从来没有见过的眼神。

把嗓子打开，气息提上来，别闷着声音唱。排练时，老尹还是像往常一样地严苛。那天走出剧团的时候，汪白鹿听到身边人的小声议论：

那口箱子难得一见啊，那可是《打棍出箱》的道具。

听说老尹，就是因为那口箱子离开曲艺团的。

为啥？

本来应该是他去公演的，没想到，选拔前一天，他出了意外，摔了。

这人啊，不得不认命……

过几天，来会演的桂剧团里头，就有他当年的搭档。

汪白鹿听到这些话，想回上一两句。他张开了口，却什么也说不出来……

老尹被发现的时候，是第二天的早上。他歪斜地躺在那口木箱里，一只脚孤零零地伸出箱子，没了声息。平时他从不离手的褐色拐杖，滚到了箱子外的空地上。

会演如期进行。汪白鹿站在舞台中间，唱着排练已久的唱段。台下，老尹常坐的那张斑驳着墨绿色油漆的木椅还在原来的老地方，像是代替它的主人，来赴这一场不能缺席的约……

　　　　　　　　　　　　　一匹被扯开了线头的布

远去的你

如果不是那一个廉价的白色塑料屋顶，我会以为阿香坐在复古法式的西餐厅窗边享受着冬雨的浪漫。

怎么看，阿香都是一个数得上的美人，像猫一样的眼睛，闪亮亮的，橘粉色的高领毛衣，把她身体紧紧地包裹出玲珑的曲线。

曾经有一次，路过那个熟悉的屋顶，居然看见换成了一个相貌模糊的男人，忍不住问，阿香去哪里了？

男人讳莫如深地摆摆手，不知道，我是老板叫来顶班的。

过了几日，又看见阿香精神抖擞地坐在那个出口的尽头，身板挺直，眼神冷冽，好像全世界都与她无关，她只管负责美就够了。

我停好车，故意走过去。阿香，好几天不见你，去哪里了？

她指指自己比同龄人要紧致的脸，去做了眼袋，打三折，100块，怎么样？效果还好吗？

　　我凑近看了看，叹了口气，嗨，你这女人不是气人吗！

　　这个小区的停车场收费处，居然有一个长得这么漂亮的女人，别说男人，就连我都觉得有点荒唐。

　　收费分两个班次，阿香负责白天。每天早上7点，她一定会准时接班，扫地，洒水，清点车位。因为小区还配套有一个大超市，在中午和晚高峰，常常车位紧缺。你会看见阿香在车场里走来走去，不停地忙碌。偶尔碰见不愿意交停车费吵闹嚷嚷的车主，阿香也是不紧不慢，从来不失优雅。

　　我是长期停放过夜车的业主。每回月初，总能收到阿香的微信短信：您好，请您缴纳本月的停车费，祝您生活愉快。日子就像熟睡的婴孩那样，一点点缓慢而平静地过去……

　　雨，越下越大。我站在那个屋顶下，望着天空倾斜下来的绵密雨丝，体会这种只有自己知道的痛苦。手机里被我已经反复看过几十遍的照片，正在堂而皇之地向我宣战。就算我闭上眼，我也能毫不费力地描述出来那女人苍蝇脚一样的假睫毛，那得意扬起的红嘴唇，还有她身边那个我最熟悉不过的男人。

　　没错，他是我的丈夫。

　　曾经在女生宿舍楼下站过十几个小时，只为求我原谅的男人；曾经在连续加班之后用加班费买了一条我心动已久的生肖项链的男人；曾经在晚上睡前要亲吻我的唇才会睡得着的男

　　　　　　　　　　　　　　　一匹被扯开了线头的布

人……在那个炫目的酒会上，他却站在了一个我完全不认识的女人旁边，两个人脸上的神情是那么暧昧。

小凡，你再这样胡乱怀疑，我会受不了的。你要相信我，那只是我的客户。在我摔门而去的前一秒钟，我的耳朵钻进了他的这些话语。

你不要跟来！你要是跟来，我就永远不回这个家！我尖厉的声音回荡在电梯里。

都是谎言！我再也不想让心中的恶魔纠缠我，我受够了这样的折磨。自从那件事之后，我对自己充满了怀疑。我不敢再相信人，不敢相信自己。他说我病了，我才没有病。我只是想逃离，想逃去一个再也不要有人烟的地方，最好没有人认识我。

我逃出了家，冲到了停车场，可是我要开车去哪儿呢？我能够去哪儿呢？

在这个下雨的傍晚，我竟然只能呆坐在车里，内心一片荒芜。

咚咚，车窗被人用力地敲击了几下。是阿香。

她撑着伞，探着脑袋往里看。

我沉默地摇下车窗，来不及掩饰的泪水被她看在眼里。

小凡，你怎么了？阿香问。

没什么，心情不好。我试图躲避她的关心。

下雨了，我才刚刚交班。你方便送我一下吗？阿香倒是第一次不客气地提了要求。

胜利新村，一个市里最著名的城中村。虽然我已有心理准备，可是阿香所住的环境还是让我感到错愕。阴沉的天空被密密麻麻的天线分割成不规则的方块。私拉的各种插座从小巷两旁的民宅窗户中掉下来，另一头连接的是停得歪歪扭扭的电动车。阿香的出租屋就在这里一个不知名的三层楼上。

临下车的时候，阿香说话了。我男人是在你们小区死的，是被翻斗车倒的建筑材料压死的。这老板是好人，让我在停车场收费。我每天看着这个小区，好像也看着我男人一样。

真没有想到，原来是这样。嘴角在冬天起皮的疼痛让我忍不住抿了抿嘴。

我和我男人从十九岁开始一起从农村出来打工，三十年了，大半辈子从来没有分开过。他现在不在了，可我总觉得他在看着我。我要过得好。他最爱我漂亮，我就要漂漂亮亮的。阿香歪歪头，朝我笑笑。

嗯，这……应该，很难。

你男人对你真好。好几次从超市出来，他都跟我说，你太瘦了，要多补点营养。阿香像看穿了什么一样，说道。

不，也许，不一定。我有点手足无措，不知道该怎么回答。

小凡，等你到我这个年纪，你就知道了。这人啊，是要用心看的。人不在了，想看，也看不到了。

阿香关上了车门，她头上的几缕白发在冬雨中连同她挺拔的背影，一起隐没在小巷五颜六色的小广告中。

我把车上的音乐声量调到了最大，在轻柔的钢琴曲中，仿佛又看到了我失去腹中的孩子之前，我和他一起手牵手在小区里散步的画面，那时的我是多么幸福！

　　哦，对了，这钢琴曲的名字叫作，远去的你……

礼物

柳柳盯着眼前细细的针头，心里有一种想逃跑的冲动。她轻轻地吐了一口气，想要把恐惧随着呼吸一起吐出去。然后缓缓地闭上眼睛，把自己关在黑暗的世界里。

疼吗？针头刺在自己肌肤的感觉，好像并没有想象中那么疼。柳柳紧绷的神经，才仿佛得到了救赎。

明天就要十八岁了，柳柳早就期盼着这一天。她在心里秘密地筹划着这一切。

房间里的温度很适宜，柳柳裸露的右手臂正在慢慢适应针头的尖锐。柳柳知道，将会有一个神秘的礼物等待着她……

如果方敏知道了，会怎么样？大概她会用细声细气的语调责怪柳柳。柳柳，你怎么不告诉我？你没有把我当好朋友吗？方敏一定会生气的吧。

如果田悦天知道了，会怎么样？大概他会以为我是一个

——————————— 一匹被扯开了线头的布

坏女孩吧。坐在柳柳前一排的他，有着明亮的眼睛、宽宽的肩膀。这家伙每天都在柳柳眼前晃着。柳柳，把数学作业借我抄一下；柳柳，今天你帮我扫地吧；柳柳，你以后想做什么工作？柳柳……

是不是青春期的男生都这么烦人？可是田悦天回过头假装深情看她的样子，曾经好几次出现在柳柳朦胧的梦里。柳柳有点搞不懂为什么。

定下神来，柳柳在心里对自己说，没关系，这就是我想要的。

柳柳知道自己在做什么。这个念头，早在她看到妈妈的卡片那一刻就有了。妈妈的字很娟秀，就像她的名字——百合——一样美。

十二年前，六岁的自己在爸爸的怀里哭闹不停。旁边的大人们，神色哀伤。沉默笼罩在屋内。

柳柳，不要哭，不要哭。

我要妈妈，我要妈妈……

柳柳，你妈妈去了很远的地方。

她为什么不带我去？

柳柳，你妈妈去的地方，小孩子去不了。

大人们絮絮叨叨的解释，柳柳根本听不进去。大概哭得累了，她昏昏沉沉地睡着了。

原本以为自己醒来，就能看见妈妈。可是，妈妈就再也没有回来。说话细声细气的妈妈在橘色的台灯下备课、批改作业、看书的情景，再也没有出现过。柳柳不问，但她都懂。

在她小小的脑袋里，她比谁都清楚：妈妈死了，妈妈不会回家了。

后来，妈妈班上的学生来过家里好几次，说是替百合老师看看柳柳。毕竟，那一场全国闻名的5·12汶川大地震，让很多父母失去了孩子，也让很多孩子失去了父母。妈妈是和她的学生一起被埋的。妈妈本来可以跑出来，可是她又转身回去了。妈妈这么瘦，被巨大的石头压在脊背上，不知道该有多痛。柳柳不敢想象妈妈那时承受的痛苦。

柳柳，妈妈希望你成为一个勇敢的女孩子。柳柳在爸爸的抽屉里，看过妈妈在她还没有出生之前写给柳柳的卡片。即将做母亲的妈妈，那时该是多么憧憬能陪孩子一起长大呀！

再后来，爸爸和柳柳搬了新家。震后的重建安置房小区里，有很多像柳柳一样的孩子。孩子的世界，是很容易快乐的。柳柳有了自己的新同学、新朋友、新生活。

也许是年纪大了，爸爸变得更加不喜欢说话。平时下班回来偶尔和柳柳聊天，多是问问学习成绩的事情。在柳柳的印象里，爸爸像是一个没有爱好没有感情的机器人。从来都考班上第一名的柳柳，自然也没有让爸爸操过心。

今年春天开始，爸爸更忙了。经过一个前所未有的漫长的寒假，柳柳的鼻子已经被消毒水的味道熏得麻木了。作为一个外科医生的女儿，柳柳知道爸爸的工作意味着什么。饭前便后洗手、每天三次消杀、出门戴口罩，即便现在，柳柳都会格外注意这些细节。

————————————一匹被扯开了线头的布

开学以后，方敏还偷偷问过柳柳。柳柳，春节的时候，我在电视上看到咱们市的医生要去湖北驰援武汉。你爸去了没？

柳柳没有回答。哪怕她也在电视上看到过爸爸，他穿着淡蓝色的防护服，在病床前正在和病人交谈。就算只有几秒钟的镜头，就算是只露出一双被防护镜挡住的眼睛，柳柳也能认出他。

爸爸没有去武汉，是因为她吧。柳柳在半夜偷偷听见过爸爸在书房打电话。爸爸对着电话那头的人，用哽咽的声音说，我不是怕死，我是怕万一……

爸爸还是不喜欢说话，他依然在忙，忙得似乎忘记了女儿的生日。柳柳有些失落，可也很快习惯了。她得让自己开心起来，似乎为了完成某种承诺一样。

就像今天，在她十八岁之前的最后一天，她决定给自己送一份特殊的礼物。

针头尖锐的触感，柳柳已经慢慢适应了。当她睁开眼睛，一朵带着露珠的百合花绽放在她的手臂上，美得醉人。

那天，爸爸加班回来，累得在沙发上睡着了。柳柳偷偷地拿了爸爸的手机，想看看前一天的半夜爸爸是在和谁说话。

联系人那一栏赫然显示着一个名字——百合。

原来，那是一通永远拨不出的电话……

妈妈，您看到了吗？您永远在陪着我，也在陪着爸爸。看着手臂上慢慢苏醒的花朵，柳柳在心里悄悄地说。

花棉袄

　　我喘着粗气，一股无法抵抗的沉重好像要把我拉进一个没有尽头的旋涡一样。七月闷热的空气，也在提醒我，快要耗尽的体力将像时间那般离我而去。

　　身旁传来一个略带乡音的声音，压住配速，慢点，再慢点。我再也没有力气往旁边扭头去看，我知道是他，我们"快乐跑群"里的异类——关哥。

　　关哥其实不是哥，论年纪我得叫他大爷。早已年过六十的他，在"快乐跑群"里是一个其貌不扬的人。

　　我晃了晃已不太清醒的脑袋，说，谢谢关哥，我快不行了。你先跑吧。

　　谁说不行？你这小子，年纪轻轻就说不行！关哥没好气地回我。他腰间的那一抹红绿色衬得他特别滑稽。

　　我……我真不行了。

　　别放弃，压住，慢点呼吸……关哥一边耐心地跟在我身边跑着，一边给我指令，帮我调整呼吸。

多亏有关哥，对于我这个菜鸟来说，能够顺利完成半马的赛程，已是最完美的结果。

广告背景板前面，热闹非凡。视线越过一群击掌拍照的人群，我看见关哥蹲在蓝色塑料大棚下的物品存放处，正细心地叠着一件艳俗得可笑的薄棉袄。

没错，是薄棉袄，是那种随便在地摊上都能买到的花棉袄。棉袄上大红大绿的花朵正在灿烂地朝着我笑。

他认真地叠着棉袄，仿佛周边的一切都和他无关，只剩下他和那件棉袄。我有点不忍心打扰他。

眼前这个关哥，在群里被称为"棉袄哥"。每次参加比赛，无论严寒酷暑，他都会带上这件女式花棉袄。天冷的时候，他把棉袄套在运动服上，有点不伦不类。天热的时候，他也雷打不动地带着它，只不过把它系在了腰上。有好事的群友，问过他缘由，只是得到沉默的回应。时间一长，大家也都有默契地不问了。

关哥，刚才谢谢你。我走过去，给他递了一支烟。说实话，我的脚到现在踩在地面上还是软绵绵的，感觉自己像一只被捏住了脖子的公鸡，喘不过气来。

他抬头看是我，憨厚地笑了笑，摇头摆摆手，谢什么，应该的。烟就算了。

关哥不抽烟啊？我好奇地问。

以前抽，抽得凶咧。呵呵，现在戒了。关哥把折叠好的花棉袄放进了自己的背包里。那个有点破旧的军绿色挎包，看上去已经用了很久了。我的朋友都说它旧得很好看，遗憾是它已与你无关，我不禁想起了陈奕迅的《你的背包》那句歌词。

难得啊，我很少见真正能把烟戒掉的。我吐了一口白色的烟圈，对关哥说，其实，我以前也不抽烟。

前女友小米委屈地从我的出租房离开的样子，我到现在还记得。她细长而匀称的背影，消失在那一天的夜幕中。为了转移失恋的痛苦，我加入了跑步群。

少抽点，这不是开玩笑。关哥站起身，拍拍我的肩膀，轻轻说。

因为这次比赛，我和关哥竟然熟悉起来。关哥是龙城市中心最大商场停车场的保安。有时候，他来不及换下制服，就急匆匆来到跑步群的集合点。我从来不敢问他家里的事，在这个飘荡的城市，太多人的背后都镌刻着隐秘和悲伤。

巧的是，关哥上班的商场，就是小米工作的地方。灯火通明的专柜，在我眼里，就像一个一个大箱子，把人们的欲望都装进里面。

我偷偷地站在远远的黑暗里，看着店铺透明玻璃里面的小米。那个曾经说过要爱我到永远的女孩，正低着头认真地帮一位顾客抚平连衣裙背后的褶皱。也许离开我，她才能找到幸福。我能给她什么呢？给不了她幸福，放手也是一种成全。

正慢悠悠地走出商场，就听到了有人喊我，小子，你又来了？我看你这几天都在这里转悠。怎么了？

是关哥。我像被人揭穿了最羞耻的秘密一样，不知该说些什么。

关哥，你说这世上还有人相信爱情吗？在他那间狭小潮湿的保安亭，一顶摇晃的吊扇在我们俩头上吱吱作响。关哥沉默着，他好像一个习惯了沉默的倾听者。

小米给我做饭，小米妈妈要她去相亲，小米最喜欢紫色，小米的生日我连一根金项链都买不起……我索性把我和小米的事一股脑儿地说给关哥听……

又一次半马的比赛来临了。我跑在烈日下的柏油路上，我的心脏在努力地和想放弃的自己作战。我答应过关哥，如果这一次比赛我跑进了前一百，我就去找小米，告诉她，我依然爱她。

关哥的实力远远在我之上。仍然在腰间系着一件花棉袄的他，早就跑在了前头。在远去的人群里，他是最吸引人眼球的一个。个头不高，身形精瘦的他，被那件大红大绿的棉袄衬得更瘦小了。

九十八名！隐约传来裁判确认名次的声音，观众们的加油声回荡在耳畔。

我几乎用尽了全力，才完成了比赛。心跳得厉害，呼吸也差点上不来。一过终点，我就被群里的几个兄弟搀扶着，往阴凉的休息区走去。

小子，你真不错，新手能跑进前100，你打了什么激素？友人兴奋地说。

我无力地摇摇头，没有说话。

哎，知道吗？关哥刚刚晕倒了，被救护车拉走了。

晕倒？我的心揪了一下。

是啊，听说是夜班没有休息好，毕竟年纪大了。唉，临倒下的时候，手里还护着那件棉袄。你说吧，女式的棉袄天天背在身上，说不定他性取向有什么问题。

你才有问题！我像一只被袭击的豹子跳了起来，一把抓住了这家伙的衣领。我似乎已经忘记了全身的疼痛与疲惫。

你知道这棉袄是谁的吗？我大声吼着。身边的所有人都被我突如其来的愤怒吓了一跳。

我穷了一辈子，我媳妇就跟了我一辈子。那天保安亭里的关哥，神情黯淡。

我抽烟三十年，我没死，把我媳妇吸死了。肺癌，查出来的时候就是晚期。也就大半年的工夫，她就不在了。以前家里穷，体面的衣裳只有这一件花棉袄。她穿了过年，赶紧洗干净，又叠好放柜子里，等来年再穿。

关哥吸了吸鼻子，试图克制自己隐忍已久的情绪。我从小喜欢跑步，要不是营养不良，我当年早就进体工队了。媳妇从没嫌弃过我穷，只可惜我没给她几天好日子过活。

保安亭里，头顶上风扇吱吱呀呀地响着，恰如其分地填补了我和关哥之间的沉默。她走了以后，我就一直把这棉袄带着。走到哪儿，带到哪儿。跑起来，就好像她陪着我一样……

我放下了握紧的拳头，在这一刻，我决定了，我要去找小米，我要带着小米去看看关哥。

喂，请问是哪位？小米温润而熟悉的声音从电话那头传来。

小米，是我。我想告诉你……我……我爱你。

不好意思，我准备结婚了。小米的回答，没有一丝犹豫。

祝你幸福，我微笑地挂掉了电话，我似乎并不悲伤。

此时，我的耳边仿佛又听见关哥的声音，跑起来，就好像她陪着我一样……

医心

　　庞北做梦也没有想到，当他睁开眼的时候，第一个看到的人，居然是王二娃。不对，应该叫他王晚叶医生。

　　肺部巨大的压缩感，让庞北感觉到全身非常难受。特别是吸气的时候，整个房间的空气好像完全被包装在一个看不见的气球里，然后一点点地被挤进鼻子里，令人窒息。庞北试图动了动身体，王晚叶按住了他晃动的肩膀，说：别乱动，你才刚刚脱离危险，保留体力。

　　庞北说：王二娃，是你吗？

　　王晚叶没有搭话。

　　庞北又羞又恼地说：王二娃，你别以为你换上这副装备，我就认不出你。告诉你，我一看你的眼睛就知道是你。边说着，庞北想抬起自己的手指指向对方，但却感觉到一阵无力。

　　王晚叶把庞北的手往下按了按，才缓缓开口：庞大宝，你眼力真好。这么多年，你还记得我。

庞北想把自己正缓缓上升的怒气压下去，却因为过分激动引来一阵剧烈的咳嗽。他说：王二娃，今天，我的命是你救了，就当我欠你的。过去你欠我的，还是算数。你别想赖账。咳咳……

王晚叶用带着橡胶手套的手擦了擦护目镜外层的雾气，谁都看不清他在口罩下的表情。庞大宝，你不要激动，你觉得他要是看到我们现在的样子，会怎么样呢？

庞北像是被这句话下了降头，他把头别向白色的墙壁，闭上了眼睛，不再暴躁，好像睡着了。

这个重症病区里，每天都有太多的病人因为恐惧而大喊大叫。像庞北这样刚刚经历抢救苏醒过来的人，更加需要安静的休养。

王晚叶走到护士台，对那几个疲惫的小护士说，准备交班了吧，大家都辛苦了。那边那个32床，注意他的情绪，他心脏不好。

整整二十四个小时，王晚叶做了两个大手术都成功了，包括把那个庞大宝从休克状态中救回来。他心想，今天算是幸运呢还是不幸？比起上一个班次，那个在最后一刻撑不住而离开人世的病人，他今天的战绩足以让他得到一点儿温暖。

可是，救活的人却是庞大宝。

医者仁心。从王晚叶穿上这身白色的医生袍的第一天，他就告诉他自己：要做一个半夜睡觉不惊醒的医生。不管病人是谁，在生命面前，人人平等，绝不能跑偏。

可该死的是，他是庞大宝。

当年王晚叶的导师庞安华教授把这个勤奋刻苦的年轻人，当作是自己的亲儿子一样。王二娃，是王晚叶小时候的乳名。从小就在山沟里野花野草陪伴下长大的王二娃，根本不会想到有一天他会成为一个救死扶伤的医生。

大名鼎鼎的庞安华教授也是从农村苦过来的娃。他对王晚叶总有一种特别怜惜的感情。再加上王晚叶能吃苦，心特别细，是当医生的好材料。教授时常给王晚叶开小灶，把他当作自己的医术传人来培养。教授在过去的行医生涯中，采集了很多民间的药方子。有时候，教授让王晚叶帮忙整理誊抄。这引得教授的儿子庞北特别不高兴。庞北觉得这些都是庞家自己的东西。

搞不好，我们拿着这些药方子，是要发财的。庞北的咆哮声从教授的书房传出来。王晚叶至今还记得那一天的情形。你不要被外人迷惑了，我告诉你，我才姓庞！庞北气冲冲地摔门而去。

王晚叶随后进到庞教授的书房，看到一个双鬓斑白的老人，正在把一张张看上去年代久远的泛黄的小纸片慢慢地摩挲平整。

教授抬头看到王晚叶，平静地笑了笑。没事，别理会他。你看，这张药方是当年我去神农架下谷坪医疗支援，一个土家族的老阿妈给我的偏方，专门治肺部虚寒。只可惜，那个老人家，最后还是因为肺水肿走了。二娃啊，就算是再铁石

一匹被扯开了线头的布

心肠的医生，也见不得病人在自己的手里死去啊。

王晚叶看着眼前这个像自己父亲一样的老人，内心生出一种说不出的热，直冲到他的喉咙。

只是谁也没想到，庞教授在当天夜里，就在睡梦中静静地离开了，突发性心肌梗死。

葬礼结束后，在一片白色的花圈前，庞北恶狠狠地瞪着王晚叶，说：王二娃，如果不是你，我不会和我爸吵架，我爸就不会死。你记住，这是你欠我的！

王晚叶没有和这个被愤怒冲昏头的年轻人继续争执，他只是把手里那朵白色的雏菊紧紧地握着……

二十年后的春天，一场突如其来的新冠肺炎疫情，打乱了所有人平静的生活。

王晚叶接过手术室护士递来的患者资料卡，看到了庞北这个已经陌生却又熟悉的名字。看到在手术台上昏迷不醒的那个人，王晚叶又想起了安华教授那张微笑的脸……

第二天，庞北再次醒过来的时候，听到身穿白色防护服的护士温柔地对他说，你醒了？这个文件袋是我们王主任交代拿给你的。

庞北挣扎着用手打开了这个黄色的文件袋，里面整整齐齐地叠放着王晚叶手写的药方子。文件袋上端端正正地写着四个大字"医者仁心"。

王二娃，你……

庞北觉得肺部的压缩感更强烈了，泪水什么时候滑落的，他竟然不知道。

星星的海

我从小讨厌自己的名字，陶星星。

南方人的普通话不好，前鼻音后鼻音也分不太清楚，从小我就被一些讨厌的男同学叫作陶猩猩。更有甚者，有些坏家伙会在远远看到我的时候，做出大猩猩双手捶胸的夸张动作。

讨厌死了，我要改名。每一次我气冲冲地哭着回家，我都会向家里的大人发火。

为什么要改名？星星，多好听。这是你太爷爷取的名字。父亲安慰我的话，在这时听起来，多少有点讽刺的意味。

谁爱用谁用。我不要叫星星！我还太阳月亮地球呢……我气得把自己关进房间里，就像一只被套上了枷锁的困兽，在黑暗的夜晚里四处寻找慰藉……

也不知道是不是我的诅咒起了功效，我好像走入了一个长长的隧道，隧道的天顶上镶嵌着各种星辰，闪耀着各种晶

——————————— 一匹被扯开了线头的布

莹的光。我仿佛被一种神秘的力量吸到了隧道中央，我的脚漂浮起来，在半空中悬吊着。失去了重力的牵绊，我的身体也似乎变得轻盈，好像航天员那样可以任意旋转。

我开始有点茫然，这是哪里？我为什么会在这里？

跟着那股神秘的力量，我的身体一直往隧道的深处飘去……

也不知道飘了多久，我竟然飘到了一排青瓦灰砖的骑楼面前。透过二楼纸糊的窗户，我看到桌面上摇曳的煤油灯，正在给屋顶涂上忽明忽暗的光晕。再一听，屋子里面有人在小声说话。

上头派人来了，说是收笼的时间定在后天早上。一个看上去五十出头的男人，压低声音说。

他瘦削的脸上，有着按捺不住的情绪。下巴一绺黑灰色的山羊胡子，随着他说话的节奏上下摆动。看他的面相，我觉得有点眼熟。但我已来不及细想，正犹豫着要不要从窗户飘进去，问问情况。

收笼是件大事，千万要小心。搭腔的是一个年纪轻一些的青年男子。他正在把手里的大红色床单，仔细展开，铺平，像观赏珍品一样细细端详。

是，不能大意。万一出了岔子，四弟，任务……就靠你了。山羊胡子的语气里，有不容置疑的坚定。

砰砰砰，一楼的木制大门突然被人急促地拍响。我低头一看，是几个面目狰狞的男人，带头的一个头戴着褐色毡帽，腰上斜挎着手枪。

有情况！山羊胡子和青年男子非常有默契地对视了一眼。青年男子把红色床单迅速叠好，塞进了自己胸前的衣服里。没等我反应过来，他已经大步跨出窗户，用脚一蹬，借着窗户边上的木桩，攀到了骑楼的青瓦屋顶上。只见，一个远去的身影消失在黑夜的尽头……

陶掌柜，这么晚还在忙啊。一群人拥进了一楼的铺面。为首的男人阴阳怪气地说。

张老板，看您说的。我们忙，不是为了更好地孝敬大人您吗？山羊胡子卑微地赔着笑，作揖答道。

知道就好。我警告你，不要出什么乱子。不然，我和兄弟们一定不放过你。为首的男人，在屋子里四处转转，看到没什么新的发现，撂下这句狠话，摔门而去。临走时候，还顺手拿了两个铜镯子。这个好，回头送给烟花巷里的那个阿花。哈哈哈……

山羊胡子等那帮人走远了以后，才长舒了一口气，脚步极慢，回到二楼房间。这时的我，才突然醒悟，这个山羊胡子，就是我的太爷爷。我在家谱里看过他的照片，山羊胡子是太爷爷标志性的符号。小时候，我曾经指着那一绺山羊胡子，问过我父亲，爸爸，为什么你没有山羊胡子呢？

星星，太爷爷才有呢。他可是私塾出来的大人物。你看，有这样的胡子，多儒雅。父亲回答。

我看着眼前这个真实的人，突然分不清是我回到了过去，还是过去变成了现实。我想飘进窗户，去和太爷爷打个招呼。

　　　　　　　　　　　　一匹被扯开了线头的布

太爷爷的一个举动，打乱了我的想法。他把床头木箱子轻轻打开，在最底层的衣物中找出了一块淡黄色的手帕。他还把一封折叠得规规整整的信，摊在桌面上。上面画着一面旗帜：红色的旗面上排列着五颗五角星。

太爷爷用铅笔一笔一画地在淡黄色手帕上，画着线条。我分明看见，一个一个五角星在他的手里，跳脱出来，好像也漂浮在了空中……

我调皮地用手去抓，但那些五角星好像故意躲着我，一扭头，竟然飘到了月亮上……

朦胧间，我睁开了眼睛。刚刚抓星星的触感，仿佛还在手边。太爷爷画星星的场景，也还仿佛在眼前。我不确定我自己是不是做了一个长长的梦……

太爷爷是我们这个城市第一个革命党支部的成员，我们这个南方小城第一面五星红旗是他和他的战友在那一年的秋天升起来的。我不知道那一面旗帜上的五角星，是不是真的像我在梦里看到的那样，是太爷爷用手帕做成的。

我在革命烈士馆里，看到了这样的一行字：陶然星，龙城升起第一面五星红旗的革命者，被反动派枪杀于新中国成立前夕。

我终于不再讨厌自己的名字了。

那天晚上，我又做了一个长长的梦，梦见我漂浮在一片由星星汇聚成的海洋里，我伸手去抓它们，星星们调皮地躲开了……

金鱼在理发店游泳

阿宇用力睁大了自己短而圆的眼睛，他想确定自己看到的，不是来自梦里。

不大的店铺里，理发椅整齐如列兵一样一字排开。本来就破旧的镜子上布满斑斑点点的灰尘，折射着冬天微冷的阳光。而在房子中央位置，赫然入眼的是一个蓝白色小型充气塑料游泳池。里面正欢腾扑通着各式各样的金鱼，挤挤挨挨着。名字和品种，阿宇说不上来，但他知道，这是活生生的金鱼。

阿宇，怎么样？好看吗？身旁一个清脆的声音响起。

阿宇回头看着这个脸上浮着得意神情的女孩，点头说，好看。

我就知道你会喜欢，女孩自顾自地说。她的身形又消瘦了，她的肩膀空荡荡的，仿佛一搂就会被揉碎。阿宇记得上一次见到她的时候，她还有点小肚子，叫嚷着吃完那顿火锅

———————————— 一匹被扯开了线头的布

就要减肥。

阿宇再次打量了一下自己的理发店，时隔半个月，他再次回来。

这间名叫"宇先生理发店"的理发店坐落在人潮熙攘的西环路口。从广州的美发沙龙回来，阿宇在龙城找了这间租金便宜，处在菜市场对面的店铺。

那些曾经学过的吹、剪、染、烫的国际流行手法，几乎没有任何用武之地。两年来，阿宇要做的是帮遛公园回来的中年大叔推一个麻溜利索的平头，或者帮买菜回家路过店里的阿姨做一个大波浪卷发。房东是个守寡的老太太，就住在店铺楼上。南方的小城，这种自建的临街铺面小楼比比皆是。老太太也没打算要赚钱，租金一直也没上涨。阿宇猜想，她无非是不想自己这么孤单罢了。

没错，孤单。听说，老太太年轻时候好赌，最后弄得个家破人散。阿宇总能见到老太太自己一个人弓着背，慢慢踱步到马路对面菜市场买菜，累了到店里和客人说几句话。客人基本上是周围的街坊邻居。随着慢慢熟络，很多人开始和阿宇开玩笑：阿宇，你这么帅，干吗不去找个漂亮妞当老婆？阿宇，你说你在广州是不是有很多女朋友？阿宇，干脆你到我家当上门女婿好不好？

每当遇到客人的调侃，阿宇耳朵根总是不自觉地发烫。他知道这些玩笑都是平常生活中的一些调料而已。他感觉张贴在墙上的那些搔首弄姿的美女，好像也都在奚落他一样。

见到晴晴是半年前的事。阿宇没想到房东老太太还有一个外孙女，关键还这么漂亮。

阿宇正在专心致志地给一个大叔剃着耳边的鬓角，只听门口玻璃门被人猛地拉开了。抬眼看，门缝里闪进一个标致的女孩。白皙的皮肤透出一种不同寻常的苍白，两只像林间小鹿一样的黑眼睛，快速地把店里打量了一番，然后笑吟吟地说，阿宇？原来我外婆说的帅哥，就是你啊。

出于职业的本能，阿宇其实第一眼看到的，是晴晴的头发：蓬松的大卷发，奶茶色的发丝随风微微散开，在午后的阳光下，每一根头发仿佛都在发光。她很适合卷发，阿宇不禁在心里说。

晴晴的性格，本来就开朗，和阿宇熟悉之后，她没事经常到理发店里蹭网。她有时候端着几本阿宇看不懂的外国书，有时候捧着手提电脑敲个不停。从北京回来的她和这个南方小城空气中弥漫的螺蛳味道、酸笋味道慢慢融为了一体。

有她来店里的那天，阿宇心里会泛起莫名其妙的高兴，要是哪一天晴晴没来，阿宇就会有些失落，也说不上为什么。

阿宇的心事，不仅是因为晴晴。眼见着就要到冬天了，今年的冬天特别湿冷。接近黄昏的傍晚，电暖器正在输送着一股看不见的温热，阿宇刚刚送走了一个带着小孙子来剃头的老太太。宇先生理发店，此刻，没有客人。

阿宇，你什么时候回老家啊？晴晴问。

嗯……也许回……也许不回。阿宇支支吾吾地回答。

为什么是也许呢？晴晴问。

老家里……没剩什么人了。阿宇长叹一声说。他一直不愿意向外人透露的内心，眼见着被晴晴的问话挑开了破败不堪的一角。

你知道吗？我的头发……其实……是假发。晴晴放下手里的书，坐直了身子，在淡绿色的沙发上，望向阿宇。

嗯……它很适合你。阿宇不知道该怎么面对晴晴的眼睛，他只好低头盯着自己手上的卷发棒，一根根发丝正在不知所措地颤动着。其实，在他第一次见到晴晴，他已经知道那一头奶茶色卷发是一顶几乎可以以假乱真的假发。

哈哈，是吗？我也觉得这个假发很适合我。晴晴笑了，好像那些病痛与她无关。

晴晴是回来化疗的，谁能想到这么一个阳光的女孩竟然遭遇着病魔的蹂躏。

是我自己要求回来的，就算我妈要和我断绝母女关系。我想我外婆了……晴晴的眼睛里浮起一层薄薄的忧伤。

阿宇这时想起了曾经无数次在他梦里出现过的场景：小小的他，停留在金鱼摊，挪不开脚步。五颜六色的金鱼，正在水里吐着透明的泡泡，好不惬意。可是，没多久，他就被一股巨大的力量狠狠地推倒在地上。还没有等他反应过来，他耳边响起了男人们的打斗声，摊子被掀翻的声音，中间还夹杂着女人绝望的尖叫……

过失杀人，二十年。阿宇苦笑地说。你知道吗？那一年我的生日愿望，是能拥有几条漂亮的金鱼。谁知道，老天给我开了这么大的玩笑……对于那个马上要在下个星期出狱的父亲，阿宇不知道应该用什么心情去对待。

阿宇，只要人还在，家就一定在……晴晴歪着头的样子，像极了动画片里的洋娃娃。她那一头奶茶色的假发，真的非常适合她。阿宇心想。

阿宇把店铺的钥匙交给了晴晴，在监狱大门打开的瞬间，他见到了衰老憔悴的父亲。那一瞬间，20年的光阴仿佛一下子被穿越了一样。眼前的父亲，还是那个抱起他会用胡子扎他脸蛋的男人。

在老家安顿好了父亲，阿宇再回到理发店时，就看到晴晴给他准备的惊喜。挤挤挨挨的五颜六色的金鱼，正在理发店里游泳。它们正在水里吐着透明的泡泡，好不惬意……

多年以后，如果有客人问阿宇，为什么理发店会有金鱼在游泳？透明玻璃做成的金鱼缸旁边，阿宇会头也不抬地一边帮客人烫着大波浪，一边回答：

有一个在天堂的朋友，她喜欢……

短·行

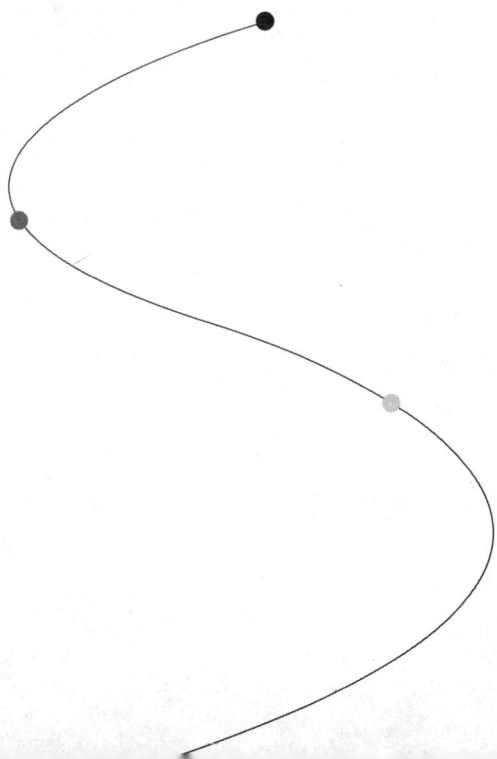

洗澡

北方澡堂的氤氲里，总是呈现其乐融融的景象。

三五个白晃晃的身躯被展览在热气奔腾的水流下，白到透明的气体勾勒出不清晰的人形。鼻子常可以闻得见空气中朝你扑来的肉的味道。这种味道有点像陶瓷焖锅里被煮烂的清水白肉。这肉散发着隶属于天然的熨帖味道，温温的。一家子同性的亲戚要是一同洗浴，就会毫不顾忌地互相搓背，互相捏肉，丝毫不介意长幼辈分。她们会拍着自己或单薄或健硕的大腿鄙夷地和妯娌一起谈论街口那个死活不肯改嫁的寡妇。扁平乳房已经松垮下垂到肚脐的祖母坐在自带的方形桃红色塑料小凳子上，用力搓着皱如久久没人打理的咸干菜一般的泛黄内衣。每搓一下，乳房就如同空荡的米袋一般晃动一下。这干瘪的凸起，像她经历过的岁月，乏善可陈。光着身子的两三岁小孙女则在旁边嘻嘻哈哈地和四处飞溅不可预测的白色泡沫追逐打闹。她们天真的笑声甚至会盖过哗哗的水声，成为流淌在澡堂的乐曲。

　　如有必要，也可以很自然地开口，对隔壁水龙头下立着的那对高耸的陌生乳房的主人说："哎，老妹，麻烦你，帮忙搓下背。"也许，人一旦撕下了华美衣饰的遮蔽，剩下的就是赤裸裸的原始。在这一点上，北方人要比南方人坦诚。

　　一直以来，南方孩子不能适应北方有一个重要原因，南方孩子无法像北方人那样自然地在其他同性面前袒露自己的身体。即使在十万大山里最偏僻最边缘的南方农村，父母对孩子的洗浴也向来是遮盖与封闭的。南方孩子自小就被告知的身体戒规只会随着年龄的增长不断被强化。隐秘的洗浴是天经地义理所当然的事情，更别提看到别人赤裸的身体，简直是件极为不道德的事情。

　　安阳每次去澡堂，罪恶感都像一口咯不出来的浓痰那样卡在她的喉头。对于那些在她身边高声讨论身体结构或是邻里八卦的女人胴体，她从来不敢抬头多看一眼。即使是与最好的朋友同去，安阳也都是尴尬地埋头洗澡，从不多言。

　　安阳几乎每次都是用最快的速度，结束对身上每一个细胞的洗涤。周遭人们偶尔投射过来的眼光，扫射在她身体上，她也会觉得是煎熬。其实，安阳虽然娇小，但身体的曲线依然是美好圆润的。皮肤虽不算白皙，但是有着青春的弹性，毕竟才是十七八岁的年纪。在她小巧的乳房下方、右边肋骨的侧面有一道长约十公分的疤痕。这疤痕很不规则，歪扭的轨迹毫无艺术感可言，像是个冒失的家伙粗鲁地在画布上画了极其失败的一笔，又不肯擦去。虽然疤痕的颜色已经逐渐

　　　　　　　　　　　　一匹被扯开了线头的布

与肉体融合，但它依然像一个诅咒的图腾，在她的记忆中顽强地扎根。

第一次来澡堂，被好友看见时，安阳只是用淡淡的语气说这是小时候受过的伤，一语带过。

只有在用温润的毛巾擦拭自己身体时，安阳才会感受到这道伤口粗糙的存在。

更衣室上方的阳光透过贴着五彩菱形窗贴的窗户，慵懒地斜照在巨大的落地镜子上，给镜中女孩赤裸的身体仿佛镀上了一道金色的神秘。安阳望着那个镜中的自己，细长单薄的嘴唇有些颤抖，那是一种身不由己的无奈的习惯反应。她几乎不能正视自己的身体，甚至厌恶。恰是这副美好又丰盈的皮囊，让她陷入了罪恶与羞耻。

安阳是为了逃离那个地方才来到北方的。在来这里之前，安阳就已经把自己不愿意回想的记忆封存在某个不为人知的禁地里，只不过，每次要面对这道伤痕，她便不得不再次想起……

那阴暗狭窄的破旧老屋，总透着月光的布满蜘蛛网的灰瓦屋顶，终年弥漫着潮湿发霉气味的木柜，堂屋中央永远悬挂着的那根不知年份的黑中泛着青光的猪前腿熏肉，后院那偶尔在夜里打鸣的几只老母鸡，屋前不管下不下雨都永远泥泞的黄泥土路。更可怕的是，一直萦绕在安阳心中的那不堪的家庭。

母亲安霜红和后爸谢德敬，是安阳在五岁以后才见到的。那是因为安阳的阿爸蓝建国得了肝癌死了。这是一种可怕的家族遗传病，蓝家家族上下有六口人因为这个不知藏在何处的魔鬼先后离世，包括对安阳最好的阿公。壮族人管爷爷叫作阿公。阿公是唯一会给安阳讲蚂拐神的故事、带安阳去山里晒太阳并且愿意哄安阳入睡的人。他身上有很深重的老年人专属的味道，像腐烂的鱼虾被人丢弃在晒谷场上，隔着很远都能闻见。姑姑蓝梦青自己家里也很困难，堂弟出生后，家里要吃饭的人越发多了，一张张大开的嘴在贫穷里等着。姑姑只好把蓝阳送回了生母安霜红这里，改跟母姓，她就叫作安阳了。

对于阿爸，因为年纪太小，安阳不是很有印象。只记得高个子、微微驼背、清瘦得可怕的阿爸话很少。他每天从遥远的地里回来，就会坐在老屋门前的破烂矮木凳上，大口大口地抽土烟，闷闷的咳嗽声从来就没有停过。土烟是手工做的，用一张巴掌大的白惨惨的卷烟纸把黑黄的烟丝小心翼翼地卷着。阿爸吸烟吸气时特别用力，吐气时反而缓慢下来，表情常是凝固的。倒是见着安阳时，阿爸会一家伙把安阳从地面举向寂静的半空，然后昂着他那张有着高颧骨深眼眶的脸，淡淡地咧开嘴笑。

只是，这个场面没能持续多久，阿爸就被族人七手八脚地抬进了乌黑乌黑的雕着"福寿"二字的长方形棺材里。吹拉弹唱的葬礼热热闹闹地办了好几天，安阳不认识的宾客来来往往像收割稻米一样换了好几茬。安阳依稀还能想起，躺在木板床上的阿爸去世前那个异常浮肿的黄得发黑的肚子，像个硬硬的馒头，又像个冷冷的坟墓。

至于母亲和阿爸为什么会分开，安阳从来就不知道。家里的大人从来没有在安阳面前谈起，母亲也没有主动说起过。

　　安霜红是标致的北方美人，脸盘圆润，杏眼清秀，加上长长的性感的脖颈，总有一种顾盼生姿的风情。这和当地女子的野性美截然不同。年轻时的她也算是方圆十里一枝花，让许多天性萌发的青年男人整天魂不守舍。听说当年，她是随着千千万万的城里知青插队到了这个村子。这山里一下子多了许多操着外地口音的年轻人。可是不知怎的，她没能和其他的知青一块儿回城。她留下来嫁给了蓝建国，生下了女儿。可惜的是，安霜红脑子有点"蒙盎"，就是俗话说的有点傻。一发作时，会在家里发疯，要把所有物件都砸碎，鸡飞狗跳地不认人。甚至倔起来就要往隔了几里地的水库冲，谁拉她她就打谁，似乎有恶神赐给她蛮力一样。蓝家还请过师公给安霜红驱邪，但效果甚微。在安阳一岁半的时候，安霜红无声无息地离家出走了。族人满山满野找了很久，才知道她流浪到了一村之隔的谢家。见到蓝家人就要发狂的安霜红，居然在谢家乖乖巧巧，安安静静地啃着刚出锅的甜玉米。一粒粒圆形的颗粒被她异常平静地咀嚼，低着眼，好像这场混乱与她无关。

　　不知道蓝建国和谢德敬这两个男人之间到底是如何秘密谈判的，并没有出现众人想看见的拔刀相见血染白刃的残暴场面。之后，安霜红就这样留在了谢家，而安阳这个女儿被蓝家养着。

天不遂人愿，蓝建国早早地被老天请去。安阳还是回到了母亲身边。后爸谢德敬是个精明人。长得矮胖的他非常善于在祭祀上给主家念经祷告，念祭文的情感拿捏得分寸不差，算得上附近村屯响当当的师公。谁家有白事都会请他去做主持。

后来，很多时候安阳都被谢德敬带去葬礼现场，被不由分说地笼上一个耸立到天际的白麻做成的高帽子，被命令跪在用许多破烂棉絮填充成的福字圆形垫子上。安阳要做的就是跟着口令，不断地闭着眼睛磕头，还有随着缓慢得如死寂的人群围绕那副静静地摆在堂屋中央的棺材绕圈。伴随着的是，谢德敬夸张地带着哭腔的祷词和连绵不断的唢呐声。安阳有时候，会偷偷地好奇，这个黑乎乎的木头柜子里到底联系了怎样的生死世界？

安霜红老了，但还是风韵犹存。长期在家里待着的她，像一个被无形镣铐绑住的囚犯，时而发呆，时而傻笑，有时候会像饿久的人看见五花扣肉一样直勾勾地盯着安阳，喃喃自语："阿妹，越大越像你了……"

安阳逐渐年长，也不知道她母亲口中常常说的"你"，到底是谁。只是每每母亲用这种神经质的视线盯住她时，安阳总感到毛骨悚然。

还好，安阳从初中就开始住校。学校离家远，有十几公里，还有几处需要翻越的绿色山脉。山总是绿的，树的盛衰在这大山是不足为奇的。这棵树掉落了叶子，还有另一棵葱郁长出来。为了节省时间和钱，安阳常常两三个月才回一次家。除了害怕母亲奇怪的目光之外，安阳还害怕继父看她的眼神。

作为逐渐成熟的女孩，安阳知道谢德敬的注视是有些令人羞耻的含义的。说不出是什么，但令安阳直觉地感到恶心。那逐渐柔和的身体，那些不为人知的本能的变化，也让这个进入青春期的女孩感到不安。走起路的时候，她慢慢充盈的胸部在所有人的眼光下会颤颤巍巍地跳动，这让安阳觉得肮脏和屈辱。没有人告诉她该怎么办。即使在不发疯的时候，她母亲安霜红只会把松垮丑陋的棉质文胸毫无芥蒂地铺在她狭小的床铺上，那粉红色的碎花好像嘲笑过她的人那样冷漠。某些夜晚的失眠中，安阳会被像潮水一样的莫名忧伤与难过堵住去路，无法后退。有人说安阳长得像母亲，只是还水嫩，没有出落完全。

特别在回家洗澡的时候，安阳总是提心吊胆，生怕突然有一天谢德敬会推开那本来就破烂不堪的木门闯进来。朦朦胧胧之中，那些不敢想象的画面，安阳的脑海里常常会隐约出现。"嘿，想什么呢？害不害臊？"有时候，她会唾骂自己，为什么要去怀疑一个收留了母亲和自己的人。除了这个单身汉，谁还会愿意担上这种负累？就算这样，他也只是个安阳从来不曾愿意去接近的大人。她阿爸只有蓝建国，安阳这么想。

安阳唯一的愿望就是远离这个诡异的家。她像一个在黑夜的大山里找不到下山出路的迷路人，唯一可以找到的一抹光亮就是上学。乖巧听话的她相信凭借她的努力，只要好好读书，就可以远离这里，就可以割开与这里连着的脐带。出去了，就绝不回来！

当在大学澡堂里的安阳看见这道不可磨灭的疤痕时，她苦涩地对自己说："出去了，就绝不回来。如今是想回也回不去了。"

安阳考上的是黄河边一所名气不大的师范院校，当初最吸引她的是国家招生计划的师范学生每个月能够领上六十多块的补助。这样她可以摆脱每个星期才能吃上一次肉菜的尴尬。二十世纪九十年代末，经济还不是很发达，物价却还是一样的高。安阳每个学期的学费是姑姑蓝梦清找族人借来的，盖着红手印的签了名的字据是说好了要还的。生活费只能压缩再压缩。安阳悄悄地把生活费分成三份。一份是买必要文具和生活用品，另一份是伙食费，另一份要攒下来，留下来做那件事。

那件事一定要做到，也肯定会做到。她心里无数次发誓。为了省钱，安阳连春节也不敢回家。从南方跨越千里到北方的春运路线里，常常挣扎着每一个人不肯轻易泄露的秘密。

一个人的春节，有几许寂寞，有几许孤独。狂欢的热闹，并不会属于每一个人。舍友们都早早回家过年了，空荡荡的大四寝室里，电话铃突然响起。

她放缓声音，正奇怪是谁打来："喂，你好！"

听筒那边是姑姑蓝梦清的家乡话："阿阳啊，我是姑姑。春节不回来，你一个人也要注意身体啵。"

"嗯，阿姑，放心。你们也要保重。"

"阿阳，我听说你后爸谢德敬提前放出来了，他前几天还来找我们呢。"

"什么？！姑姑，你们要小心啊！"安阳急切地差点喊出声。

"那天我们正好没有人在屋里。听邻居讲，他是来问你的联系方式的。阿阳啊，我们不会讲给他听的。这个人渣，害得我们家还不够吗！"姑姑咬牙切齿地讲。

"姑姑，你们一定要小心那个人。就怕他发起疯来，不知道又要做出什么事情！"安阳的语气也激动起来。

"我懂得，我懂得。你自己一个女娃娃，也要小心啊。"姑姑苍老的声音透出对安阳的关心。

挂了电话，安阳坐在床边发呆了许久。

他出来了？

她极尽所能去淡忘的事情，又不得不逼迫着她去面对……

面目狰狞的男人的脸，女人惊慌失措的尖叫，昏暗摇晃的灯管，瞬间晕开的暗红色的血迹，支离破碎的窗户，随时都要被烈风吹开的木门……

安阳被这恐怖的梦境惊醒，全身汗涔涔，眼角还残留着梦中的泪珠。恍神之间，才发现天已大亮。这时，她才模模糊糊记得昨晚去澡堂回来，接到了姑姑的电话。大概是头发没有及时擦干，加上情绪太过激动，头变得滚烫。她想，自己吃点感冒药，多喝水，盖上被子睡上一觉，应该就会好了吧。

谁知，在迷迷糊糊中，安阳却又梦见了自己努力遗忘的片段。她想喊，但是在那个世界里她开口竟然没有声音；她想跑，但在那个世界里她的双脚竟然无法移动。她试图想伸伸手，却发现自己触摸到一层油乎乎冷冰冰的玻璃，隔在玻璃另一面的是她曾经经历过的恐怖……

那天，谢德敬是怎么闯进冲凉房的，安阳已经不太清楚。她只是本能地蜷缩着赤裸的身体，一手抓起摆在木质窗台上的外衣遮挡自己裸露的肌肤。那个男人的手掌是摸到她了，热热的，有说不出的腻滑与恶心。安阳惊恐地摇摆着头，闭着眼，努力挣脱着。她能感受到朝她喷泻的热气正羞耻地灼伤自己。内心只有乞求这个可恨的时间能够快一点儿过去。

那人的手还在摸索，摸索。安阳不得不睁开眼睛，用力打掉那只肥短有肉又沾着汗水的手。那人的眼睛布满了血丝，他的表情里不是欲望，更多的是愤怒，是想要撕毁一切的愤怒，仿佛安阳不是人，只是一个可以随意摆弄的物件。他要不顾一切地搬走这个物件，好像要随便丢到一个陌生地方似的。

安阳死死摁住那人的手臂，甚至用尖锐的指甲抠出了那人零碎的皮肉。在混乱的推搡之中，安霜红竟像幽灵一样闪进来。安阳害怕她傻乎乎地介入这场战局，受到伤害。她这么弱小，怎么能抵得过暴力的风雨？她孱弱的身体，仿佛只要轻呼一口气，就要倒下。安阳已经无暇顾忌什么，赤裸的她自然而然地冲向自己的母亲，奔向这个世间她唯一想要保护的人。即使后背依然停留着谢德敬肮脏的手，安阳还是用

——————————— 一匹被扯开了线头的布

尽所有力气推开了想要靠近的母亲。没有任何预兆，安阳的后脑就被一个强劲的力量击中，疼痛像崩塌的雪山压在了她的大脑神经。接着她就像块日光下的棉花糖一样，软软地融化了。

再后来，安阳苏醒过来的时候，是在白成一色的医院里，仿佛有一段记忆被时间的屠夫掠走了，她不想再去回忆发生过什么。姑姑告诉她，她的后爸被警察带走了，罪名是强奸未遂以及人身伤害。这时，安阳才发现，自己身上多了一个丑陋的疤。抢救她的急诊科医生说，还好这刀刺得偏右，不然以下手的力道来看，就是华佗再世也救不活了。

安霜红终于被送进了精神病院，她痴呆的脸上看不出任何表情。她像一棵被抽走根系失去养分的老树，一点点萎缩下去。每次在看到与自己长相酷似的母亲时，安阳都觉得这是个无趣的笑话。为什么这个女人把我带到世上，却同时也要给我带来这么多痛苦？我和这个女人之间除了血缘之外，还有什么？

高三那年，安霜红离世的时候，好像才有一点儿回光返照的清醒。她安静地躺在铺满晨光的白色房间里，用蜿蜒着青筋的手摸着女儿的脸颊，仿佛透过这张脸看到了遥远的岁月，眼神也变得清亮。

"噼里啪啦"，报丧的鞭炮响彻了山谷。按照风俗，死去的母亲被穿好寿衣之后，嘴里含着的金币是要子女亲自放进去的。当安阳把那块黄灿灿的金子从安霜红被掰开的薄薄嘴唇中塞进去的时候，安阳好像感到一种无法言说的释放。这种快感有点像躁动不安的蝉鸣，把人的暗暗涌动的欲望呼喊出来。

"快点跪，不要开眼睛。"旁人厉声催促道。师公喃喃地念着安霜红的生辰八字。

三个昼夜的冗长诵经又要开始了，原本这应该是谢德敬最熟悉最擅长的事情。安阳木然地跪着，双手合十放在自己柔和的下颚底部，望向那口沉默的棺材。心想，这个女人，终于得到解脱了。只是，那小小的坟墓，寒碜得刺眼。

谢德敬被判了六年。没想到，安阳还没有大学毕业，这个混蛋就又出现了，还到处寻找安阳的下落。

安阳已经谈不上恨，她似乎不再恨这个伤害过她的可恶男人。她有些遗忘掉，曾经发生的一切。有人说，这是一种选择性逃离。但她知道，她逃不掉，也逃不了。她只是本能地恐惧，恐惧那断裂的疼痛再次袭来。她恐惧谢德敬会不会继续伤害她的家人——假如她还有家的话。平日里，安阳只有把这种刻在骨头里的恐惧小心翼翼地埋藏起来。只是姑姑的电话，让她越发感到冷……

"好冷。"安阳从已经变得冰冷的水中回过神来。她的乳房因为浸泡的时间太长，已经变得有些青白，显出微红的毛细血管。还好卫生间里的暖气足够强劲，才没有让她冻得发抖。浴缸里的白色泡沫也早已被氧化成气泡，没了踪影。

"刚才怎么了？"安阳自己问自己。

"哦，是睡着了。"心中的另一个自己回答。有时候，醒来，是为了不在梦里回忆。

　　　　　　　　　　　一匹被扯开了线头的布

安阳的腰肢是柔软的，即使斜躺着，也能看出右边肋骨上那道疤。很多年过去了，这道疤还是那么丑，还是那么直愣愣地迎接着这世间的光。那个男人说过这是她与众不同的文身，安阳还是觉得它是丑的。镜子里反射出的自己的那张脸，越来越像安霜红。

安霜红？那个苦命的女人？

毕业之后，安阳才从家族的大人们那里知道，安霜红在插队时是和一个姓齐的大高个知青相好的。那时，她还没有疯癫，还美得像叽叽喳喳的小黄雀，她随意扎起的辫子总会有几缕柔软的头发在她耳后纷乱，让人忍不住想去帮她将好发梢。一个特别闷热的夏夜，蟋蟀用它持续不断的歌唱宣告它的存在。安霜红和好几个知青一起到村头的大水库游泳。水库建在山坳里，四面都是山。当年修水库的石方，就是这些从城里来的半大娃娃们一肩一肩挑来的。

大概是青年人玩心重，小伙子们就笑闹着要洗澡，露着白白的屁股，往水深的地方游去。女孩子家都羞得掩住了绯红的脸，互相泼水开着玩笑。谁知，那姓齐的男人的脖子被蔓长的水草绕住，水性不错的他还来不及呼喊，就被拽下了黑黝黝的水潭里。黑夜遮住了许多可见的光线，也把痛苦悄悄地摁住了。夏日的风，潮湿而浓郁。

不明就里的年轻人们，还在热闹地调笑，没有人在意这突发的一切。等众人发现时，那人早已直挺挺地沉在水底。潜水下去的人，竟然也差点被困住。安霜红脸色苍白地跪在水边，出奇地安静。等那人被捞起来的那一刻，她才从肺部的深处发出撕心裂肺的哭声，划破漆黑的云层，格外的悲凉。

再后来，安霜红的肚子就一天天大起来，精神也开始不济。她拿着裁衣服的剪刀对着自己圆圆的肚子，直挺挺地横躺在村支部的门口，发疯地要村支书给她家发电报，说她已经死了，叫家里人不要来看她。蓝建国和谢德敬本来就是一个公社的贝侬，两个人早早在修水库的当口就都相中了安霜红。捡一个破烂货，还要带上孽种？所有族人都在愤怒着。

在她快要临盆的时候，蓝建国是被蓝家阿公打断了捅灶台的木棍才把安霜红娶回家的。大概是瘦高的蓝建国与那姓齐的男人有几分相似吧。但是，安霜红疯癫的记忆还停留在她做知青的那个年代，根本不愿意接受自己居然生了一个孩子。好几次犯起病来，安霜红都想用素色的被单捂死这个肉乎乎的小婴孩。后来，她在谢家看到安阳越来越像年轻的自己，这是要命的提醒，提醒她不愿意想起的过去，提醒她曾经爱过的那个人，提醒她再也回不去的美丽。她永远活在了那个阴暗的水库旁……

"造孽……"安阳忍不住轻叹一声。

还躺在浴缸里的安阳顺时针旋转了一下因长时间保持同一姿势而开始僵硬的脖子。这时，手机响了一声。她用湿漉漉的手指划开用一张男人照片做的屏保。

短信是谢德敬发来的。

"你妈的坟已经修好了，清明记得回来。"

安阳用轻巧而美丽的手指摩挲着肋骨伤口上的褶痕，一点点地移动，仿佛要和这些新长出来的肉谈心。

只有她自己知道，在她隐秘的记忆深处，有一个画面随着时间的沉淀逐渐清晰：在她昏倒之前，最后看见的是一张披头散发如鬼魅一般的女人的脸。

她不想去想起的瞬间，是有生命的。不管她怎么试图遗忘，都是徒然。某个成年后的夜晚，安阳能够想起那个夜晚看见安霜红的表情：美丽的眼睛里都是凌厉的绝望，她的手里有一个反射月光的东西，明亮亮的不像话。

女儿脱离了母亲的母体，本来就该是一个完整的生命。只不过，有些人不肯承认这一点。安霜红在与那个年轻的自己的博弈中，输得一塌糊涂，她把自己永远留在了可悲的十八岁，留在了那个时代。

但至少，谢德敬比我想象中要爱安霜红，安阳自嘲地想着。

安阳看看窗外，春雪已经不再下了，冷冷的北风吹到窗户上，发出呼呼的鸣响。

秋天来了

1

申晴，你难道真想一直当模特？

来火车站之前，在那间我待了快四年的宿舍，隔壁床的小江西问了我这个问题。她和我一样，都是宿舍里剩下的没有收到面试通知的人。她亮晶晶的眼镜片反射着房间里的日光灯，让我感到很不适应。

现在还不知道，管他呢，船到桥头自然直。我翻着手机里摄影师刚刚给我发来的工作样片。这套所谓早秋仙女气质连衣裙的配色真是丑，我心想。

秋天来了，也意味着距离明年毕业的时间也就越来越近了。看到宿舍的同学不断接到公司邀约面试的电话，原来心里并不着急的我，也莫名其妙地焦虑起来。

我叫申晴，主业是学生，副业是一个网拍模特，专门走性冷淡风的那种。

我知道我长得并不主流，细长的单眼皮在脸上安安静静地摆着，脸上还有一些细小的雀斑，像是恋人亲吻后不小心留下的痕迹。不知道为什么，圈里突然流行了一种奇怪的风潮，模特多像是我这种类型的女孩儿。大部分的时候，摄影师都会让我只要呆呆地望向镜头，或者望向远方，或者低头沉思。总之，用他们的话来说，我不笑的时候，就特别有吸引力，不招摇，却性感。

其实，我原来并不喜欢被拍照，因为我实在不知该如何面对那个黑色镜头后面的人。我不知道自己是该笑，还是不该笑。从小到大，我都害怕展现自己的情绪。

不过，凡事都有例外。当我被告知，我可以不用笑，甚至我可以发呆的时候，我似乎增加了在镜头前的自信。哪怕这种自信是虚幻的，是建立在摄影棚的虚幻里的。

那些对着我的长短镜头，我不再把它们看作是冷冰冰的机器，而是把它们当作可以记录生命的朋友。它们背后的人我不想去了解，就像他们并不想了解我一样。镜头是真的，比人要真实得多。应付它，比应付人要容易得多。

经常合作的摄影师们都会埋怨，申晴，你底子这么好，你要勤快点多接单。我拍过很多模特，她们都没有你有味道。

我自然知道这是男人对我的殷勤。这时，我会故意轻轻撩起不小心掠过额头和嘴边的碎发，对着男人们幽幽地说，那以后，你只拍我好了。我随便你怎么拍。

镜头后面，男人们都别有深意地笑了。这笑，我当然懂得是什么意味。我知道自己还有着年轻的脸和青春的身体。

我妈王美清对我的长相向来持着悲悯的心态。她和我爸都很好看，我偏偏像是被抱错的孩子。自从我爸死了以后，她的美也就成为一件奢侈品，她不再像以前那样细细打理自己的头发，也不再像以前那样把自己的指甲一个一个打磨成温柔的圆弧，再涂上亮晶晶的指甲油。

记得高考前，我和很多人一样，把头埋在厚实的被窝里看书，用手电筒微弱的光写着数学圆锥曲线的最后压轴题。被窝里面的空气包裹着汗味、油墨味还有我自己放屁之后残留的闷臭味，提醒着我每一个凌晨的到来。我甚至愚蠢地把风油精抹在自己的眼皮上，试图赶走瞌睡。火辣的刺痛，让我的眼睛根本睁不开，只能痛苦地用半开半合的眼睛去看一个个像蝌蚪一样蠕动的字。

然而，我只考上了这所中不溜秋的大学，拿着中不溜秋的学分，也许将来要面对一个同样中不溜秋的人生。

正想着，口袋里的电话响了。我吹过你吹过的晚风，那我们算不算相拥……《错位时空》的铃声把我从时不时冒出来的记忆中唤醒。

我妈说，你还有钱吗？电话那一头的她语气疲惫。

我说，还有的。你不用担心。

我妈说，你自己注意点。家里面的债，还有5万块钱就还完了。

我说，这个月，我再给你寄一点儿钱过去。

————————————— 一匹被扯开了线头的布

我妈说，不用了。你现在找工作也需要花钱。

我说，拍照的时候都有免费盒饭。放心吧。我自己有饭吃。死不了。

我妈说，你这个人，干吗动不动就说死字？

我说，无所谓啦，童言无忌。

我妈挂掉了电话。花店的生意一天不如一天，我知道大部分时间，她只能和一堆快要枯死的玫瑰待在一起。

姑娘，你去哪呢？身边邻座的女人主动开口向我搭话了。

哦，去南城。我淡淡地回答。

这么巧？我也去那里。姑娘，你去干吗呢？是回家？走亲戚？还是找朋友？女人一副自来熟的样子，开始不停地发问。

眼前这个女人，让人第一眼看见的，就是她的高低眉。一高一低的眉毛像是一对想要着急分开的情侣，滑稽地爬在一双圆眼睛上面。一个黑色背包被她反抱在怀里。她整个人打扮得土里土气，丑陋的嘴唇往外翻，露出龅牙的样子还真不好看。

隔着走道，那个带小孩的年轻妈妈一直在努力地摇晃那个不停哭泣的孩子，像是摇晃一个簸箕里的红薯。而我身边的那个中年男人歪着头，耷拉着眼皮，已经很快进入了梦乡。

我并没有打算要跟她聊下去，我妈一直提醒我要小心陌生人。她动不动就拿隔壁家三叔的侄女被拐卖的事情来威胁我，你这么笨，骗子就专门骗你这种人。

女人说，姑娘，我看你的样子还是学生吧？你应该去找工作，对吗？

我说，哦，你怎么知道？

女人说，你和我儿子差不多年纪，他也在找工作。

我说，哦，你儿子在哪个大学啊？

女人说，我儿子没有这个福气上大学。他这么聪明，如果不当兵，也能上大学的。

女人自顾自地往下说，姑娘，我跟你特别有缘分。我一见就特别喜欢，不要嫌我啰唆。如果你能够成为我家媳妇，就是我上辈子修来的福分。你看你眉毛顺顺的，眼睛亮亮的，一看就是个好姑娘。怎么样？我给你看看我儿子的照片吧？她的目光里充满着怪异的慈爱。

我被她盯得不太好意思，脸发烫起来。除了摄影师的赞美，现实生活中还没有人这么直接地对我表达好感。我对她过分的热情感到难以招架。别说做谁家的媳妇，就连爱情都离我很远。

我不由得想起了原非。水南路的秋夜，特别清冷。我仿佛又看到他说出分手时，他眼里的无力感。想起了他第一次吻我时的慌张，想起了他抚摸我裸露的脊背时手掌的冰凉。我没有出国经历，也不是名牌大学毕业生，我甚至没有去过原非全家经常去聚会的地王大厦云顶餐厅。一句话概括，我不是他家想要的优质女孩。

我的爱情，大概已经死在了那一场秋天的离别里。

一匹被扯开了线头的布

每个人也许都生活在无边际的原野上，不断寻找，又不断放弃。瞬间的温暖，终究会被背影代替。我删掉了原非的一切联系方式。一个删除键，就能痛快地甩掉一段痴情，仿佛从未出现过一样。

还在想着。这个女人掏出了一个边角已经破损的国产手机，把一张像素实在不高的照片递到了我的眼前。没办法，我只好敷衍地看了一下。照片里，一个年轻的男生穿着迷彩军装，在一片看不清楚轮廓的灌木前站立着，平头，很精壮，眉眼俊朗，似乎有几分熟悉。

女人原来就错开的高低眉，仿佛离得更远。她笑眯眯地说，怎么样？不错吧。我儿子可听话了，又孝顺。要是你能当我家媳妇，我这辈子就知足了。

这个来路不明的女人，真的只是为她的儿子找媳妇吗？在我的脑子里立刻闪现出网上看到的那些女大学生被拐卖离奇失踪、身首异处的社会新闻。

似乎看穿了我的顾虑，女人说，你别怕。我不是坏人。我这次是去看我儿子的。你知道吗？我其实有病。我才刚刚出院，也没钱了。我也不打算治了。家里面剩下这一点儿老底，还要给我儿子娶媳妇呢。女人的语气一下子低沉起来。

她从自己黑色挎包的侧面口袋里，摸出一瓶矿泉水瓶。看得出，那个矿泉水瓶已经很破旧。白色瓶盖上的齿缝里有着黑色灰尘的痕迹。她小心地拧开了瓶盖，往自己的嘴里倒了一口水。她因为干燥而显得有点脱皮的嘴唇，似乎得到了点滋润。她右手手背上有一块铜钱大小的黑色斑点，像是伤疤，又像是胎记。

她抿抿嘴，把盖子盖好，转向我说，我真的不是坏人。我这一回出院，就没打算再进去治了。其实，治了也没用，我知道。医生让我能吃什么尽量吃什么，想做什么尽量去做。

阿姨，不好意思，您要多保重。我对这个女人的命运不禁产生了一些好奇。

女人说，反正，我也想好了。以后我走了，就剩我儿子一个人了。这次去看他，我心里头总在惦记着，帮他找媳妇的事。今天我看到你，就觉得高兴，你不要介意。

我说，阿姨。您就别操心了。也许他有女朋友了，只是您不知道而已。

他有女朋友？女人的脸上僵硬了一下，神情有一秒钟的凝滞，不过很快又恢复了正常。他不可能有女朋友的。他这个人，就是太老实，没有女孩子喜欢他。

这年头，老实的年轻人，女孩子才喜欢嘛。出于礼貌，我顺着女人的话安慰她。

我这一次去看他，也不想让他担心。看完他，我就回老家了。再把家里面的事情处理一下，也许就……

女人停住了，没有往下讲，仿佛面对即将到来的死亡失去了力气。这一瞬间，我想到了我爸申海的死亡。

我爸死得是有点蹊跷的。听我妈说，他是喝酒太多。结果，被呕吐物堵住了气管，活活憋死的。这个世界上有千万种死法，也许，这个死法是最让人哭笑不得的。酒，也许能够让人暂时的忘掉现实必须要面对的问题。但酒，同样会在你不注意的时候，要了你的命。

我爸在柳市的钢铁厂做流水线班长，因为工厂扩建，我爸跟着项目部，远走他乡，跨越了大半个中国去谋生。偶尔，他会打电话问一问我的情况。即使在申家大家族里最热闹的宴席上，我也很少看见我爸开怀大笑。他只会沉默地端起白色的小酒杯，往后一仰头，把透明的酒倒进喉咙里。

有一年春节聚会，他从姑姑家骑着自行车送我回去，闷不吭声的他突然对我说，申晴，以后你要记得我啊。

那时只有七八岁的我，正好奇地研究夜里那些擦肩而过的路灯到底有多少根，丝毫没有在意他的话。

我爸说完这句话，又继续骑着车，闷头往前走。这个场景，有时候会在我梦里反复出现，我只能看到他的背影，我用手可以摸到他褐色皮衣上结着的一层白白的霜气，凉凉的。

直到有一天早上，我一如往常地在镜子前梳头。我妈接到一个电话之后，喃喃地说了一句，你爸……死了。死了……也好。

那时，我妈和我爸已经离婚快十年。从我妈的脸上，我看到了一种难过、高兴、解脱又遗憾的混合体……

女人又从她那个黑色背包里，掏出几个药瓶。仔细地把里面的药片依次倒出来，用一张白色的餐巾纸垫着，放在了火车一尺见方的小桌子上。一颗、两颗、三颗……

女人说，我这辈子，只想看到我儿子娶上媳妇。她深深地叹了一口气，把视线望向了车窗。恍惚之间，我竟然觉得女人和我妈的叹气有些相似，连侧脸都有些相似。

真是见鬼了，我赶快逃命似的把眼光转回来。

窗外呼啸而过的是一片片绿色的山林，这里是典型的喀斯特地貌。没多久，火车就开进了山洞里，巨大的轰鸣回荡在黝黑的隧道里久久不息。

2

夜色缓缓地滑进了繁华的城市里，行驶着的火车，也慢慢地驶进了车站。又是一个平常的夜晚。我和女人被流动的人群慢慢地推向了车站的出站口。

我说，您和您儿子联系了吗？

女人说，我不联系他。我偷偷去看他一眼。

我说，这怎么行呢？

女人说，我就在候车大厅歇一会儿。她用手指了指左前方，那是候车厅的位置。她手背那块黑色的斑点，在白炽灯的照耀下显得特别突兀。

这时已经是秋天了。我的嘴唇干干的，嘴角边结了一层白色的壳。我用舌头舔了舔，觉得这触感好像小时候我很想吃糖，可是只能舔到糖纸的硬质感觉。

不知什么原因，女人的脸色开始变得有点发青，她顺势抓住了我的手臂，用一种哀求的语气说，姑娘，你能陪我一会儿吗？

她的手掌冰冷，还有些颤抖。我不确定她是否是在演戏，

一匹被扯开了线头的布

因为她很有可能是一个人贩子，也许她的同伙很快会和她一起把我当作逃跑出来的农村媳妇，然后顺理成章地把我拐去某个不知名的山村，丢进某个阴森的黑屋子里。

一想到这儿，我本能地甩掉了女人的手，像是甩掉一种不可知的恐惧一样。她手背上的黑块似乎成为一个符号，闯进我的眼睛，闯进我某个夜晚的记忆里……

人潮汹涌的出站口，她靠在我的肩膀上，我和她就这样坐在长椅上等待着。我好像被隔离在一个透明的容器里，我静静看着那些满脸疲惫打着哈欠的行人。

这种沉默让我差一点儿忘记了苏辰的存在。直到手机短信的提示音响起，让我才感觉到靠着冰冷的铁椅，我的肩膀开始有些发麻。

我马上到。消息是苏辰发来的。

苏辰是我在模特群里头认识的一个摄影师。苏辰的头像是一个半裸女人的背影。迎面而来的是赤裸裸的挑逗气息，就像所有的人悄悄藏在心里，却永远没有办法说出来的欲望。

他在半夜里给我发来的邀约，直接而粗暴，你好，你想来我公司吗？我实话告诉你。我很穷。公司目前的运作也不太好，现在希望请到一个便宜点的员工。你人不错，而且比较踏实。你有没有兴趣过来看一下？

我说，你们公司需要什么条件？

苏辰说，我看过你的样片，虽然外形一般，但你镜头感很好。公司现在周转有点困难，我刚接手了一个项目，需要人加入团队。你除了接单拍摄，还可以做点文字处理的事情。有空的话，你就来南城面试一下。

遇到这么直接地说自己穷、发不出工资的老板，这可是第一次。网拍模特的辛苦，外行人也许并不清楚。因为，几乎所有的商品都需要反季节，提前一到两个月拍照上图。虽然摄影师们都说我只要坐在那里，什么都不做，就已经很好。夏天穿棉衣热得生痱子，冬天穿雪纺冷得感冒发烧。除了要克服反季节拍照带来的身体不适，我还需要像个机器一样去换衣服。拍照一次，穿脱上千次是基本的标配。拍照感到疲惫的时候，我觉得自己不过是一个移动的人体衣架而已。

可是，我确实需要工作。苏辰的坦诚反而让我对他的公司有了兴趣。

在上火车之前，苏辰和我在网络上热聊了两个星期。说不清什么原因，虽然没有见过面，我们却像是上辈子彼此错过的两条鱼，恨不得在三天三夜里，把自己半生的故事都倾诉出来。在某些孤独的夜晚，我甚至怀疑自己爱上了苏辰……

候车大厅的灯光，白得发黑，特别在人极度困倦的时候，更加让人感觉不适。我坐在女人旁边，努力让自己不要睡去。

女人把怀中的黑色背包又抱紧了一些，揉揉困倦的眼皮，她的目光茫然又略显呆滞，望向前方来来往往的行人。

在人群中，突然闪出一个男人的身影，我也顺势站了起来。

——————————————— 一匹被扯开了线头的布

妈！那个男人朝着女人喊了一声。

女人原本闭着的双眼，一下睁开，眼里充满着疑惑，你怎么来了？

妈，跟我回家。男人的声调放低了一些。

不，我不回去。女人的声音尖锐地在人群里划开了沉默。

男人说，妈，你清醒一点儿。跟我回去吧。

女人说，你不懂，我要找小安，我要送东西给他，我要帮他找媳妇……女人的表情开始变得狰狞，她紧紧用左手抱着黑色背包，右手死命地抠住铁制椅背。

男人用手抱住女人的腰，使出力气想让她站起来。女人却挣扎着想甩开男人的手掌，屁股一直往下坠，试图挨着椅子寻找一种力量。

妈，你不要乱动，我怕伤了你。你静一静，不要激动。男人又用一种哄小孩的温柔语调，对女人说话。

我要找小安，他可好了，他还没有娶媳妇呢。女人慢慢地安静下来，一边自言自语，一边温柔地抚摸着那个黑色背包。

突然间，她转过身来，直勾勾地看着我，像是炫耀一样，对那个男人说，你看，这是小安的女朋友，多好的姑娘！

妈，你冷静一下，小安和阿巧已经死了。他们不会回来了。男人屏着呼吸，一字一句地从嘴里说出这句话。

死了？不回来了？……女人好像还沉浸在自己的世界里。

谢谢，申晴。男人低头对我说，神色阴郁。

没错，这个男人就是苏辰，一个邀请我去参加招聘面试的老板，一个我以为我自己差点爱上的男人……

他弟弟苏安因为体格好进了部队，退伍之后，也回到了南城。憨厚老实的苏安，成了一个二手房销售经纪，还和同公司的女孩阿巧谈起了恋爱。

只不过，有些事情的到来，是完全不符合逻辑的。或者这么说，生活本来是没有逻辑的，它的突如其来和随心所欲，让我们每一个人都无法抵抗。

煤气中毒，苏辰格外平静地说。发现的时候，两个人都僵硬了。

一个深秋的夜晚，突然转冷的天气让所有人都想蜷缩在温暖的被子里。无色无味的死神从地下漫上来，一直蔓延到那间窄小的出租屋的每一寸空间。两个人都没有穿衣服，赤裸裸地被从洗澡间抬出来的画面，在我的脑海中闪现。本来只是小情侣之间的情趣，却成了扼住他们喉咙的魔鬼。

从此，苏辰他妈间歇性地发疯了。她的记忆只停留在了小儿子苏安入伍的那个年代。

我妈是疯子。苏辰在网络的那一头，不带感情地说了这句话。

而如今，这个疯子，就在我的眼前。我看着我身边这个怀抱着黑色背包喃喃自语的女人。

此刻的她，又苍老又可怜。

申晴，还好遇见的是你。苏辰有些抱歉地对我说。

我说，哦，没想到……

苏辰说，她没有恶意的，她只是不能接受事实。

她包包里面装的是什么？我问。

　　　　　　　　　　　　　一匹被扯开了线头的布

苏辰看着还在发呆的女人，长叹了一口气，迷彩服，她总在包里带着我弟的迷彩服，以为他还活着。

申晴，我要先带我妈回去。你要不要跟我走？苏辰的眼睛里有着欲言又止的犹豫。苏辰的声音真好听，在这个嘈杂的候车厅里仿佛就像一道让人安心的光……

在那些我找不到温暖的黑夜里，他醇厚迷人的声音曾经陪我摆脱不安。我在夜间不能掩饰的欲望，会被月光调戏。我会周身发烫，会在某一处细胞那里试图得到抚慰。有时候，光是和他聊天，就足够让我安静。我没想到他说的每一段经历，我竟然会记得这么清晰，包括他当兵的弟弟，他妈手背上的伤疤……

苏辰和那个苦命的女人离开了。尽管周围人声鼎沸，可我仿佛独自旅行在一片死寂的世界里。

我想起在刚上火车的时候，经常合作的摄影师冬哥给我打来电话，申晴，我听说苏辰借招聘的名义，骗了好几个女模特的钱。你要小心一点儿……

我不否认，在看到女人手背上的黑色伤疤时，我曾经有过犹豫。那种和愤怒纠缠在一起的犹豫，像毛衣上的细毛球，挥之不去。如果这世间所有的一切，都可以用理由来解释的话，也许我们就不会陷入各种各样的疑问和迷惑里。

僵硬的脖子扯痛了我的后背。我打开手机，把苏辰那个半裸女人的头像拉进了黑名单。然后，拎起包，大步跟上往前走的人群。

这个秋天，真的已经来了……

如果

今天的天色就像一张便秘的脸，邱叶嫌弃地望着头顶上灰色的天空想。秋风起来了，空气中飘来的桂林米粉的味道，像廉价香水一样包裹着她的卡其色风衣。

去办公室的路不长。

邱叶特地租了一个离单位近的房子。除了租金高，邱叶对它感到非常满意。这里有她喜欢的骑楼。原本古朴的骑楼都长成了商铺的样子，不管白天黑夜都拼命地播放着流行音乐，招揽着来往的顾客。可是在邱叶的记忆里，这里似乎仍有小时候熟悉的吆喝声。那个卖散装牛奶的声音就像奶香一样甜腻，远比音响里的《可可托海的牧羊人》好听。

"阿叶，上班了？"巷口报刊亭的老板良哥一如既往地和邱叶打招呼。良哥活像个弥勒佛。当他和他的胖老婆、胖儿子一起，坐在狭小的报刊亭里的时候，绝对是让人无法忘怀的盛景：好像在沙丁鱼罐头里突然塞进了馒头，挤挤挨挨的。

他们家是整条青云街体重最重的家庭。

看着良哥叼着的真龙烟，邱叶劝了一句："良哥，少抽点烟，活得长命点。""哎，哪个晓得活得多久？现在开心才重要。"良哥一边吐着烟圈，一边麻利地往靠街的摊子上甩着报纸，发出"啪"的声音。

邱叶拎着刚刚温好的牛奶，疾步走着。每天能记得喝一袋牛奶，已经是邱叶对早餐最好的交代。她在一家私营企业做财务总管，过着不好不坏的生活。她早已经习惯了不吃早餐、不吃午餐、甚至不吃晚餐的高强度工作状态。

她感觉自己好像失去了吞咽的快乐。蛋糕太甜，火锅太辣，寿司太冷，最受不了的还是吃完桂林米粉之后，一嘴的大蒜味，让人在亲吻时感觉到是在和菜市场交换唾沫。这世间仿佛没什么能让她感到幸福的食物。大多数时候，她和许多白领一样靠喝咖啡续命。"吃这么多，最后还不是都要拉出来。"邱叶常常这样淡淡地对身边的朋友说。

高瘦的她摇曳着走出了青云巷巷口。在街坊邻居眼里，这个年过三十的独身女人有点孤僻，笑容在她脸上的出勤率非常低。

邱叶脚上踩着的红色尖头高跟鞋，是前天她在购物中心买的，撩人的性感从尖头的形状里涌出来。

每到换季，原来标价高达几位数的商品会在一夜之间成为秋树上落下的叶子，从高处坠向远方。邱叶时常在买打折东西的时候，有一种幻觉：那些被随意地或摆放或垂挂的衣服、鞋子，好像在和她说话："嗨，快点来救救我们！"

"救你们？开玩笑！我为什么要救你们？"邱叶心里冷冷地回答。

"快来啊，来救我们出去。为什么要让我们打折？难道因为我们长得丑，就没有人欣赏我们，我们就注定要被打折吗？"菱形格子的针织衫好像举手在摇晃，低垂着头，幽怨地喃喃自语。

"难道因为我们长得丑？"

这句话像是前方看不见的黑暗里突然伸出来的一只脚，拦住了邱叶的脚步。她的心被这样的追问摇晃得东倒西歪。

然后，你会看见，在商场的某一个角落，一个高瘦的女人，全然不顾旁人怪异的眼光，娴熟又疯狂地把打折区的衣服一件一件地往收银台扔去。

其实，她早已经对旁人怪异的眼光免疫了。

她的头上扣着一个硬且尖锐的竹篮，竹子细密平滑的触感通过她柔软的头皮传到她的后脑勺，短短的头发已经被揉成一团，如同发霉的菜干。身边几个男生，正在肆无忌惮地哈哈哈大笑，那声音就像是刻在黑金唱片里的老曲目一样，正在循环播放，单调又无聊。

初中的那个教室里，午后的闷热塞满了整个房间，而邱叶却感到无比的冷。

"告诉你，你活该！"远远有一个女生捂着脸嫌弃地说。

"你们为什么要作弄我？"邱叶愤怒地试图把竹篮从头上掀下来。

"为什么？没有为什么。"为首的男生辉仔翻着白眼，漫

　　　　　　　　　　　　　　　一匹被扯开了线头的布

不经心地回答。仿佛眼前这个挣扎的少女，不是女人，不是人，仅仅只是一个被他从垃圾场捡来的寻开心的破烂玩具。

"怪就怪你长得丑！"辉仔旁边一个胖子，挤着眉，晃着肥大的脑袋，像个正在吐气的青蛙一样。

邱叶透过额头前面已经散乱的头发，反瞪那个丑陋的胖子。"我丑，你更丑！"她不甘示弱地反击。

"喂，你还嘴硬是吧？"辉仔把脚下踩着的板凳用力一蹬，被踹倒的凳子撞击在水泥地面发出巨大的响声。

邱叶转过头看着辉仔，这个从小住在她家隔壁的男孩，说："你凭什么这么恶毒地对待我？"

"凭什么？凭我最不喜欢长得丑的人！记住！"辉仔显然不想看她，转头看外面用水泥砌成的走廊。在走廊的尽头，一个穿着天蓝色连衣裙的身影，刚刚飘过。

那时，青云街中山西路的骑楼还没有被拆掉，它还能够在急剧扩张的水泥丛林里苟延残喘。隔壁张家的木质大门，常常被辉仔用力地打开又用力地关上。张家大人也常常被这个顽劣的儿子气得摔锅子丢瓷碗。有时候站在街口，不用太费力就能听见张家爸爸大声训斥辉仔的怒吼："辉仔，你再吵蛋，等下我就打死你！"邱叶每次听到这话，都会忍不住笑出声。她觉得天底下没有比辉仔更奇怪的人了。

邱叶一直觉得辉仔像美术课本里面的素描雕像。身边的女孩们看到郭富城、金城武的明星贴纸会发出兴奋的尖叫。她们讨论最多的是那些俊秀的男明星的八卦绯闻。辉仔的五官不清秀，反而轮廓分明，很有立体感。加上他刚刚发育抽条的身体，手臂上隐隐可见的肱二头肌，像是一个活在另一个世界的人，遥远又让人忍不住观望。他和当时多数男孩一样，学着电视里古惑仔的样子，用发蜡把头发涂抹得高高的，像山脉一样耸立在头顶上。其实，邱叶觉得这样愚蠢极了。

辉仔说，他讨厌长得丑的人。所以，每一次被张家大人叫去他家拿包好的粽子、煮好的汤圆、晒好的红薯干，邱叶都要在辉仔鄙夷的目光里走进张家那道褐黄色的木门。

辉仔对美的东西有一种天生的偏爱。比如他会把街尾靠近江边的草地上野生的太阳花采回来，小心翼翼地放在白色的搪瓷口盅里，用清水养着。落寞的夕阳投到缤纷的五色花瓣上。

"喂，你又来干吗？"辉仔靠着门，不冷不热地斜着眼问。

"你妈让我来拿粽子。"邱叶答，不抬头。

"我妈脑子有病，干吗天天要喊你来拿东西？"

"你才有病！哪个儿子这样讲自己的妈？"

"拿了快点走，不想看见你，心烦！"

"你以为我想看见你？"邱叶没好气地回答。

"快点滚！"辉仔不耐烦地大吼，转头又温柔地望向窗台那一束被阳光镶着金边的花。

邱叶知道，这束花是要送给她的。

那个她，是住在巷口的金雅西。她是整条街长得最好看的女孩，是全年级被人谈论最多的女孩。双眼皮的丹凤眼，水灵灵的。鼻子高挺又不突兀。嘴唇饱满，好像随时在撒娇生着气。浓密又柔顺的头发乖乖地披在肩上，像一个森林里的少女精灵。金雅西不是本地人，她们全家是从北方来到这个南方小城的。听说她爸爸是工程师，过来支援龙城的国企改革，全家人就从北方来到这里。金雅西说话声音带有天然的温柔，标准的普通话让她成为学校广播站的主持人。邱叶隐隐约约知道，金雅西是整条青云街每一个青春期男孩梦里的人。

辉仔也是金雅西的仰慕者之一。听说，辉仔是在江边游泳的时候看见金雅西的。金雅西不会游泳，她是和几个同学一起去的柳江边。温柔的夕阳把穿着连体泳衣的金雅西笼罩在雾气里，发育成熟的她就静静地坐在沙滩上，不用微笑，就已经足够美。

辉仔一看见，不得了。这个出了名的调皮鬼就像被巫师下蛊了一样，完完全全着了道儿。辉仔天生水性好，听张家爸爸说，儿子不到两岁的时候，他就把辉仔往柳江河里丢。要是辉仔呛水了，张爸就像捞饺子一样把辉仔捞起来，然后继续往水里丢。一来二去，辉仔就成了同年龄里面为数不多的可以徒手横渡柳江的人。他还曾经和外校来挑战的那些混混比过游泳，最后的胜者当然是他。

辉仔每天都会把一束新摘的太阳花摆在金雅西的桌面上，临走了，还不放心地用手拍拍叶子上细微的灰尘。他这种纯情的样子，让邱叶觉得滑稽又愚蠢。

有一次，辉仔在邱叶去他家拿红薯干的时候叫住了她。邱叶正抱着一大袋晒得恰到好处的红薯匆匆赶路。

"喂，你的作文写得蛮好的吧？"辉仔问。

"哎哟，难得你表扬我。还不错！"邱叶骄傲地挺了挺正在悄悄发育的胸。作文，那可是她最擅长的事情。这是唯一能够让她得到老师表扬的项目。也只有老师在全班朗读邱叶的作文的时候，她身边的同学才会收回那种怜悯的眼光。"猪，你这么丑，写文章倒是不错。"同桌斜着眼对她说。

"你帮我找一首汪国真的诗，随便发挥一下，写一封情书给金雅西。"一向凶悍的辉仔竟然难得低声说话，脸色红红的。

"写情书？给金雅西？我有什么好处？"邱叶防备而没有表情地问。

"废话这么多！给你机会帮我，算你走运！"

"那你找其他人啊，我才没有空做这种无聊的事情！"邱叶抱起红薯就想走。

"喂，姓邱的，你嘴巴这么毒，人又长得这么丑，小心以后嫁不出去！"辉仔情急之下冒出了这句话。

不知怎的，听到辉仔嘴里喊出"小心以后嫁不出去"，邱叶的心"咯噔"了一下，好像有一些温柔的东西，悄悄蔓延进了她的心。她无数次想过自己以后会不会嫁人，又或者嫁给谁。她藏在心里的秘密，辉仔怎么知道？

邱叶就是邱叶。在她的字典里，从来不允许出现"差不多"这个词。

她写的情书被辉仔一封封地塞进金雅西的课桌里。"你爱我的时候，我想着星星。星星不再闪烁的时候，我想着

————————————— 一匹被扯开了线头的布

你""我是一株寂寞千年的树，生在无人路过的路旁，等你……"每次写完令人抽风的数学作业之后，邱叶会在昏黄的灯光下认认真真地写着一句句滚烫的情话，好像她自己也恋爱了一样。

只是，辉仔还是没有如愿地恋爱。高高在上的金雅西对辉仔的态度始终是若即若离。辉仔在金雅西面前，简直像个手足无措的小孩。有人说金雅西的男朋友是社会上的小老板，比她大很多岁，会开着狂野又拉风的侧三轮摩托车载她去兜风。在那个年代，谁拥有一个在社会上混的男朋友，谁就和某种禁忌画上了等号。

金雅西太美了，美得让那些蠢蠢欲动的男人们在她面前都成为温顺的动物。邱叶一直这么想。

只不过偶尔在邱叶游完泳从黑暗的江边爬上来的时候，她会听见摩托车加速的轰鸣声从远处传到更远处。邱叶会一边擦干自己身上的水珠，一边把紧贴着自己胸部的老气泳衣试图扯开。也许是她长大了一些，泳衣明显变紧了。

对于邱叶来说，炎热的夏天，能够在水里泡上一个小时，是一件太幸福的事情。邱叶总是趁着天黑周围人少的时候去。在烦闷的夏末，她能感受浸泡在江水里的舒坦和自在，这比她面对那些欺负她的同学要好得多。只有在黑暗中才敢赤裸胳膊的邱叶，有时候看到水里自己干瘦又模糊的倒影，会觉得像是一个可怕的寓言，不敢往下读。

她借着街旁不太明亮的路灯，能模模糊糊地看到轰鸣的摩托车上坐着的是长发飘飘的金雅西。她好像活在另一个世界里，那是隐秘的大人世界。

　　每到这个时候，邱叶就会心疼自己用力一笔一画写的句子，枉费它们都生得那么深情款款。

　　女生的世界是狭小的，大多数的八卦都是在厕所酝酿。一次，邱叶在女厕所听见有人在窃窃私语：

　　"你知道吗？金雅西不是处女了！"

　　"啊？真的呀？"有人咋呼起来。

　　"你不懂吗？听人家说，她身上每一个地方都被男人摸过了。"

　　"啧啧，怪不得，你看她那个风骚样儿！"

　　"哼，长得就是一副狐狸精的样子！以后肯定有报应！"

　　"她好蠢，谁叫她这么高傲！活该！"

　　待在一边默默打开水龙头洗手的邱叶听到这些话，脸不自觉地也发烫。虽然她还不太懂这话的含义，但是就是本能地从心里升腾起一种羞耻感。这种羞耻感，在她长大之后依然像影子一样纠缠着她，就算是她与那些男人翻滚在柔软的床垫上时，也从来没有离开过。

　　金雅西的世界离我还是太远了，邱叶想。如果有一天我能像金雅西那样漂亮，我的生活会怎样呢？大家会不会喜欢我？还是像现在这样只会欺负我？邱叶看着流出的水珠滴在自己的手掌上，她想去抓住什么，却又什么都没有抓着。

　　辉仔还是让邱叶帮写情书。每次邱叶把薄薄的信封递给辉仔的时候，她会贪恋那不经意的触碰。辉仔的手指长长的，有点苍白，还有一点儿凉凉的感觉。

　　　　　　　　　　　　　　　　一匹被扯开了线头的布

邱叶永远不会告诉别人，那个秋天的午后——张家妈妈叫她去拿中秋节月饼的那个午后，她路过辉仔的房间时听到的那种奇怪的呻吟。透过木质的窗，邱叶看到躺在床上的辉仔笔直地僵硬着，脸上说不清是痛苦还是愉悦的表情，而他那长长的、有点苍白的手指正紧紧地握着一个神秘而羞耻的地方，好像在摆弄一个机器零件一样，粗鲁地动着。他的眼睛半开着，视线望向墙角的书桌，那里杂乱地摆着书、报纸，还有邱叶熟悉的淡蓝色信封。

有点慌张的邱叶，不敢惊动里面那个疯狂而陌生的人，赶忙把眼光投向了外头。在骑楼的楼梯角落里，微微起舞的太阳花，正在秋风中，朝她温柔地微笑。

"给你。"

"嗯。"

"还要换哪个诗人吗？"

"随便！"

两个人的对话从来就是这么简单。邱叶觉得辉仔甚至不愿意多看自己一眼，因为他总是漫不经心。只是，从那天开始，每次递情书的时候，一触碰到辉仔的手指，邱叶的耳边会不自觉地响起那天听到的辉仔的呻吟，她的心不知道为什么会觉得燥热。

邱叶不确定自己写的东西，辉仔会不会看，也不清楚辉仔到底懂不懂她写的句子里埋着的渴望。邱叶知道拥有天蓝色背影的金雅西还是会和那摩托车的轰鸣一起出没在黑夜，只不过那些躁动与她无关。

邱叶甚至偷偷地幻想，金雅西最好永远不要和辉仔谈恋爱。这样，她可以一直帮辉仔写情书写下去。她觉得，十六岁的自己的存在，也许只有这个意义……

天黑了，下班后的邱叶拖着疲惫的脚步回到出租房。大约四十平方米的小套间被北欧风格的吊灯照亮了。四面墙壁被大大小小的包装盒包围着，各种衣服、鞋子杂乱无章地堆砌在那里。明黄色的连衣裙，亮橙色的套头毛衣，嫩绿色的长围巾……它们都好像在安静地睡着。有些连商标都来不及被拆掉，就陷入了永久的睡眠。邱叶觉得自己好像救世主一样解救了这些被遗忘的伙伴，这种快感比真正把它们穿在身上还要强烈。

邱叶踢掉红色尖头高跟鞋，赤脚踱进卫生间，顺手摁下了白炽灯的开关。洗手台上有半面墙这么大的镜子。

镜子里倒映着一张精致的脸：双眼皮的丹凤眼，水灵灵的。鼻子高挺又不突兀。嘴唇饱满，好像随时在撒娇生着气。柔顺的头发乖乖地披在肩上，像一个森林里的少女精灵……

她闭上眼，脸上的毛孔开始微微发抖，就好像她躺在手术台的发抖一样。麻醉的黑暗中，她只能模模糊糊听见器械刀具的碰撞声，听见医生、护士低声的交谈声，听见皮肤被划开的声音。包扎的棉纱布虽然轻柔，但仍然在摩挲她的脸。新长出来的皮肤会有一种撕裂的怪异。在下雨的前夜，她往往会感到被切割过的细胞的浑浑噩噩，那种痛像是在和过去握手言和。

六年，八次手术。邱叶终于把自己变成了像金雅西一样

————————— 一匹被扯开了线头的布

漂亮的女人。曾经下垂的眼皮变得向上飞扬，曾经扁平的鼻梁变得高挺自信，曾经宽大的下巴变得小巧圆润，就连原来瘦弱的胸部也变得饱满娇俏，走起路来晃得人心荡漾。眼前的这张脸，放在任何一个杂志的封面也不会比明星逊色。

如今，身边的男人，大多都会被邱叶的美震慑住。每每有人像乞丐一样在她面前祈求她的垂青，邱叶就会从心里生出一种无趣，冷冷地宣判那个人的出局。某个夜晚，如水的月色下，就算在她乐意投入的某种温存里，她也常常憎恶男人们想要吞噬她的眼神。

镜中的女人，美艳又冷傲，就像二十年前的金雅西那样。

直到今天，邱叶都忘不了最后一次见到金雅西的场景：

湿漉漉的头发怪异地包裹着她的脸，本来灵动的眼睛紧紧地闭着，之前红润的嘴唇用力地抿着，唇色有点乌青。她的手被另一只手紧紧地握着。那只手是属于辉仔的。辉仔的手指，长长的，有点苍白。

两个人是紧紧地挨着，辉仔保持着向上托举的姿势。英俊的脸虽然没有了生气，但好像下一秒还能愤怒地朝着人群大喊一声"滚"。两个人身子下的浑浊水迹，不动声色地蔓延到了岸边的嫩绿色草地上，渗进了盛开的太阳花下面的褐色泥土。

打捞的人一边摇头一边叹息："这么年轻，可惜了。本来男的可以救上来的。可这男孩就为了救这个女的……"

那也是一个秋天。秋风起来了，吹在脸上有些微冷。围观的人很挤，有人冷不防地往前推了推，让邱叶差点摔倒。不自觉的，她往旁边的人身上靠了靠，想找一个身体的支撑点。被撞到的那个人往旁边躲了躲，嫌弃地望了望邱叶那丑陋的脸，眼神里充满了厌恶。

不远的地方，有人在低声议论：女的要跳河，男的去救，谁知道……

镜前的邱叶，觉得那些人说的话都好像是从天上传来的一样，她摇摇头，试图回想起辉仔和她的最后一段对话：

"喂，听说金雅西失恋了。"

"那个王八蛋不得好死。"

"你要高兴才对，你有机会了。以后你就不需要我帮你写情书了！"

"姓邱的，如果你长得像金雅西那么好看，可能……"辉仔凝视着手里的信封，若有所思地说，"谁让你的情书写得这么好？"

她记得领养她的邱家阿婆每次看着她那种悲悯的神情，是在说："唉，真可怜，丑得连自己的父母都不要她。"她不知道自己的父母是谁，也不知道自己的生日是哪一天。邱家阿婆告诉她，是在秋天的落叶堆里捡到她的，所以给她起名叫作邱叶。

她也还记得在辉仔和金雅西出事的那一天晚上，她在柳江边，看到了金雅西被摩托车上的男人用力地推倒在路旁。金雅西缩着肩膀哭泣，她哭起来也那么美。邱叶不敢打扰，偷偷地拿起自己湿漉漉的毛巾走回了家。一路上，她还在想

————————————— 一匹被扯开了线头的布

着金雅西的脸，如果长在我的脸上，该会怎样？

卫生间里的邱叶感受着明亮灯光带来的炫目与炽热，凝视着镜中的那个影像。

"如果？呸！人生哪有如果？"邱叶冷静地说。

邱叶望向镜子中那张美丽的脸，自嘲地笑了。

秘密

他在等。

怎么还不来？张志奇忍不住暗问一声。

他等的人，还没来。

他机械地把快递一个一个地搬到地上垒起来。

天气太冷了，他索性蹲下来，小腿跟挨着自己屁股，被冻了很久的皮靴让他的屁股凉凉的。他知道自己的屁股很翘，阿梅姐常常作势要摸他。

妈的，真冷。

张志奇的嘴里还是骂了一句。

原本宁静的东福雅居小区东门，因为几辆快递三轮车的到来而变得热闹起来。张志奇看着那些穿着各色冲锋衣的自己的同行，看着那些背后标注着各个快递公司 Logo 的男人们，仿佛陷入一种凝固中。

他今天的货不算多，因为距离某平台的促销狂欢节已经

　　　　　　　　　　　　一匹被扯开了线头的布

过去了两个星期，但他还是快到中午才到这里。他戴着深黑色皮手套的手指，在细腻的包裹中有点微微发热。这是他已经连续 3 个小时，在寒风冷雨中围绕城中区跑了三圈之后才有的感受。

龙城的冬天向来不算冷，但是像正常人突然抽风一样，今年的这几天偏偏冷得出奇。南方的冷，冷在刺骨。和北方的冷相比，南方的冷多了一些杀人不见血的温柔。冷风会穿透棉衣的夹层，毫不留情地把它的刺激经过毛孔，融进你的血液里。张志奇的脸已经被风吹得有点变形，鼻子下方留着淅淅沥沥的鼻涕，但他却腾不出手来擦。

他把三轮车后厢的锁头打开，把剩下不多的快件，慢慢地挪出来，放在车门稍微宽敞的地方。然后用脊背靠在车门旁边，慢慢把裤兜里的真龙香烟掏出来。因为手有点抖，烟盒显得有点不配合。他摊开右手的手掌，用左手捏着烟盒的底部，在右手手掌上用力地敲一敲。好不容易，才抖出了皱巴巴的两支烟。他用嘴直接叼上，又把打火机点着，在风中点燃了烟。

他的眼睛一直盯着小区的门口。那个门口是一个消防通道的铁门。在一排富丽堂皇的围墙中，显得毫不起眼儿。平时这里车辆不能进出，只有住户用出入磁片卡才能打开这道铁门。其他快递公司的三轮车，已经把铁门的门口围住，挤挤挨挨的。

嘀，铁门每一次打开，都会伴随着一声刷卡的声音。出来拿快递的人们，有穿着牡丹刺绣棉毛睡衣的中年妇女，有围着玫红色长围巾的老阿姨，还有戴着深褐色毡帽的老头儿。他们的表情，不太一样。有些是欣喜，有些是平淡，更多的是麻木。这些大大小小的箱子，被他的同行搬出来，把它们一一交给它们的主人。

张志奇的三轮车停在略为外围的地方，那是一个熟客都懂的地方。

这个角落，可以很从容地容纳那些从他车子里拿出来的箱子。那些从天南地北汇聚在一起的素未谋面的箱子，有些很大，却很轻。有些体积很小，却很沉重。它们从生产线出来以后，经过层层环节，在命运的安排下，来到属于它们的地方。

您好！您的快递已经送达东福雅居东门，请您尽快下来领取您的快递。张志奇把手机群发短信的发送键按下之后，把快要熄灭的烟头往地上一扔，然后用穿着皮靴的脚，用力地踩了一下，把烟头的尸体踩成一团混沌。

张志奇长得好看，公司里面的库房大姐阿梅每次发件的时候见到他，总是会娇羞地开他玩笑：阿奇，你今天黑眼圈越来越重了。旁边正在斗地主的几个大叔会暧昧地笑出声：你就不懂了，阿梅姐，人家阿奇年轻，体力好……

张志奇知道阿梅姐是在逗他，那些大叔也在逗他。当初来这个易宝速递投简历的时候，他知道那个漂浮在梦境中的自己一定会被那些生活中的人慢慢地拉回到现实中。

阿奇，不好意思。让你等久了。一个软绵绵的声音飘在

　　　　　　　　　　　　　　一匹被扯开了线头的布

他的头顶上空。张志奇的心里好像被电烫斗熨过一样，感到一种无法说出的舒畅。

蹲在地上的他抬起头，看着不知什么时候走到他跟前的女孩。从他现在的角度，由下往上望过去，他能看到她小小的有点朝天翘着的鼻孔，粉色润泽的嘴唇，一张一合地呼着气。她下巴的弧度很精致，有点古典美人的韵味。虽然她只是很平常地搭配了一件焦糖色的大衣，却意外地让她的脸色显得更加白皙。

其实严格来说，黄千芊的脸长得有些扁平，鼻子不是很挺，眼睛的间距有点宽，给人感觉是魄力不足，但好在有浓浓的单纯。张志奇看到这个鹅蛋脸的女孩，心里会有一种莫名的安心。

没事，反正今天的货不算多。张志奇笑着说，拍了拍裤子上的灰尘。

上次我给你的那几单，你为什么没收我的微信红包？黄千芊有点嗔怪地埋怨。

哎哟，又没多少钱，你拿着吧。

不行，你总是这样。该返还给你的折扣一定要给的嘛。黄千芊不甘心。

张志奇没理会她，而是把几个快件用一根红色的塑料绳绑起来，熟练地打了一个活结。用食指试着钩了钩：嗯，不错，挺结实的。

黄千芊看着这个眉清目秀的快递小哥，她的心好像莫名地安定许多。

快一年了，黄千芋的艺术网店由原来的接不了几单生意，到现在陆续能够一个月发十几单。她的客户分布在全国不同的地方，和其他总是被奇葩客户给差评的网店相比，她算是很幸运。因为她的店里，经常下订单的几个老客户，人品都是极好的。她知道自己手艺的水平，每一次接单，心里还是很忐忑的，但居然从未收到过差评。

因为发货量慢慢增加，几乎每天她都要见到张志奇。

一开始加了张志奇的微信，预约他到东门来取件，黄千芋只是觉得这个男人特别亲切，问她电话号码的时候，声音诚恳有礼貌。她知道这个男人是负责城中区这一片的快递员。

如果从黄千芋专业的眼光来看，这个男人的脸是非常适合拿来做模特的。也许是因为只有在领取快件和发货的时候，她才有机会能见到黄雄伟之外的人。

黄雄伟是她的父亲。他像一个被抽掉牵线的木偶，静静地待在他的床上，没有生机。她已经尽量努力去清除屋子里腐烂的味道，但是收效甚微。因为她感觉到，他的身上，无论洗多少遍澡，都无法洗掉那种铺面而来的臭味。

黄雄伟的屁股，又烂了。她对那些从脓血中长出来的水疮，已经没有任何恐惧。她可以非常冷静地用棉签把水疮中的烂肉一点点地挖出来，然后像是雕刻艺术品一样把伤口周围的皮肤，慢慢地用消炎药水浸湿。直到那里形成一道道风格独特的花纹，她再把沾满血的棉签扔到床边的垃圾筐，看它们沉浸在一堆同样散发腐味的纱布海洋里。她面无表情地

　　　　　　　　　　　　　　　　一匹被扯开了线头的布

把赤裸的黄雄伟像翻面饼一样翻过来，他蔫蔫的下体像一个从阴暗潮湿的枯木枝干上长出来的蘑菇，纹丝不动。

当她做这一切的时候，黄雄伟只是静静地望着天花板，不说话。黄千芊抬起头，看见天花板上有几根明显的蜘蛛网。她觉得自己好像被死死地黏在那张蜘蛛网上，再怎么挣扎，也动弹不得。

黄千芊已经习惯了这种诡异的沉默。

直到那一天，她的所有被突如其来的昏厥击溃，被这个男人撞上。

张志奇当然记得那一天。那是去年一个暮春的傍晚，隐约有着骚动的春意。他刚刚把车子停在东门的老地方，正想把后箱的快件搬出来，就听见身后传来一声闷响。接着就听见几个大妈尖叫起来：哎哟，要命了，怎么昏倒了？快来人啊！

张志奇赶紧回头一看，一个年轻女孩闭着眼睛躺在离自己不到一米的身后。来不及想太多，他冲上去，用手在女孩的鼻子下试探了一下。还有气息，只不过比较微弱。这个女孩的脸色苍白，看样子是过于虚弱。张志奇在女孩人中的部位掐了一掐，"水沟穴"这个穴位是他母亲袁悦琴从小告诉他的。袁悦琴的医学天赋是与生俱来的，在她的脸颊还很饱满的时候，常常会捣鼓着用中医穴位来治疗各种病。张志奇的身体，总是被她拿来做试验。

触摸到女孩细腻光滑的皮肤，张志奇的心，酥麻麻的。

这个女孩，他认识，是东福雅居小区的住户，找他发货有一段时间了。上次女孩怯生生地和他说：你好，能不能加一个微信，我可能不一定很方便出来发货。

可以啊。

我要发货的时候，就给你发微信。

行，没问题。

听人家说，如果都找一个快递公司的话，可以有员工价？

员工价？嗯，有是有……张志奇有点客套地说。

是这样的，我的网店才刚刚开业，还没有多少客源，你看能不能帮我打点折？

女孩惆怅又倔强的样子，让人不忍拒绝。就像那一次，女孩被自己抱在怀里，张志奇竟然被吓了一跳。

张志奇从小就有女人缘。他还记得初中时在人声鼎沸的课间操时间，竟然有女孩子把给他的情书，当着全班同学的面，跑到他面前塞到他白蓝袖子的校服口袋里。他并不是嫌弃那女孩脸上的雀斑，他只是讨厌被别人当作评头论足的对象。

袁悦琴对他说过，男人不要像个女孩子一样，娘里娘气的。人家只说你长得帅，那是因为你没有本事，这是你的悲哀。

张志奇知道母亲警告的来源。他父亲张山水就有一副好皮囊，但这个男人，留给张志奇最深的印象，只是一年一次例行公事的探望。

　　　　　　　　　　　　　　一匹被扯开了线头的布

他悄悄地偷看过袁悦琴的日记，在满满的一页纸上，都写满脏话。他很难想象，那个在外人看来温文尔雅端庄大气的母亲，竟然会如此粗俗。她把这个世上最肮脏的语言送给了她的前夫。

阿奇，在想什么？黄千芊把写好发货地址的单子递给张志奇。

张志奇摇了摇自己的脑袋，试图驱走袁悦琴日记本上那些充满恨意的句子，说：没什么。

阿奇，天气这么冷，你怎么也不多穿一点儿衣服？黄千芊唠叨着。

谁说冷？我不觉得冷。张志奇像小孩子一样幼稚地辩解。

不冷？你看你的鼻涕都流出来了。

这时，张志奇才发现确实自己嘴唇上方的皮肤，好像被一缕冰冷的柱状液体黏住了。呵呵，是呀。他用手背擦了擦，白色的黏液就沾到了手套冰冷的皮面上。

我有纸巾，给。黄千芊已经习惯照顾别人了。她照顾黄雄伟这么多年，她已经戒不了想要去照顾别人的瘾。

张志奇接过那张薄薄的纸巾，若有所思地笑了。

和往常一样，黄千芊还是把货发到了那几个熟客的地址。她一边看着张志奇在打包，一边兴奋地说：阿奇，你知道吗？现在我在店铺上做活动，买一送一，多了好几个新客户耶。是不是很幸运？

嗯，当然啦。张志奇看着这个女孩的侧脸答道。

我要抓紧时间了，我答应人家三天之内发货的。黄千芊的语气有掩饰不住的雀跃。

忙归忙，你自己也注意点。看你那个小身板。张志奇忍不住说出他早就想说的话。这瘦弱的身体，好像只有抱在怀里才有一点儿重量。那张昏迷中的苍白的脸，要比现在眼前的她更加深刻地印在张志奇的心里。

张志奇清楚地记得那天和几个热心的阿姨把黄千芊送回家的场景。外人总会以为这个看上去单纯可爱的女孩子，理应有一个让人羡慕的家。谁知道，一打开门，一股仿佛是发霉的腊肉被泥巴糊住的味道，不由分说地钻进张志奇的鼻孔里。黄千芊虚弱地瘫倒在他的怀里，另一个大妈帮忙抬着她的脚。张志奇缓慢地把女孩扶到了罩着金黄色刺绣布套的沙发上。女孩的手是冰凉的，大概是气血不足吧。袁悦琴说过女人是要养的，从脾胃养起，从气血养起。

知道了。谢谢。听到张志奇的叮嘱，黄千芊的脸红扑扑的，心里乱成一团。她无数次擦拭过黄雄伟的手掌，只不过那是没有温度的肉。阿奇的手不一样，这个男人的手掌有着她能感受的温度，暖暖的。如果可以，她多希望那天在张志奇进自己家之前，能够把地上那些杂乱的模具整理一下，至少能让他能有一个可以落脚的地方。如果可以，她也希望能够把黄雄伟房间的地板，再用消毒水拖一遍，这样就不会散发出那股难闻的气味。

然而对于这肮脏的一切，张志奇并没有太多的惊诧。他把角落的开水壶插上了电，温柔地盯着女孩。他自动忽略了

　　　　　　　　　　　一匹被扯开了线头的布

身边那一堆叽叽喳喳的邻居阿姨们。

那天，等黄千芊苏醒过来的时候，她听见房间里充满着"噗噗噗"烧开水的声音，和里面房间黄雄伟粗浊的呼吸声。在一群大妈们的问候声中，还有一句沉沉的问话：你好点了吧？

她有点担忧地向里间望了望，想挣扎着从沙发上爬起来。

不要动了，你最好躺着。张志奇坐在沙发对面的椅子上，视线望向里间。

刚才谢谢你。

没事。你太虚弱了。

嗯，最近在赶工，可能睡不够。

那个人，是谁？张志奇轻轻地问。

我爸……黄千芊疲惫地闭上了眼。

他……怎么了？

被工地上的墙板砸到头，成了植物人，瘫了……

……有多久了？

嗯……很多年了。黄千芊早已忘记了从什么时候开始，她陷入这种诡异的沉默中。也许，是她刻意忘记了吧。

张志奇眼光定定地看着女孩，她那个被叫作父亲的人，正在里间吐着气。仿佛只有呼呼的声音，才能证明他还活着。

活着不是一件容易的事。女孩是，她父亲是，我自己也是。张志奇想到这里，不得不承认这一点。

如果所有的人都可以把生活中的安排，真正的消化为自己的肌肤、血肉，那该多好！

张志奇不想再去计较自己的快递还没有送完，也不想再去想接下来他可能被扣掉三分之一的绩效奖金这些问题。

他不太记得那天离开了黄千芊的家之后的情形。他只记得那天回到易宝速递下班打卡的时候，他也失去了往日和秀梅姐插科打诨的耐性。

不过后来，他跑东福雅居送件的时候，他会不自觉地期待那个苍白脸色的女孩。

就像今天，看到黄千芊极为轻松地在他面前向他讲述她的新客户，张志奇感到内心得到一种极大的抚慰。

认真地把女孩要发的货打包好了，张志奇把单据塞给黄千芊。好了，我走了。张志奇把三轮车的钥匙握在手里。

嗯，等我这几天做好了，再联系你。

好啊，注意点吧。轰轰轰，三轮车的启动声，把张志奇带离了黄千芊。

在交接完剩下的工作之后，张志奇回到了家。与其说是家，不如说是袁悦琴留下来的房子。袁悦琴死后，这个房子就少了生活的声音。张志奇在过去的一年里，已经习惯了这个屋子里长久的安静。这种安静像是粘在毛呢大衣上的毛球，粘在张志奇心里。他把皮靴踢倒在进门的地板上，把自己丢给了那张床。这张床曾经的主人是袁悦琴。一年了，她曾经的体味和汗渍也慢慢被风干掉，几乎不留下任何痕迹。

张志奇望向靠近阳台的窗台，带有梅花图案的窗帘始终关闭着。这个屋子已经有一年，没有进过阳光。张志奇还记得袁悦琴以前常常在阳光明媚的中午，站在高凳子上，把窗帘拆下来。她瘦长的背影，投在半透明的窗子上。她斑白的头发，在阳光下更加刺眼了。

阿奇，过来，帮我递一个夹子。袁悦琴轻轻地喊了一声。好像张志奇一闭眼，他母亲还在不远处轻声地呼喊着他。

袁悦琴向来都是轻声细语的，就算是隔壁韦十三用破锣嗓子在楼梯口骂他们是贱货的时候，她也毫不在意地微笑。韦十三这个老男人，从张志奇他们搬来这里开始，就对袁悦琴有莫名其妙的敌意。韦十三最开始是想占袁悦琴的便宜的，没想到这个看似柔弱的女人居然是一块铁打的石头。

张志奇知道袁悦琴唯一会失控的软肋，是他父亲张山水。袁悦琴打工的私人诊所，就在他们住处不远的地方。每次袁悦琴进家门的时候，总有一股中药味跟着她的脚步飘进房间。

张志奇的记忆里，自己的脊背和手脚，常常被袁悦琴用来练习扎针灸。他向来体质弱，曾经连续发高烧一个星期，剧烈的头痛让他以为自己快要死了，脑袋好像被大卡车碾过一样，只剩下麻木的脑细胞苟延残喘。袁悦琴在他光溜溜的脊背上插满了银针，他觉得自己像个孤独的刺猬。

阿奇，不要慌。会好的。朦胧中张志奇常常听到母亲说这句话。

妈，你不要担心，会好的。这句话，在袁悦琴躺在病床上的时候，张志奇也反过来安慰他母亲。

袁悦琴的病来得非常迅猛，几乎没有给这对母子太多准备的时间。从确诊到发病，前后不过三个月时间。

袁悦琴自己大概也很清楚，上帝没有特别关照任何人。到了后期，她连拿银针的力气都没有了，全身的皮肉几乎被癌细胞吞噬掉。张志奇从来没有想到这么美丽的女人，会变得这样的丑陋。

如果袁悦琴不美，张山水是不会费尽心思地和她结婚的。张山水的基因，很好地遗传到了张志奇的身上。有时候，袁悦琴会诡异地盯着张志奇，不说话。张志奇知道，她可能又在想那个懦弱的逃跑的男人。

张志奇躺在这个慢慢失去中药味道的房子里，像袁悦琴留下来的那好几袋中草药那样走向发霉。

袁悦琴把重要的东西都写在她的日记里，比如银行密码、借钱记录，还有对张山水的诅咒。张志奇在袁悦琴的告别仪式之前，把满满当当的四麻袋的东西拿到了殡仪馆斜坡上的焚烧处，一点点地把它们烧掉。其实他根本不知道怎么挑选这些东西。

来帮忙的表姨路红兵正色告诉他：你妈妈她喜欢的东西要象征性地烧给她，让她在那边有点寄托，不那么孤单。比如衣服、书籍、鞋子、皮包等等。特别是衣服，一定要把所有的扣子都剪掉，把所有的口袋都剪烂。

这样，阎王就不会嫌弃她还留恋人间，才会让她早点投胎。路红兵边说边忙碌着。

　　　　　　　　　　　　　　　一匹被扯开了线头的布

张志奇记得，表姨路红兵用一把黑色的剪刀上上下下地把袁悦琴的衣服剪了一遍，那情形好像她在成熟的稻田里收割稻谷一样，没有什么可以留下的，袁悦琴以前最喜欢穿的旗袍，每一个盘扣都被剪掉了，只剩下凌乱的丝绸。张志奇把那些衣裳统统塞进了红白条相间的麻袋里。

　　其实它们一点儿不重，可是张志奇却觉得自己的手一点儿力气都没有。

　　袁悦琴的中药，还被堆在客厅和阳台的角落。路红兵说，有些药还是有用的，所以要留下来。张志奇没有拒绝。做白酒销售的路红兵在全国各地都有一些下线经销商，她大概是袁悦琴娘家最亲的姐妹了。在袁悦琴和张山水私奔之后，袁家的亲戚逐渐走得远了。

　　要不是她死脑筋，怎么会跟你爸张山水？现在死了，只落得个凄凉。路红兵手脚麻利地收拾那些蔫蔫的草药。

　　张志奇把自己的身体交给了黑夜。他其实很害怕这样的沉默，哪怕有黄千芊家里那个浑浊的呼吸声也是好的。不然，只听见自己的心跳声，一点一点地填满自己的虚无。张志奇试着闭着眼睛，想象着这个空间的声音。仿佛把他推到那些寂静无声的人生瞬间，他才会真正地感受到每一个事件的价值。

　　比如张山水和袁悦琴之间的事。张志奇其实很多时候，是想刻意遗忘这两个人曾经有过的恩爱，这样他才能更好地把袁悦琴日记里面那个混蛋透顶的男人和现实中的张山水对上号。张山水不赌玉米籽的时候，还是很和蔼的。

他能记起张山水在带他去春节的小卖部买鞭炮烟花的样子。张山水薄薄的嘴唇里总是叼着一支烟。烟头微微歪斜着，上面有一点点星火，在黑夜里闪烁。

阿奇，你看，多好看。张山水带着笑，看着绽放的烟花。

那些瞬间，张志奇觉得简直不真实。

在张山水把家里所有的钱都拿去赌玉米籽之后，他就成为袁悦琴日记里的人渣。

张志奇生活的龙城融县那个小镇，赌玉米籽几乎是所有成年男人必备的技能。玩法很简单，只要把玉米粒掰下来，随便铺在一个空地上。安上庄家，只要你是个人就可以赌。猜大小，分单双，一不小心就把你明年买种子的钱输个精光。

张山水的运气似乎也总是差一点儿。开始是输了买鸡苗的钱，再后来是押了爷爷留下来的土地，再后来就是疯狂地借钱。为了逃避赌债，袁悦琴开始不断地搬家，不断地换一家一家的小诊所。张志奇也跟着母亲开始了像仓鼠一样的生活。

从那儿以后，张山水的作用，就只剩下在填写学校注册表的时候，在父亲那一栏的空格填上他的名字而已。张志奇有时候很担心自己的未来也会像张山水那样，成为赌玉米籽的同类人。他甚至觉得在自己的手背上隐约会被贴上赌徒的标签。

　　　　　　　　　　　　　一匹被扯开了线头的布

距离上次见到黄千芊不过两天的工夫，张志奇又到了东福雅居小区东门。黄千芊吃力地把她的货搬到了老地方。

这姑娘的手艺越来越好了，张志奇不禁要夸奖两句。一张张逼真的脸，像是有生命一样窥视着这个世界。每一尊无声的身体，好像被赋予了新的活力，即将要到它们的主人那里获得赞叹、拥抱或者亲吻。

这几天赶工太累，差点完不成。还好，没耽误。黄千芊捶捶自己发麻的手。

赶得上就好，慢工出细活儿。张志奇安慰她。

嗯，没事，就当练手。大不了退货，只要不给我差评就好。黄千芊嘟了嘟嘴巴，红红的一抹亮。

张志奇不动声色地端详着这个女孩。她瘦了，又瘦了一大圈。不过，她眼里的光比以前要显眼得多。

你爸怎么样？张志奇问。

还不是那样？黄千芊的眼神黯淡下来。

天气冷，你自己注意点，也别让你爸感冒了。张志奇叮嘱道。

嗯，谢谢。黄千芊把最后一尊雕像头顶上的灰尘，用冰冷的手掌抹去。

张志奇低头看着这双纤柔的手。这双手本来应该在美术学院的教室里雕刻着模型，或者在某个寒冷的夜晚挽着男朋友撒娇，只是这一切都不可能是现实。

他的梦里，也曾经无数次梦见过这双手。修长的手指，每一个关节都几乎看不到凸起，镶嵌着半个月牙的指甲盖上面，常常沾着五颜六色的颜料。

张志奇知道自己渺小的存在不可能对任何人产生意义，但他自己不愿意承认这一点。他深深懂得一个长期卧床的人身上的味道，那种无法与腐烂撇开关系的味道。他梦见这双手拿着雕刻刀，在他的身体上一点一点地凿着，像是要挖出他刻意想隐藏的秘密一样。

在袁悦琴的葬礼上，张志奇没有哭，他已经习惯了这种冷漠。他父亲张山水从贵州的厂子赶回来的时候，并没有见到袁悦琴的最后一面。这也许是最好的结局。袁悦琴还是保持着她端庄的仪态，在那张床上慢慢变得冰冷。

那天晚上，很久不见的父子俩，在小区旁的天发火锅店吃狗肉喝着酒。氤氲的雾气，遮挡住两个人的脸，彼此看对方都显得遥远而陌生。

她到死了也没有骂你，张志奇说。他说的是事实。

她骂不骂，已经无所谓了。张山水说。

可能骂了，才好。张志奇说。

不骂，才好。张山水沉默了一会儿说。

张志奇看着这个叫作父亲的男人，想起袁悦琴日记里那些写满他们之间爱恨纠葛的文字，想象着袁悦琴一边在昏暗的台灯下写日记，一边咬牙切齿地骂他是人渣的样子。

你没有去看过他吗？张志奇问。

很久以前有，偷偷去看过。张山水答。

他怎么样？张志奇问。

不会说话，不会动，像死了一样。张山水答，脸上看不出是什么表情。

要是真的死了，才好呢。张志奇说，有点同情这个男人。他也老了，曾经英俊上扬的脸明显垮了，那些秘密像刻刀一样把他们的过去都切断了。

看着眼前黄千芊和那个躺在病床上的黄雄伟相似的脸，张志奇默默地在心里翻阅着袁悦琴的日记。

....

2014年9月5日。那个人急匆匆地跑回来收拾衣服，说他在工地上杀人了。这个混蛋做什么不好，又去和别人赌玉米籽，把下个月的工钱也输光了。心烦意乱，一晚上没有睡好，结果在砸墙的时候，把墙砸塌了，埋了一个人。那人身上流了很多血，躺着不动，估计是死了。因为是大中午，上工的人不多，他转身就跑了，没顾得上看那个人是死是活。我们娘俩这一辈子算是倒了八辈子大霉了，碰到这个人渣！！！

....

2015年1月7日。今天诊所来了一个很年轻的女孩，推着她爸来针灸。说是不久前在工地上被墙砸瘫的。一问时间，和那个人渣出事的时间差不多一样。难道老天爷在惩罚我们？那个人姓黄，他没有死，但是瘫得很严重。可怜了他女儿，原本要考大学，去读雕塑系的，现在没法上学了，只能全天伺候他。他们居然不知道墙塌的原因，他们以为那是一个意外。他们只拿到了工地老板给的两万块赔偿费。他们住的地方离我不远，东福雅居。我的天，我能做什么？除了帮他针灸、推拿，多使出点力气，我还能做什么？张山水，我真是上辈子欠你的！！！

…………

2017年12月19日。胃疼，还是咯血。看来剩下的时间不多了，阿奇听话了很多。他其实小时候很乖的。他从桂中监狱出来之后，老老实实去找了一份工作。虽然是送快递，但好歹是自食其力。如果可以的话，我宁可彻底地忘记那个人！假如我死了，就能够忘掉的话……

阿奇，你在想什么？黄千芊不解地问张志奇，显然她对这个沉思中的男人有很多好奇。

嗯，没什么。张志奇摊开手。你看，都打包好了。

真麻利，谢谢你。黄千芊说。

下次再有订单，就联系我。回去吧。张志奇说。

真希望，一直这么幸运。黄千芊扯了扯淡粉色的围巾，低声说。

张志奇摆摆手，转了身，大步地走向了他的快递三轮车。用不了多久，那些贴着黄千芊手写地址单的快递，将会被公

————————一匹被扯开了线头的布

司流水线上的同事们，一个个地送到它们该去的地方。

只有张志奇知道，黄千芊那些千奇百怪的客户昵称的背后，大部分只有一个真实的名字：路红兵，那是他表姨的名字。路红兵分布在全国各地的白酒经销点，将会陆续收到黄千芊寄来的快递包裹。而经过又一个快递周期之后，那些美丽生动的雕像就会从全国各地出发，最后都出现在他的家里。他享受等待的过程，也享受拆开包裹看到雕像的过程。

那一张张生动的脸，和阳台上即将发霉的中草药一起，在每一个夜晚，来到张志奇的梦里。在梦里，有袁悦琴，有张山水，还有小时候那个还不会赌玉米籽的自己……

张志奇似乎只能用这样的方式，来为这个女孩做些什么。他不知道这样究竟有没有用。如果可以，他宁愿被墙砸到的是他自己，这样袁悦琴就不会那么怨恨张山水，而他自己也就不会对赌博有那么矛盾又偏执的心态，那他也就不会因为自暴自弃去赌博，而被关进了监狱。他也就不会只能远远地看着这一对父女，却无能为力。

又是一个下午，暮春的气息似乎让人嗅到了些许暖意。张志奇又来到了东福雅居。正当他从三轮车上卸快递的时候，黄千芊不知道什么时候出现在他的身边。

阿奇，你说奇怪不奇怪？黄千芊问。

怎么了？

那天给你发出去的订单，有一个雕像被我不小心发错了。你看我，真糊涂。黄千芊有些不好意思地说。

哦？怎么错了？张志奇问。

有一个客户，是贵州的。从我开店的时候就订我的东西了。那天我把本应发给他的货，错发到另外的地方了。我打电话过去给他，他居然说没事，我发错给他的，他也很喜欢，不用退了。可是，之前他特地强调要订一个父亲带儿子放烟花的雕像。我想，这个应该对他很有意义吧。我真糊涂，是我的错，竟然把这个放烟花的作品发错了。那客户居然没有给我差评。你看，我的运气是不是很好？黄千芊有点不可置信地感叹。

贵州？那个人的名字叫什么？

说起来，名字很有意思，叫张山水。

张山水？张志奇的心，因为这三个字，像是被刺穿了秘密一样剧烈跳动。

他明白了，为什么在昨天他收到表姨路红兵寄来的包裹里，有一个发错了的快递。这个不是他订单里的雕塑：

眉眼清亮的男子，手里拿着烟花，咧着嘴笑。他身边的小男孩，仰着头，极力想凑近大人。

那情形，像极了小时候的自己和年轻时候的张山水。

也许，他一直在等的人，终于来了……

让座

1

"又是这个臭老头儿！"吉仔抬眼瞅见对面二十米开外的那个人，忍不住骂道。

已是初夏，那人却身着一件不合时宜的长大褂，松松垮垮地贴在圆胖的肚子上。淡紫色的绸面已经起了微微的白丝，是那么可笑，有点不称头。尽是皱纹的脖子上那几颗手工缝制的中式盘扣却还精神矍铄地立着。脚上罩着一双灰色老人鞋，鞋面脏得像西方艺术家随手画得乱七八糟的抽象画。右脚靠近大拇指的地方正在畸形地外突着，夺人眼球。他的眼睛是黄中带青的浊色，那白得过多的眼珠朝着吉仔狠狠地斜眼望着。眼角旁大大小小的沟壑仿佛被定型胶水固定在斜鬓的前头，纹丝不动。

仗着自己抑不住的年轻，吉仔自如地迈出一大步，一个惯性便往前倾，立刻就把自己青春又紧致的屁股摁在了长椅上。他像个奋力救球的专业排球运动员一样，只用了一个伸展运动，就顺势轻巧地躺了下来。他笔直又瘦长的脚一下子就占满了整张双人椅子的空间，摊开得张扬。

慢了半拍的老头儿显然有些力不从心，这时才挪步走到吉仔面前。他鼓着那双本来就外翻的眼睛，仿佛鄙夷地打量垃圾桶上布满苍蝇的旧盒饭一样。他歪着头，像鱼缸里久久不吐气的金鱼突然鼓起了腮帮，在嘴里翻腾着舌头怨恨地酝酿了十几秒，往地上用力地吐了一泡浓黄的口水，才悻悻地走向远处侧面的花坛。

"哼，死老鬼，还是我赢了吧！"平躺得十分惬意的吉仔一边想，一边跷起了二郎腿。他高高昂着的右腿跟着空气中狂热的鼓点以四分之四拍前进。他全身使劲地抖着，有藏不住的得意，仿佛自己完成了平生最了不起的大事。耳边传来的是某个著名藏族歌手以超高音唱的"我坐着火车去拉萨……"没有风的公园，有些闷热。

这张长椅是近一个月来吉仔和那个陌生的老头儿每天都要争夺的稀缺资源。他们好像两条为了一块主人丢下的腊肉而匆忙宣布开战的老狗，吐着厚厚舌苔的红舌头，打得不可开交。即便这样，长椅依然涂着暗绿色的油漆，偶尔从剥落的孔洞中露出温柔的淡黄色木质底色，在这里不动声色地候着，静静地。

这里是看跳舞最佳的位置。

这长椅的前面有一块圆形的空地，这是龙城阳湖公园里

———————————— 一匹被扯开了线头的布

最热闹最沸腾的地方。

不甘心衰老的男男女女，会在喧闹中把身体交给音乐，让扭动的腰肢释放在鼓点中。健身操、秧歌舞、藏族舞、交谊舞……几乎所有舞种在这里都会有人乐此不疲地跳。舞友们水平专业与否姑且不论，但他们为艺术献身的勇气却是让人生敬。像早早闻见玉米秸秆甜甜香味的地鼠一样，具备敏锐嗅觉的商业者也迅速联合起来，有专门拉音响的，有专门租服装的，有专门领舞教学的，各司其职，无孔不入。金色的蕾丝花边、猩红色的二人转小手帕、草绿色的半透明喇叭裤、湖蓝色的露背练功服，诸多色彩拼凑在一起构成了极具特色的印象画，挂在了叫作"民间"的墙上。

阳湖公园里各个舞蹈团队在这共生共荣的生态圈中早已达成了绝佳的默契。以音乐风格的变化为信号，在不同的时段就会涌现出不同的舞友。环肥燕瘦、肥臀丰乳，各种款型的女人在这里几乎可以得到完全的陈列。当然，她们年纪大多都不再年轻，但大多数都隐约可看出少女时的风姿。某支舞曲节奏响起时，领舞便会自动替换，舞群也自动组团。

围观的多是男性。他们略显僵硬的身体会在音乐的间奏里无章法地随意摆动，同时会把嫉妒的眼光投向那些能够混迹在舞群中的同性。他们多会自行找地方落脚。三三两两地抽烟、聊天，评论那个跳得最好的身体。

只要不下雨，这群被音乐蛊惑的男人女人，可以从早上六点一直跳到中午一两点，才会各自散去，拥向附近的菜市场、麻将馆还有托管着他们孙辈的幼儿园。

2

　　与其他围观的男人不一样，年轻的吉仔每天要做的是，赶在那个臭老头儿来之前，抢到这张最佳视角的椅子。然后舒舒服服地斜躺在上面，用剩下半天的时间专心观赏那些意气风发的阿姨晃动她们像油团一样的屁股。

　　有好几次，吉仔来晚了。椅子就被那老头儿捷足先登。更可恨的是，那老头儿躺在那里的那副鬼样子实在是丑陋至极。老头儿故意闭上他外凸的眼睛，嘴角还有诡异的笑意。吉仔觉得老头儿好像躺在一副透明棺材里的尸体一样，直挺挺的，浑身散发腐朽的气味。

　　若是抢不到这头等位，就只好移到侧面的椅子上。整块空地是圆形发散式的，坐在侧面，人的视线会被长满了千堆红和万年青的花坛挡住。比如在跳一段交谊舞时，他就能看见两个人交握双手的上半身极不自然又极其亲密地在葱郁枝叶里交叠。这看上去像被舞台幕布遮住了操纵线的木偶，只有半截生命力，有些滑稽。

　　吉仔对那老头儿是时刻提防的。相较之下，吉仔抢到位置的时候还是更多。每次看老头儿灰溜溜地滚向另一侧的沮丧背影，他就感到快乐，仿佛摸到了那个站在第一排的常常系着鹅黄色方形围巾穿着墨绿色金丝绒紧身衣阿姨的圆屁股一样，令人沉醉。

　　吉仔和那老头儿只说过几句话。那是战争已经打响了两周之后的一个中午，占住长椅的吉仔突然想去尿尿，就起身去了厕所。在隔壁挂满黄色尿渍的尿池里看到了那个可恶的老头儿。老头儿的尿正在滴滴答答地淌个没完，像他衰老的脸一样晦气。吉仔能感受到老头儿的窘态和软弱，突然开始怜悯起这个像颓靡地挂在枝头的茄子一样的老人。人老从尿始，老就是老了，谁也拒绝不了。众生平等，无论谁都一样。

吉仔说："老头儿，你是不是没事干？干吗天天和我抢座位？"

老头儿没好气地答道："你才没事干！我忙着咧。"

吉仔不以为然地笑笑，说："你忙你会来公园？神经！"

老头儿怒瞪着吉仔，用尽力气甩甩尿，试图甩得更远些，但却失败了。他斜着眼，把话冲过去："你才神经！一个小伙子不上班，天天来公园？"

谁知，吉仔咧开嘴笑笑，说："我是神经啊，我来吸氧的。"

没错，吉仔是来吸氧的。这里比医院的空气好多了，这里有人的味道。没错，是人的味道。医院里不管怎样呼吸，都只有消毒水的味道。家里则是一种挥之不去的霉味。吉仔活了二十四年，竟然在半年前才发现这里有一处这么美好而自在的地方。他脆弱的神经居然可以跟着音乐的节奏起舞，心脏竟然跳得更有力，竟然少了疼痛感。

吉仔只要一感到紧张，心脏就会痛。那种痛是从四肢逐渐回传到心脏的缓慢滞流，然后心会一点点地抽搐，像是有一双无形的手攥住了自己的心脏，慢慢地用力把那脆弱的心室像捏柿子一样压扁。他恐惧这种感觉，像是被人抛弃在摸不着门窗的黑屋子里找不到出口。到处是黑的，连他自己都被融进这片黑暗里。他感觉黑屋子之外，到处都有人在看他，在谈论他，在嘲笑他。他认真地翻过家里所有的角落，并没有发现任何奇怪的机器。可是，好像随时随地都有人在监视他。在他吃饭、洗澡甚至睡觉时，都有一双眼睛在偷偷地注视他。他敢肯定，这可疑的眼睛，是女人的眼睛。那黑白分明的瞳仁是母性的，是充满柔性的。在耳旁安静的时候，那个女人会在他身后说话。他看不清她的样子，只知道她的声音是软软的，像糯米一样软。

那天吸氧回来，在 36 路公交车站旁，他听到那个熟悉的声音，一直在马路对面温柔地叫唤他。他差点就稀里糊涂地走进了城市川流不息的车海里。还好在一旁卖双皮奶的冰淇淋店老板拉住了他，把他从愤怒的汽车喇叭声中解救出来。

吉仔不喜欢去医院吸氧，也不喜欢待在家。他待在那个冰冷的家里，快三年了。

他曾经是高中母校毕业生中最让老师们自豪的学生之一。领到大学录取通知书时，吉仔还被不苟言笑的校长邀请到了如田野一般铺满红色地毯摆满塑料花的舞台上，在众多长长短短的镜头面前声情并茂地读了一封给母校的感谢信。信是早就有人写好的，他只需要照着念完就可以。吉仔在朗读的时候，还有些担心自己没有发育完全的嗓音会在高音喇叭的扩音下显得更加幼稚。他发育得晚，虽然个子长高了，可嗓子还是像个小学生。单薄柔软的嗓音和他羡慕的别人磁性低

一匹被扯开了线头的布

沉相距甚远。甚至还有些人在他听得见的范围低声议论他是"小太监"。他不想去看那些可笑的人的表情，他们斜眼歪嘴的样子实在很难看。

在他心脏不太痛的时候，书房里一米多高被码得整整齐齐像是赌桌上的筹码一样的习题集会提醒他过去的生活。上面密密麻麻地涂满了吉仔写过的公式与符号，各种颜色的标记寂寞地死在那里。吉仔的记忆有些缺失了，回想起高考前熬夜的样子竟然觉得十分搞笑。

他为什么会待在家里，他也大约忘记了。似乎他的记忆里从来就没有过这一块存在。他只是模糊地记得自己好像莫名其妙地大病了一场，在可怕无助的梦境里出了很多汗，头好像被重型大卡车碾过一样，心脏剧烈的疼痛让他以为自己快要死了。恐惧好像夏天夜里天井中赶不走的水蚱蜢，白晃晃地在他眼前飞来飞去。从那儿以后，他就从那所著名大学的宿舍搬回家了。

半年前的某个上午，吉仔好像听见那个女人躲在碎花窗帘布背后轻轻地对他说："出去走走吧。"他就穿着那双在家里穿的异常舒适的棉质拖鞋、套着宽松的格子睡衣走下楼去。他迷迷糊糊地来到了这张长椅旁，然后看到了很多很多女人和男人在浩渺的海洋上游泳般舞动。隔着包裹身体的曲线，他能够看见像妈妈一样的女人们。响彻耳畔的鼓点和音乐像是抚摸他的手，暖暖的。就算偶尔打个盹儿睡着了，也有一种飞仙般的轻松。睡梦里，那个面容模糊的女人会偷偷来看看他，朝他耳朵里轻轻地吹气，笑闹着躲开他的双手，摸摸他偶尔冒出青春痘的额头或者是语焉不详地说着些什么。在梦里，吉仔总是极力想看到那个女人的样子，他感觉自己一上一下地漂浮在神秘的水面，全身热热的，有说不出的兴奋和舒适。

吉仔几乎没有任何抵抗力，他安然地享受在这张长椅上发生的一切。

从小到大，吉仔从来没和别人抢过什么东西。但是，这个像被人用过的卫生纸一样皱巴巴的老头儿，居然来和他抢位置！吉仔隐藏在骨头里的好胜心被彻底激发了。

3

凌晨四点的后半夜，公园里一片阴森的黑暗，疏朗的星空下空无一人。吉仔还是套着他那双软软的拖鞋，悄无声息地走着。树林间的人行道里，只是偶尔蹿过几只发情的野猫。就着路旁的清冷灯光，吉仔很快找到了那块熟悉的空地。那张老旧的木质长椅一直在安静地等着。

今天我来得够早了吧？吉仔心里忖度着，刚准备靠近，只见花坛那头突然冲出一个黑影。

"老头儿？"

"小子，想不到你也来得挺早啊。"那黑影冷冷地发话了。果真是那个臭老头儿。

"你不也来得挺早？"被破坏计划的吉仔回戗了一句。

"算了，今天不跟你争。"老头儿叹息了一声。

月色中，这两人好像被时间定住了一样，都停在凝滞的

————————— 一匹被扯开了线头的布

半空。谁也不说话，只听见自己的心跳声。两人都没想到，竟会有这样尴尬的沉默。

过了许久，这一老一少才默默地走向长椅，好像默契的鼹鼠同时瞄向了一个近在咫尺的地洞，来掩饰自己的不安。

本来就是两个人的座位，终于齐齐整整地坐着两个人。

老头儿说："小子，你大半夜的来吸氧，你没病吧？"

吉仔很自然地回答："我是有病啊。他们说是缺女人的病，我才天天来公园看女人啊。"

老头儿扑哧笑出声，说："看女人？这帮老娘们儿都能做你妈了。"

吉仔倒是认真地点点头，说："是啊，很小的时候，我妈就跑了。她如果还在，肯定比这里跳舞的女人要跳得好。"

老头儿沉默了，没接话。

吉仔自顾自地说："躺在这里，我心脏不会痛。不然，总有一个莫名其妙的女人跟我说话，烦都烦死了。有一次，她还叫我站上楼顶去呢。我差点就要死了。"

"死，哪有这么容易？"老头儿低头看着自己影子在地面上的形状。那圆乎乎的脑袋像个巨大的印章被盖在了这黑夜里。他心里想到在那个陌生国家打拼的儿子。如果儿子也结婚的话，他也该有这么大的孙子了吧。儿子会不会也像眼前这个眉清目秀的傻子一样，想他的妈？

自从孩子的妈——自己的女人去世之后，他就好像缺了魂一样。家里那个空荡荡的房间像一个黑魆魆的旋涡，正在慢慢吞噬他的生命。之前，远在国外的儿子一年也不回来一次，总是说忙。早已过了四十岁的儿子，也不结婚，说是没有合适的对象，也因为没有钱。不知情的外人总羡慕自己这个木匠培养出了一个有出息的孩子，能在大洋那头工作，还拿到了绿卡。那可了不得！他从来没有去过儿子待的国家。在他的常识里，那是资本主义社会的腐朽世界，是要等待我们工农兵英雄去解救的。只有他自己知道，儿子离得远，家里大大小小的事情都是老伴在张罗。新买的豌豆放在哪个罐头瓶子里，长出的番茄要浇几勺洗米水，泡水的莲子要泡多久才能下锅……

她这一走，他心里空空的。儿子回来办完葬礼之后，就匆匆赶回去了。他把自己关在房间整整一个月。他不哭不笑地呆坐，既不懂白天，也不知黑夜。饿了就囫囵吃点充饥的东西，只是满嘴的塑料味道。虽然隔着几天，儿子的电话会象征性地打来，但是客套得生分。儿子就连他妈下葬的时候，也没有掉过一滴眼泪。只是冷着脸让人猜不透他的心思。看到儿子的清淡，他有一种恐惧。晚上总是梦见自己孤零零地躺在一张没有人经过的床上，想挣扎却发不出声音。这种恐惧的空白，他不知道要用什么来填满。

说来也巧，在一个月前的某个上午，他也莫名其妙顺着音乐声溜达到这块空地。那些肥硕的乳房随着音乐晃动着，晃动着，快要连成一条氤氲的波浪。

要知道当年在知青公社文艺会演的台下，他一眼就看上了那个在台上跳着《洗衣歌》的女孩。婴儿肥的鹅蛋脸，被一身藏族银饰衬托得闪闪发亮。那翘起的嘴红彤彤的，好像

　　　　　　　　　　　一匹被扯开了线头的布

等待他去亲吻。果真在表演之后，他就借着帮女孩打猪草的机会，向女孩发起了猛烈的攻势。别人笑他心急，他也不生气。不心急怎么讨得到老婆？他没有底气，他是富农的儿子，在当时是被所有革命浪潮拍击得无法喘息的一个卑微的木匠。他必须要抓紧所有的机会，牢牢地看好这个有可能给他带来幸福的女孩。在一个闷热月夜的高大谷垛旁，半裸着肩膀被月亮镀成银白色的女孩，半推半就地成了他的女人，也成了他家里最安心的福气。

他从来没有想过，分别的这一天是这样悄无声息地来临的。老伴走的那天上午，他还在埋怨她煮的面条太咸，唠叨着嘟哝了几句。好脾气的老伴没有顶嘴，还是像以往一样到这个公园跳广场舞，只是这一去就没有再回来。有人说她是在跳第二组秧歌舞的时候倒下去的，软绵绵的就像棉花一样。

她衣柜里有一件紫色的长大褂，是买给他的。说是要等儿子带着儿媳妇回来拍全家福的时候才穿起来。他还笑话她，自己一个做木工的穿什么长衫！在厨房洗着豆苗的老伴停下手中的活计，娇羞地答道："长衫好，有书生气。当年要不是你成分不好，你肯定也是大学生。"只是这一切还在，而她却走了。

头七那天，他颤颤巍巍地跪在这块空旷得过分的空地给老伴烧了纸钱，还给她烧了她最喜欢的几张广场舞歌单，这些被透明塑料塑封了的手写誊抄卡片，原来他一次都没有仔细看过。有好几个老伴原来的舞友，走过来拍他的肩膀，眼睛都是红红的。音乐依然嘹亮地响着，和往常一样热闹。

很少来公园的他本来是抗拒这块空地的。可是，他突然发现在这张长椅上看跳舞是一件特别能打发时间的事情。他感到前所未有的快乐。眼前那些舞动着的或圆润或干瘦的女人们某些时候会和自己的老伴重合，就好像她从来就没有离开过一样。就连躺在长椅上的感觉，也少掉许多家里那些令人窒息的压迫，多了许多轻松的舒坦。

他甚至在想象，这张长椅是一口用音乐做成的棺材，他安静地躺在里面，等待远处那个渐渐虚无的身影。他莫名其妙地爱上了躺在长椅上的感觉。

谁知，这最佳位置总被这个带着书生气的傻子抢去。旁人说这傻子是因为在学校里学得太拼命，发烧之后烧坏了脑子；也有人说这傻子是因为在大学向女孩子求爱不成，被气傻的。谁知道呢。在一群围观广场舞的男人里面，这傻子是最年轻的。

傻子傻是傻，人倒是长得挺俊俏的，真可惜了这副好皮囊。老头儿想，当年，儿子也是这样清清秀秀的少年。送儿子去大学的那一天，他还偷偷背着孩子抹了眼泪。现在儿子是活着，可他老觉得儿子好像在另一个世界早已死去。傻子比儿子小得多，仿佛就是儿子年轻时听话的样子。只不过，这傻子的妈居然早就跑掉了，这一点，儿子要比这个傻子幸运多了，起码老伴还陪我走过这么多的路。

不过，还是和傻子抢了这么久的长椅，这多少有点斗气的成分存在。在这个半夜三更的时间，自己居然会和他和平

————————————— 一匹被扯开了线头的布

地同坐在这张长椅上，连老头儿自己都觉得很荒谬。

吉仔问："老头儿，那你干吗和我抢椅子？你没有家吗？"

"家？算是有吧。"

"那你老婆呢？"吉仔问。

"死了。"老头儿淡淡地回答，听不出悲喜。

死了？吉仔看着眼前这个沉默的老头儿，好像看到某些熟悉的表情，是他的父亲——那个同样沉默的男人脸上常有的表情。在某些胶着的夜晚，他起身上厕所的时候，常常会看见自己的父亲在黑暗中，呆呆坐着，好像被镶嵌进了沙发里。他和我爸一样，是不是在想他的老婆？

突然，吉仔觉得那张长椅好像多了一点儿不寻常的意义。

在两个人沉默的空白中，吉仔突然站起身，拍拍屁股上的灰尘，说："老头儿，今天我见你可怜，这座位，我让给你。明天就不一定了。咱们靠真本事来抢。"

老头儿听了吉仔的话，再转身看着这个因为长期吃激素，脸色苍白又有些浮肿的年轻人，心想：可怜？到底谁可怜？

4

第二天的清晨，阴霾被初夏久违的阳光冲开，鸟语花香的阳湖公园里，熙熙攘攘跳舞的人群又开始聚集。人们惊奇地发现，那一张依然涂着暗绿色的油漆的长椅上，居然空无一人。习惯看到吉仔和老头儿抢椅子的舞友们，竟然感觉到一些不适应。

此时的吉仔正在医院里安静地躺着，窄小的床上白色的被单没有盖住他的脚，新鲜但不温暖的氧气从管子里正慢慢地进入他的身体。他的耳边好像又响起了热闹的广场舞音乐，又回到了那张逼仄的长椅，又做了一个关于一个陌生女人的梦。

他不会想到那个皱巴巴的臭老头儿此时正在那个埋葬了老伴的墓园里，望着墓碑上熟悉的笑脸喃喃自语道："看来，只有你能陪我了……"

————————————— 一匹被扯开了线头的布

八爷

1

八爷长得丑，他是我家最丑的人。扁扁的鼻子，占据了脸上大部分的空间。眼睛虽然大，但是眼角又有些下垂。厚嘴唇因为长得不整齐的牙齿而常常闭不上。

八爷是我小舅。广西人管舅舅叫作舅仔。正所谓舅仔大过天。在传统的家里，舅仔是这个家最有权威的人物，他的意见可是要比所有人都有说服力。

八爷的排行并不是第八，他是我外婆第三个孩子。外婆从老家紫金山跟着出来读书的外公闯荡。作为童养媳的她，在生了八爷之后，就成为全家最宝贵的文物，被镶嵌在照片里，挂在了墙上。

八爷没有见过他母亲——我的外婆。

听我母亲说，外婆生八爷那会儿是冬天。1951年，L市那个冬天特别冷，冷得让人容易忘记痛。住在中山西路街头东面的接生婆潘姨妈，居然在这么冷的天气回老家吃喜酒。8岁的母亲一路小跑着去拍潘家的木门，吃到的却是闭门羹。

当时，只是慌，哪还管得这么多！母亲说。

外公还在城郊的工厂上班，一时半会儿还不能联系得上。只能让邻居帮忙找人打电话到厂里，通知他赶快往家里赶。

外婆毕竟是生过孩子的人，她镇定自若地指挥我姨妈和我母亲，烧开水，备好毛巾，点好火，烫好剪刀。一切准备就绪，就等着她肚子里面这个婴孩踢开他的胎膜。

血像打开的水龙头一样涌出来，黑红黑红的血液汩汩地流着。外婆的脸扭曲着，像是长歪的茄子或者南瓜或者是其他。可是她还是不忘记吩咐两个女儿，用毛巾接住那一团软软的肉体。

刚出世的孩子，都像猴子。母亲说。你也是。

八爷像一个皱巴巴的猴子，被我姨妈捧在手里。我母亲把放在旁边的烫得铁红的剪刀递给了外婆。平时连踩只蚂蚁都要心惊半天的外婆，居然就闭着眼睛，把那条长长的脐带剪了下来。顺着剪刀流下来的血，把我母亲的整个手掌都染红了。

哇，八爷的哭声像是一声预告，预告了他鲜活生命的开始，也预告了外婆的消逝。这个离别，来得让人猝不及防。

两个小时之后，外公从工厂急匆匆地赶回来的时候，他看到自己的儿子八爷安安静静地躺在小木床上。两个女儿，一个在给他妻子擦额头上的汗，一个在灶台旁蹲着烧火

　　　　————————————一匹被扯开了线头的布

熬汤。

原本以为和前两次一样，用卫生草纸垫好下身，再喝上一碗补充体力的公鸡汤，就可以慢慢坐月子调养。没有想到的是，虚弱的外婆，逃过了可怕的大出血，却没有逃过另一个杀手——发烧。

是在半夜烧起来的，母亲说。

烧得迷糊的外婆，时不时用手抚摸她刚出生的孩子。外公在邻居的帮助下，慌忙把外婆送到了医院。医生用手翻一翻外婆泛白的眼皮，摇头说，看样子是不行了，看看她还有什么要交代的。

也就是一天的时间，外婆就没有了呼吸。短短一天工夫，竟然是喜事和白事一起出现。命运从来不和任何人打招呼。

外婆的葬礼办得很简陋，因为外公的手上没有太多余钱。八爷的到来，让外公背上了很重的债务。出殡的时候，只请来了两个长得古里古怪的吹唢呐的老头儿，走在送葬队伍的最前头。哀婉的乐曲在青石板路上仅仅留下了几个仓促的音符，连让人流泪的时间都没有给。

你外公没有哭，他也来不及哭。因为一家子还等着他张口吃饭呢。我母亲说。

2

八爷的年少时光，大部分是在中山西路度过的。那时的小孩子，最大的娱乐就是下河捉鱼，在各个骑楼里追逐。骑楼的光影在平静的日子里，一点点斑驳。

八爷出生之后身体弱，但并不妨碍他成为整条街最调皮的孩子。外公总是觉得他从小没有了妈，对他也格外的疼爱。

外公一家住的骑楼是三层楼的建筑。一楼是厨房和茅厕，除掉上下楼梯以外，呈长方形。每次众人要去后屋的茅厕方便时候，都要穿过左手边正在冒着热气的生火做饭的灶台，不小心就会挨到别人家阿婆的屁股。茅厕有两个，不分男女，分别配上了锁头。每家都拿着两把钥匙。因为骑楼的天井后来被用来砌成了装杂物的小房，所以即便是白天，屋子后半截的茅厕也是黑暗的，非得非常熟悉地形的人才能避免撞上石柱。各种浑浊怪异的臭味，被一扇木门挡在了里面。

你舅仔，特别调皮，总是去锁我的门。母亲说。

母亲其实非常害怕一个人去茅厕，总要想办法让人陪着，有时候是我姨妈，有时候是邀来的女同学女朋友。八爷总会恶作剧，在母亲上大号的时候，把门口外面的锁头哐当一锁，然后笑嘻嘻地在木板门外面大笑：喊我阿哥，就帮你开门。然后一溜烟儿跑开。

母亲正蹲着用力，只感觉自己的屁股凉飕飕的，被戏弄的愤怒还没得到发泄就被恐惧代替。每次看到那深不可测的粪坑，她总担心自己会掉进去。因为那些爬满了蛆虫的粪便，好像有魔力的鬼怪。她曾经无数次幻想自己一脚踏空，扑通跌进池子里，全身沾满屎和尿，那该是多么懊恼和沮丧的场景。

到时候，她那搞怪的弟弟八爷肯定会在旁边捏着鼻子大

————————— 一匹被扯开了线头的布

笑：哈哈！让你得意，这下子倒霉了吧？

这个死小子，还不知道，是谁帮他剪的脐带。母亲常常冷哼着气说。

二十世纪六十年代末，大形势有了变化。

那年秋天，八爷跟着街口印刷厂的几个小青工，拿着那本红彤彤的宝书，免费坐车去了北京。那时候的绿皮车，对所有红卫兵开放。在闷葫芦一样的车厢里，挤挤挨挨地塞满了人，彼此都能闻到嘴里的蒜头味道，但是每一张脸上都带着憧憬。因为人太多，根本没有办法挪开步子去厕所，就算去了厕所，里面也塞满了绿军装的年轻人。

八爷被身旁的一个矮个子女孩吓了一跳。这个厚嘴巴、眼睛间距有点宽的短发女孩，果断地把随身军用挎包里的一件看不出颜色的长袖卫衣掏了出来，裹在自己的腰上挡住要害位置。然后慢慢蹲下去，一手脱下了裤子，一手用一小块方毛巾接住了尿液。旁边的半大不小的男人，都像是若无其事的样子，但是兴奋的眼睛还是忍不住，往那个向空中翘着的屁股上瞄。

你不懂，那种情况下，还能屙出尿，算她狠。八爷后来回忆说。

在轰隆轰隆的火车声中，拉尿私密的声音随时被淹没了。那个颇有些女将军风范的女孩在起身之后，便甩手把这团被淋湿的皱巴巴的毛巾往车窗外一扔，再把弄湿的手往裤子上一擦，继续和同伴聊天。八爷到现在还记得她那沾满尿的手。

站了两天，蹲了三天，过了数不清到底多少个火车站，走走停停了好久。这几个桂南的愣头青总算摇晃到了北京。还没下车，只穿着秋衣的他们被迎面而来的劈头盖脸的寒冷吓蒙了。原来初秋的北京早已经是十度低温，比起广西明晃晃的热浪，简直是两个世界。

那几个人不敢下车，互相推搡着说：不然这样，我们也算是到了北京了，就坐车回去吧。

看着旁边这几个衰仔样，八爷嫌弃得根本不想搭话。

八爷就是不一样，他比外公家里任何人都勇敢得多。他把军书包里面的几张报纸小心地叠好，夹在秋衣和肚子之间，这样，只要一吸气就剩下排骨的肚子好像被安上了保温的铠甲。八爷搓搓耳朵，直到耳朵根发热，他一咬牙跑下了火车。人真是数不清的多，八爷跟着流动的人潮，几乎是被推着出了车站。他一路像个傻子一样地跑，只有跑着，他才不感到寒冷。他的心脏扑通扑通地跳。不夸张，就是像个傻子。一直跑，跑到小腿肚子抽筋，才勉强停下来。八爷回忆道。

在那个穿着长褂子的老大爷的指点下，八爷跑到了附近的公车站，坐上了去天安门的公交汽车。在龙城，公交汽车还是稀罕物，全城可能就那么几辆。可这里是北京，是北京呢！公交汽车也像人那么多。他答应过我外公，要在天安门前照一张相片拿回去炫耀的。

公交汽车的声音比火车的声音好听，嘟嘟的喇叭声特别的神气。八爷说。

开着车窗，空气凝固着兴奋，车上的人都在指指点点看

　　　　　　　　　————————————— 一匹被扯开了线头的布

他们没有看见过的楼房、商铺、红旗汽车、牌坊。八爷不说话，他只是一直用绿色的军用书包护着心脏。外公讲过，人最要害的就是心脏。只要心不被冻伤，就能活命。

八爷下车之后，又是一路疯跑。他第一次感到北京的街道是那么宽敞，比中山西路的巷子不知道要宽多少倍。北方的房子都是四方四正的，深青色的城墙像随时展览的古董，而那些高耸起来的雕栏画栋，就像是时间主人逃难时忘记带走的宝贝，那么夺目耀眼。八爷不知道跑了多久，他看到了每天只有在骑楼的客厅挂的年画里才看见的天安门。

以前街上的小孩曾经问过他：你讲，天安门真的有这么漂亮咩？八爷那时还牛气哄哄地反驳：哎呀，画上去的，肯定有夸张了。哪个懂？

这回，八爷是真的懂了。他活了十九岁，从来都没有想象过，这个世界上居然有这么漂亮这么宏伟的建筑。

这个是以前皇帝老子住的啵，看看那种金色，是真金的颜色，那种亮度，啧……时隔多年，八爷和我们晚辈吹牛皮的时候，还是那样一副流口水的自豪样子。

八爷和许多人一样，兴高采烈地排了队，在天安门前照了一张巴掌大的黑白照片。

每次我看到照片时，总是忍不住想笑，八爷的裤腿一边高一边低，夹在肚子里面的报纸突兀地向外歪着，海魂衫样式的秋衣早已经从裤头被风扯出来，脸上分不清楚是邋遢还是激动，黑红黑红的泛着光。但是八爷的眼睛里是和广大年轻人一样的热切，这种热切是来自内心的，无法掩饰。

八爷后来在其他接待点同志的帮助下，找到了晚上落脚的地方。北京的夜晚，竟然有那么多星星，八爷从来没有在这么近的墨色天空上看到过星星。中山西路的星星，都隔着阁楼顶呢。

第二天，八爷问老乡借到了一件薄棉衣，坐上了开往广西的回程列车。

拥有这番传奇经历的八爷，俨然成为中山西路一整条街年轻人羡慕的对象。

3

八爷之后的人生轨迹，和大多人一样。下乡、返城、进厂……那个时代所有的一切，都在他身上悄悄地和他的血肉融为一体。

那时候没有肉吃，你晓得吗？我们就偷溜到老乡家里的鸡圈里，学鸡叫。咕咕咕，那些睡着的鸡一听见，就迷迷糊糊往鸡笼旁边走过来。隔着篱笆，伸手一把就能捉住。一手捉一只。八爷笑嘻嘻地说。

当然，老乡的鸡不能全部捉完，老乡的生活也不容易。八爷和知青们，还是懂得在农忙时候，去帮那些被他们偷过鸡的老乡，帮做农活儿。黑乎乎的水田泥沼里，八爷他们打着赤脚，将一把把秧苗整整齐齐地插在泥土里。水里充满了各种各样的虫子。蚂蟥最可怕，八爷说。一咬你，你就完蛋了。八爷伸出他的小腿，给我看，那里有坑坑洼洼的痕迹，丑陋又真实。

————————————— 一匹被扯开了线头的布

我抛秧苗最准了，一抛就到位，比尺子画的线还要直。八爷常常吹嘘自己的抛秧苗的技术是全村最好的。在那个时候，农活儿干得好的小伙子，是最容易得到女孩们的关注的。

可是八爷因为丑，没有得到过女孩子的青睐。那些女娃仔，个个眼睛看天上，我长得丑，也认命。八爷自嘲地说起他单相思的故事。漂亮的女孩子，只把他当作能够帮忙的伙计罢了。

最后他娶的老婆，也是一个身材矮小相貌平庸的普通女人。虽然，舅娘家里对八爷的穷很有意见，但最后也只好顺了他们。八爷和舅娘在一起的时候，我总觉得长相不是最重要的。因为善良的人，面相总也不会差到哪儿去。他们两口子相处得久了，倒也长得越来越像，笑起来竟然有几分相似的弧度。

八爷头脑灵活，在二十世纪九十年代刚开始有股市的时候，就开始研究股票。他在厂里上夜班，常常可以在白天去人头攒动的股票大厅，搬张塑料小凳子稳稳一坐。用一沓厚厚的卡片，记下他研究的各种数据。巧的是，他买的股，通常涨的多，他的预测总是得到很好的证明。

久而久之，整个宿舍区就给他起了一个霸气的外号：八爷。因为讨个好彩头，八就是发。大家仿佛叫他一声八爷，也就得到了一次发财的机会。

那几年，八爷的脸上常常呈现出神秘的思考状态。他到底赚了多少还是亏了多少，没有人知道。我母亲偷偷跟我说：

只要他不问我们借钱，应该都还撑得下去。

我相信，他赚的肯定不如我想象的多。因为每次，他儿子——就是我表弟，说要买飞机模型的时候，八爷总是会摇摇头说：这种东西，又贵又难看，有什么好玩的？接着，八爷就会打开他的方形工具箱，把各种钻头、螺丝拿出来，丢给我表弟：你要玩，就玩这个。又省钱，又锻炼你的动手能力。

八爷还倒卖过旧家电。那时候，中山西路的骑楼街，每逢周末，就会自发地形成一条旧家电商业街。面向街道的每家每户会打开大门，允许商贩把东西摆在自己家门口的骑楼空地上。

反正都是自己家，给外人卖，不如自己卖。八爷说。

他也正儿八经地去广东进货，倒腾回来很多旧收音机、旧电子琴、旧电视，这些贴着外国标签的物件，被八爷堆在骑楼一楼的杂物房。一到周六，八爷就麻利地把东西摆出来。没有学过音乐的他，居然用旧电子琴也弹出像模像样的《走过咖啡屋》。那时候最流行的舞曲，女歌手们甜甜腻腻的歌声，常常飘荡在我们的记忆里。

八爷的旧家电铺子，并没有坚持多久。因为骑楼很快被拆迁了，这一条青石板街道和往事一样，被埋葬进了时代里。

我从来没有见到八爷哭，包括在外公临终的病床前。90岁的外公像个婴孩一样躺在重症监护室的病床上，全家人都在悲伤中缄默。八爷轻轻抚摸着外公的脸，细声细语地说：

———————————— 一匹被扯开了线头的布

爸，你放心走吧。你……可以和我妈团聚了。

我姨妈忍不住哭出声来，可八爷依然平静地用手把外公半睁半闭的眼睛轻轻合上。八爷的丑脸，没有太多的表情，我不知道是因为他在刻意掩饰，还是他已经习惯了这种生死离别。

再后来，八爷又开了一间米粉店，专门卖柳州特产螺蛳粉。

那小店我不常去，大小不过十二三平方米。前面空地放了几张小茶几，占据了大部分的空间。后面隔出一个长形的操作间。下了夜班的八爷，常常顾不上休息，就赶去帮他老婆开店。舅娘家里一直以来总嗔怪八爷穷，自己家的闺女是下嫁，委屈了。

八爷也从来不说自己有多辛苦，他能够做的，就是默默用他的隐忍去积累。他总是努力地想在生活中寻觅得一些真实的东西，比如说钱，还有外界对他的认可。

一个春末的黑夜，在八爷和舅娘准备关店的时候，八爷毫无征兆地往后摔了一跤，他的脑袋重重地敲在操作间前面的冰柜上。他后脑流出的血液，黏稠地淌了一地，像他母亲当年生他一样，汩汩地流着。

脑溢血，三次大手术，八爷没有死。可是，他成了一个无法说话的人。开颅手术给他带来的后遗症，是丧失了全部语言功能和一部分行走功能。他像一个孩子被命运摁在了蹒跚学步的童年。

八爷，你还记得你去北京吗？我问。

他点点头，他因为吃激素而发胖的脸显得更加丑了。

你好狠的，敢一个人跑到天安门。我表扬他。

他想要试图微笑，不过这个表情实在难看。他用尚可以动的右手，指指家里橱柜上方。那里，有他和天安门的合照。

他还想颤颤巍巍地站起来，我要扶他。他使劲甩开了我的手，费力地挪着自己的脚步，半身不遂的结果是他迈出的每一步都让人担心。

透过他家的窗台，微微谢幕的夕阳，沿着他肩膀的边缘照向我。

他带着半边没有知觉的身体，摇摇晃晃地继续行走在他的生命里。

他瘪瘪的左边头皮，不自然地塌陷着。因为做手术时他半边脑袋的头骨已经被取走。本应圆满的弧线，在这里却成了不能弥合的缺失。

八爷想拿照片给我看。

那张照片里有他一高一低的裤脚，有他像傻子一样奔跑过的长安街，还有他回不去的青春……

————————————— 一匹被扯开了线头的布

大方之家

"我又要结婚了。"他说。

眼前这个因长期上夜班缺乏睡眠而有着严重黑眼圈、眼袋的看起来比脸还要大的男人，穿着标记有"龙钢"字样的浅褐色工作服，一边快速而熟练地用同一种频率抖着脚，一边朝头顶上方吐着烟圈，神情淡然，就像是在说别人的喜事一般。他上大班的儿子小小超正在旁边小超市门前绿色甲壳虫状的儿童音乐摇摇车上，跟着 TFboys 的歌声，摇头晃脑地哼着"跟着我左手右手慢动作……"

超市里客人如梭，来往如鲫。他们进出疾走的忙碌身影被这初秋清冷的月光刻在门前这一片凹凸不平的灰白色水泥地面上，偶尔还反射着高处巨型广告牌霓虹般的光。

小小超穿着红色灯芯绒背带裤、扭着屁股、像电子游戏中的超级玛丽一样跑过来，说是要买旺仔牛奶喝。男人从皱巴巴的裤袋里摸出了一张崭新的 5 块钱，抖了一抖，递给儿子，还一把拍了拍儿子的屁股。巴掌落在印有两个白色大脚丫图案的背带裤后兜上，发出沉闷的响声："去。"孩子转身蹦蹦跳跳地跑向我前方那闪烁着白炽灯与彩色眩晕的黑夜……

他叫作大方，是我兄弟。

还在那个丢沙包躲猫猫嬉笑玩闹的年岁，我就认识了这个家住在隔壁单元流着浓黄鼻涕看上去有点凶相的臭小子。因为小孩子之间争抢地盘的矛盾，我还和他狠狠地打过一架。记得那天的风特别大，能够把对方拳头带来的阴郁毫不留情地刮到我的脸上，有点冷。但是打架时短暂的疼痛，迅速被彼此相同的脾性取代。在那之后，他就成了我这辈子最好的兄弟。

大方是龙钢几万职工当中，最普通的一个。他是一个安检员，是金字塔最底层的那种。平时带着像半个倒扣柠檬一样的黄色安全帽，在厂房里各种大大小小可能出现危险的地方一成不变地巡查。与火龙飞蹿、紧张热闹的高炉生产一线相比，他的工作像是在悠闲的好莱坞大道逛街，显得无足轻重。"其实我很重要，安全无小事嘛。"大方曾经郑重其事地对我解释。当时，我还在心里暗暗嘲笑了这个自以为是的家伙。

这几年，厂里大会小会上都在提"减员增效，提高产能"，要从技术上改变过去依靠人力创效益的思路。于是，厂里陆续招进来了很多外地大学生，人数一年比一年多，频率一年比一年密集。他们有着天南地北的口音，端正青涩的脸，再加上看得见、响当当的名校文凭。凭着高端的技术能力，

　　　　　　　　　　　　　　　　一匹被扯开了线头的布

这帮涉世未深却踌躇满志的小年轻很快成为业务骨干。转正的转正，当技术员的当技术员，有好几个脑瓜活络口条顺溜的还当上了领导。仅凭着低微到尘土里的力气，大方和那些与他一样只有大专文化的其他工友，只能用他们更拼命的表现去爬上金字塔更高的台阶。

时间有时是冷酷无情的，它未必给人足够的希望。

有些工友熬不住，已经离厂了，如空气一样消逝在车间的白色粉尘里。就像曾经和我一起吃过饭喝过酒的大方以前的工友浩子，他从三江的瑶寨出来自力更生时还是个 18 岁的孩子。他有着被瑶寨米酒泡大的干瘦身板和紧凑精致的五官。细长的脖子把身体和脑袋连接起来，像个火柴棒一样有趣。他是兴远合同工，没有编制。7 年的时间把他从一个饱满的青年风干成了一块苍老又干硬的橘皮。眼瞅着进编无望，浩子还是办了退厂手续，硬着头皮向银行贷了款，如壮士断臂一样悲壮地在合同上用大拇指印上了鲜红色的印记。之后，他在市里步行街开了一家叫作飘飘香的奶茶店，每天在香浓的奶精味中用原来在高炉前面拿铁锹的手冲泡巧克力奶茶。

去年，厂里要竞聘管理岗位。据说领导在开动员会时，扯着嗓子洋洋洒洒地说着鼓舞人心的话，这似乎起了些作用。虽说竞聘成功的机会非常渺茫，大方仍然郑重地手写了一篇竞选演讲稿，好像是质朴的老农回到了无人耕种长满杂草的田地一样手足无措。

"你是老师，你帮看看。准备一下也好，搞不好得咧？"大方穿着大一号蓝色夹脚拖鞋和分不清原来颜色的迷彩沙滩裤，拎着被螺蛳粉高汤特有酸辣味包裹的鸭脚来找我。

我埋头啃着鸭脚，看他半眯着眼睛绞尽脑汁地背着稿子的傻样，着实感到这画面有点穿越。除了小时候给隔壁班那个留着平刘海披肩发的我都已经忘记姓名的女孩写情书，什么时候见到过大方如此认真的样子？

大方以前是开出租车的，在深圳那个据说到处是机会到处见美女到处遇老总，可以像施魔法那样点石成金的地方待过几年。和大方一起在那里打拼的还有大方他姐。后来，漂亮的方姐姐理所当然地嫁给了一个做药贩子的香港人，非常争气地生了两个白胖儿子，做起了令人羡慕的全职太太。香港姐夫不太愿意接济大方，大方和姐姐的来往就渐渐生疏起来。

在开了好几年车、搭了好几年从天南地北来的水客、把深圳和香港的几个水货集聚地混得烂熟之后，大方却出人意料地回来了。因为房租像喝醉酒的人一样开始发疯地涨价了，他又买不起房。每次听到大方说起他和四个陌生男人共用一个逼仄的1平方米的厕所时，我仿佛能够体会到混合着尿臊味、汗臭味、烟味的气体钻进我的鼻孔里那种令人作呕的古怪感觉。深圳高昂的房价残忍地把月收入仅仅能租下单人间的大方抛弃了。

与后来那些外地来的愣头青们不一样，大方和我都是龙钢子弟，俗称"钢二代"。我们是在龙钢土生土长的族群。龙钢对我们而言，不仅仅是一个工作谋生的地方，更重要的是一个关乎回忆与温暖的处所。

一匹被扯开了线头的布

我们的父辈从20世纪50年代末建厂开始，就在这十里钢城繁衍生息。他们这一代人所有的青春和汗水都洒在了这块混合着梦想与责任的土地上。每到"赶工期、创产量"的时候，他们会连续在火花四溅、流星满天的高炉前，穿着厚厚的高温工作服大干苦干，毫无怨言。那时的技术还非常落后，几乎所有的地方钢铁企业，都是清一色的半机械化。很多时候是要靠人工的方式来连接机器与机器之间的缝隙。我父亲年轻的时候，在轧钢车间做轧钢工，他每天要用笨重的钢钳夹，夹住从轧机吐出的火红的钢条，毫不停滞地一个流水线的转身，将热得发亮的钢筋送进下一道轧机的孔型。闷热、肮脏、劳累这些都是家常便饭，但老一辈的龙钢工人却没有半点犹豫地接纳下这些钢花的馈赠。

龙钢的生活圈是有着国企特有的文化印记的。每天下班时，很多小孩的父母都穿着淡蓝色或浅褐色龙钢工作服、带着满身的金属气味与尘土，从龙钢厂大门，拥回散落在周边的生活区。那情形像候鸟迁徙一样壮观，却又平淡无奇。

早早放学的我们，会在小区大板楼前枝繁叶茂的枇杷树下聚集玩乐。树叶常常遮住天空，从树缝里看上去，纯白的云朵显得那么遥远。撒着金粉般的夕阳，从山那边滚落下来。文静的女孩跳绳玩沙包，调皮的男孩就在旁边玩打仗游戏。瞄准、射击、瞄准、再射击……等天色渐暗，远远地看到大人们三三两两地推着单车提着菜篮回来，大家才会被各自的父母们捉回屋里写作业。

我还记得那时会趁着大人不注意，和大方偷来父亲土黄色的劳保鞋。因为它是捞鱼最方便的工具。宽敞且坚硬的鞋腹里，可以装下很多摆动尾巴的小泥鳅，一起摆动的还有我们躁动不安的青春。

那时邻居家的叔叔阿姨们互相撞见问好，一般会说"去哪儿？""去柳州"。言下之意，龙钢似乎不算柳州。那时的龙钢有自己的学校，有自己的医院，有自己的福利，有一个属于自己的江湖。

小时候的我们曾经天真地以为，龙钢的水上公园是世界上最好看的地方，龙钢雪条是世界上最好吃的冷饮，钢都酒楼是世界上最繁华的酒店。

龙钢就像是我们这一群小孩心中美好封闭的世外桃源，它像母亲那样拥抱我们，哪怕我们已经遍体鳞伤。

大方通过招工进入了龙钢，如复制粘贴一般过上了我们父辈都在过的生活。只是，此时已难有彼时的风光。时代在变，人也在变。没有人能够与这种变化抗衡，谁都逃不脱这种无形的力量。

当年一起在小学逃课的老同学们，有的嫁到了美国、澳大利亚，有的留在了北京、上海、广州，有的当上了公务员，有的自己开起了公司。就连我，也远离了钢铁企业做了老师。偶尔组织的同学聚会仿佛是一个迟暮的戏子，刻意用浓妆艳抹来掩饰自己日益冷却的心。在例行公事的推杯换盏中，像大方那样出去之后再回来的人，是注定要拿来比较的。

工作几年，龙钢的效益一直不错。但是大方还是厚着脸皮问父母伸手要了二十万作为首付买房子。新房就在距离龙

　　　　　　　　　　　　　一匹被扯开了线头的布

钢不远的新楼盘。高高耸起的楼房像是水泥钢筋混凝土城市中的一座座无名墓碑，把多少人的梦想与坚持埋葬在里头，只留下面目可憎的敷衍微笑。

大方的房产证上写着他、他姐、他爸妈的名字。搬进新家的时候，我们几个好兄弟都去他家喝了酒。雪白的墙壁上贴着喜庆的中国结，张扬着红彤彤的满足。

临走时，大方带着酒意嘟哝着说："他妈的混了这么久，我总算有个窝了。"老天有时会疏于经营的，安稳总会被不幸打破。我没敢往后接住他的话，因为我心里总有一种说不出的隐忧。

果真，还是因为房子，大方的后院起火了。

大方的前妻死活要求大方把房子转到她的名下，理由是：我都为你生了儿子，你们家怎么能没有诚意？没房子，没安全感！不过户，就离婚！我见过这个女人的咆哮和尖锐的线条在她瘦削的脸上呈现出的漠然。不知道是不是所有的爱情都会在赤裸裸的现实面前变得脆弱不堪。

这样的吵闹持续了一年，大方怎么也想不通，原来小家碧玉、温柔贤惠的老婆怎么会成为一个满口谈钱、谈房子的女人？

大方和前妻谈恋爱时，只有二十三岁。那时的他出落得清秀俊朗，朋友们都调侃他是日本杰尼斯团体的"小木村拓哉"。从小爱足球的他，在球场上驰骋时确实是有点拼命三郎的帅气。那时的天空湛蓝，如孩子水彩画般纯粹。他前妻年纪也小，也曾是大方的铁杆球迷。在我印象中她常常低着眉，看上去很温顺的样子。两口子郎才女貌，青春正好。小小超出生时，我去病房探望，进门一抬眼就看见一个酷似大方的小人儿闭着眼对我打哈欠。刚刚升级当爸爸的大方在一旁搂着虚弱的老婆憨憨地笑，幸福溢满整个夏天。

"怎么就变成这副鬼样子了？"大方不解地问我。

我只能用沉默来回答这个无法回答的问题。

前妻的小姐妹都长得好看，充满着胶原蛋白的圆润脸颊，轻盈如水的腰肢，叽叽喳喳像一群小雀儿，性感而招摇。她们不是嫁给老板，就是迎来送往地周旋在几个男人之间玩着暧昧。也许对她们来说，看得见的物质才是让她们感到安全的砝码。青春的矜持在现实的诱惑下，完全可以脱下她们本来就半遮半掩的衣裳。听多了小姐妹们的议论，前妻的心思也活络起来："一个工人，有什么好？"

"妈的，有什么好？当初为什么要跟我？"大方愤愤地骂，向地面上盛着昨天下雨积水的水坑，鄙夷地吐了一泡口水。

在前妻把最后一碗汤毫不留情地泼向大方他妈脸上的时候，大方终于像个在悬崖边绝望挣扎的人一样毫无顾忌地爆发了："离婚！他妈的马上离婚！儿子给我！"

离婚后的大方重新成为一个单身汉，只是并不"黄金"了。一个离婚的男人，带着孩子，还能有什么浪漫可言！他远离了曾经给他热血与爱情的球场，落魄地打发时光。男人失恋或者失意，最先找到的解脱就是酒。大方改成了专业喝酒运动员。天天喝，顿顿喝，有事没事死皮赖脸地蹭着喝。

"在哪儿？"我问。

———————————— 一匹被扯开了线头的布

"在喝啊，兄弟们都喝起了，你要不要来？"大方嘻嘻哈哈地回应。

那段时间的大方，只要一接我的电话，十有八九是在各式各样的酒局上。

电话那头热闹的猜码声像是一首浮世绘的鸣唱，衬托着每个人的喧嚣人生。就像他失败的婚姻一样，大方原本精瘦健硕的身材一天天走样，三个月之内胖了将近40斤。他颓唐的肚子像泡了水的馒头，用手指一摁就是一个陷进肥肉里久久不能回弹的印子。

厂里的形势也严峻起来，空气中飘浮着的是腐朽的霉味。最高领导被纪委调查，各种谈话、各种开会在肃穆的沉默中进行着。钢材市场不景气，国家政策又有许多调整，许多原计划的项目被搁置下来，还停掉了一些辅助类的生产线。所有人都被一种末世纪的恐惧感压抑着。没有了高速运转的生产压力，大方的工作变得清闲下来，身形越来越胖，收入反而变得越来越苗条。

开大会时，领导神色凝重地说要裁员。班组里老范和老罗被裁了。按照高温条例的规定，他们的年龄到了，腰间盘也不好。大方经常和老范、老罗在工余时间锄大地，还被这两个老大哥合伙整蛊过，输掉了一星期的伙食费。只是那样笑中有泪的日子是真的离去了。

还有那个被热水泡过大腿的阿青，肯定是要回家休养了。阿青是在快下夜班的时候掉进装满沸水的工作坑的，因为老旧的铁质踏板不知为什么松掉了一半。还好阿青年轻动作快，连忙本能地用手撑住了大坑周围的边缘。等救他起来的时候，工友们的鼻子都灌进了烧猪皮的焦味。比起那些身体被钢铁的恶魔掠去，或者将一只手交织在钢板里的前辈，阿青算是幸运儿。因为出了事故，大方还被扣掉了几个月的奖金。但是大方说起这事的时候，眼睛里隐约有着泪光。他说阿青那植皮之后没有毛孔的皮肤是"惨白的像块塑料片"，我听得是寒毛直立，心生悲凉。"如果早点发现铁板松了，他这个卵崽可能就……"他叹息道。我知道大方的愧疚会像蔓草一样纠缠他的心。

　　少了之前常常在一起插科打诨的老工友，大方在厂房里孤独地上班，除了夜里偶尔传来的运输大卡车装货时发动机的轰鸣声，他唯一解忧的是手机。我敢断言，他成为重度手机依赖者。他就连开车等候红绿灯的时候，也不忘记低头刷微信、看新闻、抢红包，生怕自己被手机背后的世界甩开。结果有一次，下夜班时没来得及反应，大方差点出了车祸。我和几个朋友一起把他从医院接回家的时候，与钢板打了一辈子交道的大方他爸坐在沙发上搓着手，沉默不语。大方他妈则拿着柚子叶，一边甩着柚子叶水，一边喃喃地说："没事，没事，小祸挡灾，破财消灾。"大方却像个没事人儿一样，没心没肺地挡开折射着绿色的水珠，溜进了房间。

　　谁知道，灾还是来了。大方他姐夫，那个胖胖的像港星洪金宝的香港人得肝癌死了。姐夫做生意亏了一笔大单，然后就一直郁郁寡欢。从发现患病到离开人世，前后也就是不到两个月的时间，快得就像拉肚子的痢疾。长得像范冰冰的大方他姐根本来不及整理悲伤，只好从头开始，出来找工作。她卖过车卖过房卖过保险，两个儿子只能寄养在亲戚家，一个月才能看上一次。我无法想象得到，一个女人在经历这些苦痛所要承受的压力到底有多大。因为想要买车，我还特地去找了方姐姐。人来人往的汽车4S店门外，还是涂着复古红唇膏的方姐姐挺直着身子，用双手抱着自己的手肘，依然傲慢地介绍："这个是我见过最难看的SUV，你千万不要买。我在这里一个月了，都没有卖出去一辆。"听她说，以前在赌桌、美容院认识的闺蜜们，现在全都没有联系了。人有时候就像壁虎，遇到危难了，早早断掉一切无益于"利己"的尾巴。有人说方姐姐克夫晦气，"他们才晦气，连儿子都没的生。"大方睁圆了本来就很大的眼睛，激动地替他姐打抱不平。

我对大方说："你再喝下去的结果，不会比你姐夫好多少。还是减肥吧，过点正常人的生活。"大方没有说话，只是自嘲地拍拍自己鼓胀得像怀孕四个月的肚子，那样子有点辛酸。

从那以后，大方开始戴运动手环，开始下载运动APP，开始在每天天黑之后像鼹鼠一样在龙钢小区一带游弋。他缓慢跑动的背影，就像他身处的这个已经被体制的黄昏压抑多年的国企。

因为减肥卓有成效，大方的帅度好像又回升了几分，这回有点像胖版的王力宏了。在今年春节的同学聚会上，在其他人忙于谈论收入、房子、车子的时候，他和一个高中时从来没有说过话的女同学竟然聊得非常投机。这个相貌平淡的女人，好像不经意敲开了大方心里某个想要隐藏的树洞。趁着公休假期，大方去了北京旅游，顺便约了这个女生出来谈谈人生、聊聊梦想、憧憬诗意与远方。女孩也直接，喜欢了就立马承认。回来之后，人家就变成大方的新夫人了。

厂里最近又频频开会。领导说是南方的项目马上要上马了，急需有志青年参加新项目的筹备。就像古代君王打仗一样，兵马未动粮草先行，先得有一批敢去打头阵的主力军。领导说四十岁以下的职工可以去打天下，届时论功行赏。像每一个怀胎十月的孕妇都必须要经历的阵痛一样，对于没有任何负担的年轻人来说，这也许是新的希望与机遇。可对于已经习惯了安逸生活的人们而言，是选择重新开始还是选择一成不变？有人会站在原地，有人会选择离开，只是谁都不知道自己的未来究竟会是什么样子。

大方学着那个领导说话的湖南口音，扬着眉的样子有点滑稽："屌你公龟，老子快四十岁了，谁想到还要再结一次婚？谁想到还要再建一个厂？"

眼前的大方，坐在我的面前，继续抽着他从不离手的红塔山，一个一个白色升腾的烟圈像是他心中的问号。

"搞不好，我哪天中了五百万，哈哈，我就再买一套房，挂一副字。名字我都想好了，你猜叫什么？"

"叫什么？"我问。

"大方之家。"

中・曲

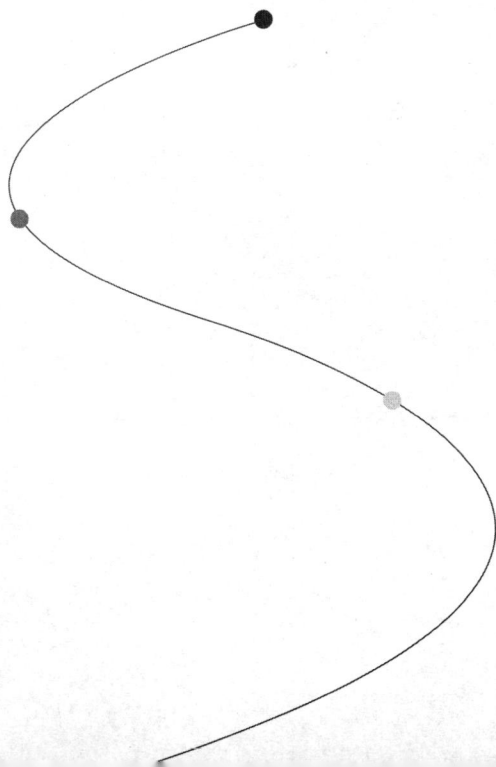

一匹被扯开了线头的布

1

这是一个诡异的地方。

与外面难忍的燥热不同，这里一年四季都非常凉爽，像是夏天夜里神秘的深幽湖畔，用寒冷诱惑着人们的每一个毛孔。这里特别明亮，所有的灯光在巨大的空调发动机轰鸣声中持续地奔腾，更显静谧的空间压抑着不能释放的情绪。人们都绷着脸，试图把涌上来的痛苦定格在无形而遥远的远方，然而缺少聚焦点的别离模糊了人们的眼泪。屋子的正中央，一副被一丛丛带着露水的白色花束包围着的棺盖，透明地通亮着，冷冷地蔑视这个世界。

"斯人驾鹤归去，不忘滴水恩情。我谨代表家属向各位前来，表示最衷心的感谢与致意……"在无人哼唱的抒情钢琴曲的伴奏下，身穿着笔挺黑色西服像塑像一样的司仪，用听上去程式化的哀怨语气念着悼词。经过培训的喃喃低语是足以让所有活着的人更加揪心的催化剂。早先挂着白色挽联的地方，被 LED 屏幕取代，上面正轮番出现传说中天堂的画面，一片祥和。

阿发就像年轻时贪睡一样躺着，身上摊着一张猩红色的丝绸被面，银质的牡丹花纹凑成的龙身隐隐呈现，富贵得大张旗鼓。这个是殡仪馆里价位不低的套餐，据说是只有选择了鲜花、花圈、司仪服务的客人才能得到 8 折优惠。阿发一辈子从没敷过面膜的皮肤还被人温柔地敷美白面膜。只是被廉价的粉底和腮红装扮过的那张曾经英气的脸早已没有了生气。听说他嘴里还含着两团泡着盐水的白色卫生棉球，不然瘦削脱形的脸颊简直只剩下一张蜡黄的皮，干瘪地哭泣。

阿发死了，是鼻咽癌。从十四岁开始抽烟的他终于被尼古丁和焦油烧烂了自己的鼻子。这种据说存活率极高的病还是像冷酷的魔鬼抽中了阿发的死亡签。刚开始，他只是觉得鼻子痛，好像总有没被抠出来的黑鼻屎，到后来就发现，里面突然肿起的硬块已经堵住了呼吸，以至于他说话总有厨房抽油烟机的混音效果。被老婆催促得多了，阿发才心不甘情不愿地走进医院，在一群混乱拥挤又惊恐的病人中，终于完成了一系列检查。那个少年老成的年轻医生看完 CT 检查的结果时，只是轻轻摇头对他说："回去同你老婆讲，想吃什么尽量吃吧，时间不多了，好多事情是没有办法的。你自己也要想开点。对了，你家里人咧？"望向诊疗室外空荡的走廊，阿发没有说什么，他一个人来的，也就一个人走了。

从那时起，阿发便开始不断地吃火锅。钢城小区门口的潘哥牛杂店老板老潘最喜欢阿发了。"阿发，又来了？""是啊，想你了咧。"阿发边答应边走进大门，他俨然成为这个老牌火锅店最忠实的客人。他像闹钟一样准时，也像反刍的老牛一样执着。他每周要来两次，带上三五个老工友，大大咧咧地往红白相间的塑料棚底一坐，点上一锅麻辣鸳鸯锅，叫上一扎柳产啤酒，几乎不到一百块大家就能耗上一个晚上。这帮老男人的话题可以从解放战争四大战役谈到最近的苹果卖肾90后脑残，可以从天上到地下，从白天谈到黑夜。年纪大了以后，男人喜欢在喝酒和聊天中找到寄托，比回家拥抱老婆还有用。

阿发最喜欢吃火锅了，从年轻起就是这样。从四川流传过来的麻辣锅，在这里被改造成了有螺蛳味道的变种。飘着花椒和辣椒油的麻辣底汤，一定要加上咸香的紫苏。平滑的红汤张扬地铺上肥腻的五花肉、牛肉丸、牛百叶、猪肝、粉肠。嘴巴使劲一嘬，便把麻油的红色印在僵硬的嘴唇上，像情人之间的吻痕，热烈而欢快。那滋味比找个漂亮的女人还要爽。从秋天吃到夏天，他就痛快地躺在了这里。

瘦弱的春秀早早带好了拭泪的手帕。从小到大，她一向注意仪表，被大家笑是"秀小姐"，就连生孩子最难堪的时候，她都谨慎如常，冷静得让接生护士感到奇怪。一块精致的绣有淡粉色梅花图案的刺绣手帕把她眼角涌出的泪水截在了半空，嘴角得体地抿着，没人看得清她的表情。

健硕的身体上披着白色蝙蝠衫的大英呆呆地立在棺盖的

边上，肩膀像被扭断的玩偶失去力气一般低垂着。她被三舅妈和四嫂子搀扶着，木然地和绕过长方形的透明盖子走向她的或熟悉或陌生的人握手。"保重！""节哀！"旁人安慰的声音像潮汐一波一波涌来，因为涵盖着不同层次的同情而显得苍白。她机械地点头，说着"谢谢"。她是阿发的老婆，她没有哭。

　　阿发的头被人小心地平放着，和他穿上了黑裤子的双脚在空中连成了一条虚构的直线。即使已经很小心了，大英也觉得这角度也有点歪。这根本不符合阿发的性格。要是让阿发知道自己被这样不严谨地摆着，搞不好他会翻身起来唾骂这一切，大英想着。只是阿发还能像往常一样严格控制家里每一个人的大小举动吗？还能够像威武的长官一样监控将士的言行吗？女儿新阳在旁边紧紧攥着手里已经被揉碎的纸巾，平静地候着，脸上没有什么表情。她金色的短发还是那样像刺猬一样竖着。

　　她在阿发刚刚走的时候，蹲在阴森安静的太平间走廊上抱着自己的双肘，只是哭了两支烟的工夫，就不再哭了。她的哭声接近于婴儿的抽泣，像她小时候夜里做梦时的安静，并没有发出太多声音，在寂静的病房里面并没有那么刺耳，也没有吵醒其他熟睡的病人，她快速而冷静地结束了她的忧伤。医院是不能拒绝死亡的，就像人不能拒绝咳嗽一样。

　　虽然是在夏季最热的几天，可大英还是觉得自己的手脚冰凉，仿佛被一股寒意拖向了地狱。

　　哀乐结束了，亲朋们行礼完毕。那个铺着红色绸布和百合花的铝制台子缓缓地下降了，像老旧唱机发出的旋律，沉重而单调。

春秀看见大英凄然的脸。她知道过不了多久，阿发就要成为一堆热热的粉末。在打开那道阴冷却闷热的炉子门口之后，阿发将会被人用手聚拢再聚拢，然后把他没有烧化的硬硬的碎骨头，小心翼翼地汇集在中间，然后再用早已准备好的两尺红布包裹起来，放进他要住下一辈的坛子里。就像买房子要看产权一样，阿发要和那口褐黄色刻着福寿双全的陶瓷坛子永远纠结在一起。大英再也不能像以前那样暴躁地揪着阿发的耳朵骂："傻仔，你到底想什么？"

阿发再也不能想什么，更不能说什么了，春秀想。

无论红白事，主家是要敬酒的。中国人很喜欢在推杯换盏中隐藏自己的喜怒哀乐。大英端着乳白的三钱小酒杯过来时，她脸上已泛起微红的酒酣，走路也略显跟跄。

老同学林贵晃晃自己手里的酒杯，叹了一口气："唉，如果是以前就不一样了。大家都在，随便开几桌搓麻到天亮。阿发也在，美珍也在。哦，对了？美珍呢？哪个去通知美珍的？今天美珍怎么没来？"

敏感的春秀明显感觉到自己肩膀上大英的手僵硬了一下，但大英还是开口了："是啊，以前点起煤油灯就可以搓好几圈了，都还不觉得困，连饭都可以不吃。现在……"

大英低下头，两行亮晶晶的眼泪滴在了她手里的酒杯里。绽开，像那六塘早开的橘子花。

美珍，是阿发第一个喜欢的女人。这一帮知青同学里，只有美珍留在了那个村庄。没有人敢在阿发面前提起她，但也没有人能忘记她。

2

春秀、大英、美珍都是在中山西路骑楼街一同长大的姐妹。她们的家亲密地挨着。那时的生活，是没有叛逆的。每个人都老老实实地妥协在现实里。

春秀家祖传了两代的骑楼被她爸主动上缴，变成了政府公租房。街道主任老徐到家里来量面积，抽着烟的脸被凝重的雾气包围。春秀那时还小，只听见老徐严肃地说："量好了，算清楚。要细心，细心才不会出错。"春秀爸半蹲着，撅着屁股像在拉屎一样，用手扯着细长的卷尺，在一旁角落认真地丈量着自己的阁楼。

春秀爸的书房就是大家平时吃饭的饭厅，只不过有一张硕大的桌子被摆在靠墙的位置。上面整齐地码着各种账本和宣纸。在一本本密密麻麻的账本上，是春秀爸记录的种种数据。天蓝色的封面是绒面的，侧面被春秀妈用白线一根根缝好了。带有绿色细细格子的内页框着大小一样的行距，也框着大家的生活。因为识字多懂得多，春秀爸在整条街被称作"秀才"。平时谁家有写信、写文书、贴告示的需求，都来找春秀家。春秀爸也热心，总是免费帮人写信。有人想要给点象征性的报酬，春秀爸总是摆摆手，说："回去吧，谁家没碰上点事呢？"

春秀觉得自己的阿爸比旧电影上的男明星还要好看。春秀爸无论什么时候都穿着笔挺的衣服，西服、衬衫或者风衣。加上英武的粗眉和有神的眼睛，真的很像电影画报上的人。后来，几十年后，春秀在满眼偶像剧的电视频道，才学会了一个词"剑眉星目"，用来形容阿爸是最好不过了。阿爸换下的衣服，会被春秀妈整齐地熨好，挂在门背，再细心地盖上一层薄薄的防尘白棉布。轻轻一抖，就会有春秀爸身上檀香的味道。

在春秀爸妈的床底下，有一块正方形的木板。到了每个月的某个时候，街道上响起敲锣打鼓的声音，春秀爸就会从床底拖出这块板子，用厚抹布擦去上面落下的灰尘，纱布的纹路一道一道地清晰地印在木板上。春秀爸会将将自己的袖子，梳梳自己的背头，出门去了。春秀有时会问她妈："妈，阿爸去哪里？"春秀妈会温婉地笑笑："你阿爸去锻炼了。"扛着木板去锻炼？春秀愣是没有想明白。

后来，春秀才知道，阿爸是去游街。因为是每月的固定项目，春秀爸只需要把模板挂在前胸，不说话就好。低着头，跟着一帮人径直往前走。一旁围观的人也都是平时来家里请春秀爸写信的街坊。他们的表情像麻木的鸟儿被吊在树丫上。

那时，水是金贵的。自来水还没有入户，各家需要用水，就要到街中段的公共水龙头去挑生水。两口大如圆桌的水缸会摆在街中央。它旁边是公家的水龙头，有人专门看守。时常是阿旺伯，长长马脸，胡子像是被人粗心地描了一笔似的横在嘴唇上。他不常笑，只有在小孩子跑去他面前故意放屁，他才会假意地笑笑，拍拍那个淘气鬼的屁股。一块钱一个水牌，水牌是用薄薄的削好的长竹片做的。街坊们只有拿着水牌才能在水龙头底下排队接水。大人们要洗米做饭料理家务，挑水这事就往往交给家里稍大的孩子。年纪小的小家伙就跟在大孩子后面，像是去逛街墟一样浩浩荡荡地去挑水。那个沉默的水龙头的附近，几乎成了整条街小孩聚集的地方。

大英从小就是大块头，长得高一人头的她常常会把调皮乱插队的男孩从排队的人群中像拎起小鸡一样一把拎出来，然后对身后的几个小姐妹豪气地说："不用怕，有我在。"

美珍最胆小，常常在放学的巷口被男同学围着不敢说话，紫红色的头绳显得楚楚可怜。那时的人倒也淳朴，最多是围着美珍，傻乎乎地笑。巷子狭窄，往往只能容许两三人并肩而行，一旦有人故意围着挡路了，美珍只能怯怯地侧身贴着冷冷的墙壁，不敢出声。美珍漂亮，几个女孩里她长得最靓、最扎眼。春秀一直觉得美珍长得像那个大影星周璇。都一样是娇俏的小脸。美珍弯眉淡淡地浅笑，细长的眼睛一闪一闪的，像只灵动的小雀儿。大英总是捏着美珍细白水嫩的脸："个小靓拐，以后要迷昏几多人。"

相比起来，春秀的存在感没有大英和美珍那么强，但是春秀是三人里最内敛最老成的。胆小的美珍有很多话，需要春秀来翻译。经过春秀的嘴说出来，美珍显得更神秘了。在大家都胡闹的时候，春秀一定是"捡手尾"的那一个。就像挑生水一样，在大家都挑完水之后，春秀会用纤细的手，把水龙头细致地再拧紧一圈，再三确认关上了，防止漏水。

从心里来说，春秀一点儿不想回忆过去，因为那已经是久远的事。

还在春秀中学一年级的时候，春秀隔壁家的李哥，中午被他妈差遣去买盐巴。那时候，整条中山西路的各个巷口都有不断走动的人把守，通关的口令是每天要更换的。不懂李哥是怎么和人起了冲突。结果，在一片突然降临的混乱中，他就变成了躺在转弯角青石板上的尸体。春秀心里害怕，就算绕了远路，也不得不在隔壁骑楼底撞见李哥的棺材。李家的木门没关，一盆烧得通红的纸钱在吱吱地往上升腾。那口黑漆漆的棺材显然是刚刚被抬进来的，因为在棺材底部有湿漉漉的来不及擦掉的清漆痕迹。老人家总说"死在柳州"，春秀总感到这话有点瘆人，丝毫没有感觉到什么自豪感。就算木头材质再好，谁也不愿意死啊。

李哥他妈跪坐在阁楼下的空地上，神情凄然，显然已经没有太多的力气。那块空地是大夏天的时候，邻居几个小孩搬出竹床，听春秀爸摇着大蒲扇讲故事的地方。那时候没有什么可玩的乐子，在躲猫猫、打老鼠和捉鬼被玩烂了之后，小孩们还是更愿意半躺在凉飕飕的竹床上听春秀爸讲打日本鬼的故事。春秀总记得阿爸讲到"日本佬的飞机丢炸弹下来，嘭，树上有好多断手断脚"的时候，就不再讲了。每次听到这句，春秀就会不自觉地摸摸自己的手和脚，感到万分庆幸，还好，手脚都还在。李哥有时候一边扯着竹陀螺，还一边在一旁插嘴问："后来呢？"后来？谁想到李哥就躺在这口乌漆麻黑的怪东西里。

那天半夜，隔壁李家传来的撕心裂肺的大哭划破黑色的幕布，让春秀一夜难眠。那可是整条街长得最好看的哥哥，春秀还记得他拿着陀螺，甩着绳子的俊俏模样，那双眼睛是完美的丹凤眼。春秀以前读《红楼梦》，总觉得书里的宝哥哥大概长得就是李哥这副样子。可是，听人家说他死的时候，连眼睛都没有来得及闭上。

在龙城绕水成圆的地形里，有一处老人家说蓄积着全市龙脉之地，那就是蟠龙山。在柳江边上，蟠龙山横列三峰，像条饱满的龙身，懒洋洋地卧在江里。春秀二哥文山曾经开玩笑说，真他妈像女人的大奶子挺在水面。大英还回呛："你什么都乱想！你火气旺，去喝刘乐仙去。"刘乐仙是中山西路上的凉茶铺，在刘老爷子还没有成为他家店里的照片之前，刘老爷子总是坐在铺子前，摸着他长长的像寿星公的白胡子，慈祥地问："干吗啦？公鸡仔，火气旺啊？喝杯凉茶就好了。"

那时候蟠龙山上两座山峰，各为一方把守。听说有人搞到了枪，这是神秘又禁忌的东西。枪只有部队才有，能够弄到手的人，肯定是做了一些想象不到的手脚。

蟠龙山上低一点儿的山顶，头头是后街的韦柱。韦柱是出了名的大混子，他以前经常带着一帮小跟班在中山西路的街上大摇大摆地闲逛。有时候，惹毛了他妈，韦柱会被他妈抢起扫把从街口追到街尾。他妈在后面追，他在前面跑的样子，特别像只吃不到芭蕉的猴子，滑稽得很。听说是他在一波围攻当中，救了一个重要人物，结果成了小头头。走在街

　　　　　　　　　　　　———— 一匹被扯开了线头的布

上的时候，更加得意了，他的高颧骨更加像一个木偶戏的道具高耸入云。

而稍高的山头是阿发在把守。

阿发是住在春秀家斜对面的中药铺的大儿子。他家是开中药铺的，所以他家的人身上总有一股淡淡的草药味道，有时是五加皮，有时是冰片，更多的时候是薄荷和甘草。

阿发其实有一个特别书卷气的大名，叫作徐立书。

阿发是因为他奶奶希望自己家生意能够永远兴隆，才起的小名。叫阿发还算好了，比起有些家里把小孩叫作板凳、桌子、吹火筒的，这名字算是应景。后来在麻将桌上，谁要是叫阿发的大名，阿发就会用他圆眼睛瞪着对方："颠仔，书什么书？你才输。我老鬼干吗起这种鬼名字，算烦撩！"和春秀家一样，原来被定性为地主的徐家，也上缴了自家的骑楼。搬进去的几家人里面，其中就有大英家。因为胆大直爽，大英一向得到大人们的赏识，这也包括阿发他爸徐老板。有时候徐老板会对阿发说："你看看大英，多能干，以后你就讨这种老婆，听见没有？"阿发从来都是不耐烦地跑到一边，讨老婆？女人多麻烦，我才不要再找一个妈回家管我咧！阿发心想。

把守山头是要轮班的。中午饭点时分，春秀、美珍和伟云去给自己人送饭。三个人抬着一筐竹篮，小心地往山上走。山路被杂草七手八脚地包围着，伟云走在前面，用手把突然伸到眼前的树枝掰开。在竹筐里，铝制的饭盒被整齐地码好。美珍细心地用白色薄棉纱罩住了竹篮，生怕蚊虫来偷吃。闷热的夏天午后，连树木都喘息气微。空气里忽然传来"嗖"的一声诡异响音。美珍还没有反应过来，前面的伟云就"哎呀"一声跌在了地上。靠近伟云的春秀也被拽倒滚到一边。恐惧充满了这个安静的树林，原来是半山腰上一记冷枪打中了伟云。

瘦弱的美珍平时连榕树底下跌落的绿毛毛虫都不敢碰，这时，不知从哪里来的力气，她一把拖起比她高十公分的伟云吃力地往路旁树荫里挪。她本能地觉得，有些树叶遮挡，应该会安全一点儿。春秀急忙也爬起来，顾不上自己的右手肘部已经被擦伤，便去抬伟云痛得不停颤抖的腿。伟云虽然长得高，但所幸比较瘦，还算比较扛。幸运的是，路边多种了大阔叶，三个人稍微得到了安全空间。但因为不知道子弹是从哪里发出来的，上空的未知让三个女孩惊恐无比。春秀只觉得自己的牙齿在不由自主地打架，发出难听的"咯咯"的声音。春秀从来没有这么害怕过，害怕到不敢眨眼睛，生怕闭上了眼睛就再也不能睁开了一样。伟云右大腿涌出了鲜血，像诅咒的符咒在她绿色的军裤上留下了诡异的图案，红得发黑。春秀低头把上衣的口袋用牙齿使劲一咬，扯出一条长形的布条，把伟云大腿正在冒血的部位结结实实地绑了起来。以前，春秀爸给她讲过《本草纲目》，也教过她简单的包扎技巧。这回是帮上大忙了。美珍用肩膀顶住伟云的后背，让她能够感觉舒服点。春秀死死压住伟云的腿，嘴里喃喃地重复："不用慌，没有事的。不用慌，没有事的……"但是这种自欺欺人的话，连春秀自己都不相信。

——————————— 一匹被扯开了线头的布

天气炎热，本来在山顶的阿发正在打瞌睡。这从柳江吹来的风多少驱走了一些闷闷烦躁。可耳朵尖的他好像听见了一声细微的"哎呀"。他马上本能地朝半山腰对方的据点也开了一枪，对方的山顶矮，他能够看到有人窸窸窣窣地从遥远的草丛里面跑出来，他又赶紧用力扣了一下扳机。这枪不是真枪，是壮族老弟打野鸡野兔的时候在山上用的猎枪，这枪的射程不够远，子弹根本不能致命，后坐力还震得阿发的手生疼。

阿发后来是摸过真枪的，那种疯狂的感觉，让他一辈子念念不忘。那是他从对方阵营的那个知青手上抢过来的真家伙，那个知青他永远记得，长着一张白惨惨的圆脸，左边眉毛尾上有一颗黑痣，特别突兀。阿发的同伴把那个人毫不留情地摁在了地上，有人用绳子把他的手扭到身后，阿发被催促着："还等什么？快点拿枪！"言语间，阿发就把对方跌落在草地的枪夺了过来。真枪真的很沉，这一把小型火力的冲锋枪，阿发差点拿不住。漆黑的夜里，只有那个知青拼命挣扎的喘息声，在寂静里流淌。这个人，阿发再也没有见过。

据说，是被他们几个人处理掉了。处理掉？就好像处理得了瘟疫的鸡鸭一样？杀鸡的时候，是要手把鸡的翅膀反扭在背后，找到颈动脉快狠准地一刀下去，看着血像喷泉一样冒出来，然后倒吊着鸡身，等待放血完毕。那个人是不是像这样被处理的？阿发不敢想，也不愿意想。不管怎样，他没有杀过人，说到底他就是有点窝囊。以至于后来他都不太愿意杀鸡，常常被老婆大英埋怨："这点小事，都做不好。"阿发有时候闭上眼睛，会看见那颗眉毛尾巴上的黑痣，像3D电影的特效一样朝他撞过来，把他硬生生地从美梦中吓醒。

倒是多亏了阿发开的这两枪，才让山腰间的三个女孩逃过了一劫。阿发带着几个同伴，顺着小路摸索下来。阿发看到的是已经脸色苍白的伟云，旁边正在按压着伤口的春秀，还有扶着伟云肩膀的美珍。他从来没有看过这样的美珍：她柔弱的小脸上已经沾满了血迹，头上还有几根杂草夹杂在乌黑的头发里，水润润的眼睛里充满着担忧，像晚上他想去泡澡的柳江水那么深邃。本来她就是那么美，这一秒钟，她竟然更加美了。奇怪，是因为她脸上有红色的鲜血？阿发一时间有点恍惚，心里一荡，竟然有种说不出的心悸。

众人七手八脚地把伟云抬下山，人民医院是不能去的。因为现在是被对方占据着。"怎么办？时间要紧！"有人问。春秀冷静地说："走，去柳铁医院！"从蟠龙山下来，往西南方向得要走至少两个小时，才能到那个救命的地方。阿发毕竟是中药铺的长子，他低头找了找路旁的植物，随即扯了几把边缘带锯齿状绿色叶子的淡紫小花，用他的大手迅速揉碎了，递给春秀，说："快点，把这个敷上去，还可以顶得久点。"春秀顾不上礼仪，把伟云的裤子一把扯烂，开始敷药。美珍开口了，说："这个是什么东西？""臭草，胜红蓟，止血的，但是……好臭！"阿发嗅一嗅自己的手，嫌弃地做了个鬼脸。美珍看着这个像天神降临一样来救她们的男人，也笑起来。两个人之间，突然间不合时宜地有了某种默契，也有了某种情愫。

走了很久的路，一进医院的厅堂里，到处是人。一个老头儿躺在地上，他特别瘦，老朽的眼睛痛苦地闭着，嘴巴已经说不出话来，只能发出哼哼的呻吟。他肚子上的衬衣早已被掀起，一片红色的模糊中有一些弯曲的长形物体。春秀定眼一看，才知道，原来这个老头儿正捧着自己的肠子，痛苦不堪地躺在地上。他只是走在回家的路上，就被流弹打中了。血淋淋的场面，把所有人都吓呆了。只是身边来回穿梭忙碌着的医生护士，都没有空停下来安慰他们的恐慌。在那里，血是最正常的颜色，其他的，谁管得了？

有人跑回了中山西路，告诉伟云家里。大英也跟着伟云妈跑来了医院。伟云命大，那是猎枪的子弹，没伤到要害之处。就在闹哄哄的医院大厅，一个有点秃顶的男医生，用止血钳把那颗钢弹像取一颗玻璃珠一样取了出来。伟云早已经疼得昏迷过去，她躺在那里的样子好像一片北风中被吹落的枯叶。好不容易被安排一个走廊的床位，护士换完药之后，没好气地说："这里人太多了，看完就走，看完就走！留着这么多人干吗？腾地方！"

大英从进到医院开始，就不停地哭。这完全不像她平时天不怕地不怕的个性。伟云被抬进病房的那一瞬间，她一把抱住了阿发的手臂，带着哀求的语气："阿发，我求求你，你听我讲一句，不要再去守什么山头了，我求求你！"身边的所有人都被大英这些话吓到了。大家都没敢吭声。

阿发急忙甩开大英的手，不耐烦地说："啧，你干吗？像个癫婆一样，你又不是我妈，干吗这么啰唆？"他赶忙紧张地去望床边的美珍，美珍正背对着大家，把白色的被子往伟云身上盖着。从背影里，他看不到美珍的表情，只感到她的身子很瘦弱，太需要有个人扶一下她。想来今天发生的一切，让美珍的心也遭受了巨大的冲击。阿发完全不在乎大英在旁边唠唠叨叨说了些什么，他只想去知道美珍到底好不好。他也来不及注意到，身边春秀的眼神，一直投射在他的身上。

慢慢地，文攻武卫的战斗消减了。中山西路街口的大广播，每天都在播报重大的国际国内形势。春秀爸患上了慢性肺病，经常需要去阿发家的中药铺抓药。半夜里，阿爸压抑的咳嗽声隔着楼板，都能传到春秀住的小阁楼上。

春秀每次去徐家，几乎总能碰到徐家奶奶。在那深黄色木质的中药柜前，徐奶奶捉着春秀的手，说："阿秀啊，你讲阿发到底喜欢什么样的女娃子？我问他，他总不讲的。我都快80岁了，我也想看见阿发讨老婆啊。"每到这时，春秀就会轻叹一声，堆起笑容对徐奶奶说："徐奶，你放心，阿发哥肯定会讨老婆回来孝敬你的。"

在高音喇叭里，整条街都能听见其他地方学校停课、学生下乡的新闻。女主播那中气十足的嗓音，一直是春秀羡慕的。春秀就是个慢性子，说话也是有条不紊、细声细气的。这一点，她老是被二哥文山埋怨。文山就是胆子大，所以后来他就敢于从工厂辞职出来，自己倒卖家电，竟然给他掘到了不少桶金。

不过幸运的是，因为户口都是一条街上的，春秀、大英、美珍和阿发一起被分配到了留城插队。这个镇分为一塘、二

　　　　　　　　————— 一匹被扯开了线头的布

塘、三塘……一共有六塘。这是按照距离镇子中心的路程远近来排序的。至少，大家相互还能有个照应，春秀自我安慰地想。

阿发和班上许多男生一样，被安排到镇上的砖厂做砖窑工。这个差事比起挑石方更加辛苦。砖窑的大窑炉是特别闷热的空间。阿发和工友们，上工的时候，就算在三九天都是打着赤膊，穿着内裤，光溜溜地进到窑炉的。大家都是一副人不人鬼不鬼的死样子，可不是阿发这个曾经的小掌柜能接受的。阿发看到自己瘦巴巴的胳膊，仿佛看到一根可以任人随意掰断的火柴棒一样。有年长的工友笑话他瘦，说："阿弟，你这么瘦，等以后连老婆都抱不动。""老婆在哪儿？连鬼影都没见。"阿发不好意思地回答，摸摸自己发烫的脸颊，他想到了那张小脸——美珍的脸。

在某个睡不着的黑夜，他的手掌会不自觉地摸向自己身下的那个热乎乎的部位，感觉到它发胀，耸立，像一辆失控的火车冲下悬崖又被抛向空中。他的手指仿佛不是自己的，是美珍的，是美珍的手指。那纤细的手指，要是真的摸到自己，该会是怎样的迷人。阿发一直是个严谨的人，他对这种刺激的绮想既感到兴奋又感到害怕。凡事为了革命啊，怎么能想这些乱七八糟的糊涂事？就算是在最高处的狂欢之后，他也会早早地爬起来，用冷水冲个凉，把那条羞人的内裤赶快洗干净，省得被那些老男人挤眉弄眼地嘲笑。

跟着大部队，春秀和美珍坐在堆满行李的拖拉机后座，一路摇摇晃晃地开进了大山深处。两个女孩互相间都没有说话，只是把眼神投向了四周连绵的石头山。初中老师教过，这是喀斯特地形，多是石头山，会有很多溶洞和天坑。就像人生一样，不知道自己的青春到底要用多久才能爬出这个谁也不能抗拒的时代的天坑。

3

春秀和美珍被分配去了最远的六塘。六塘是最偏僻的村庄。这里盛产五花蛇、糯米酒、云片糕。云片糕是用米浆做的，白如奶液的浆汁被糯米包裹着，然后放到长行的模具里定型。他们住家的老乡非常热情，毕竟是城里来的两个漂亮姑娘。主家莫阿婆特地杀了一只养了好多年的鸡，被宰的时候，那只老母鸡叽叽喳喳地挣扎了好久，莫阿婆在后面厨房一边高声地骂，一边杀鸡："死鸡，平时不下蛋，现在又喔喔，叫什么叫！再叫也没有用，这个就是命，懂咩？"

留城的大部分房子都是二层小楼为主，下面是堂屋，上面二楼是睡人。土黄色的墙壁上涂满了红色大字的标语"广阔天地大有作为""接受贫下中农再教育"……每一条标语都显出人们对革命的狂热。在黑乎乎的堂屋里，春秀和美珍与莫阿婆一家人吃了下乡的第一顿晚餐。切成大块的鸡肉被摆上了矮桌子。春秀面前正对着的是那个圆润肥硕的鸡屁股。以前在中山西路的家里，这个部位是春秀妈一定提前切掉的，可这回鸡屁股就如此真实地冲着她，仿佛一个用力就会拉出一泡墨绿色的鸡屎出来。莫阿婆热情地招呼："阿秀是吧，你看，我们这边是贵客上门，鸡尾椎是专门给贵客留的。不要客气，吃啊！"春秀听到这话，只觉得自己的头皮发麻，可是老乡的好客又不能拒绝。她向美珍望去，美珍了然地点点头，开口了，说："莫阿婆啊，我们这边的云片糕是怎么做的呀？我觉得好好吃。"趁着全桌人的注意力被美珍转移了，春秀马上把那块丰满的鸡屁股挟着往后面的柴火堆一扔，然后迅速用手掌捂住自己的嘴巴，假装咳嗽。所幸，堂屋灯火昏暗，没人发现那块可怜的鸡屁股。

吃完饭后，一桌子人围着堂屋中央的火盆有一搭没一搭地聊天。乡下的人对于柳市的一切还是非常感兴趣的，春秀和美珍解答了许多关于柳江河、刘三姐、浮桥、柳侯公园的疑问。在那些描述中，春秀突然觉得中山西路离自己并没有那么远。在老乡家的第一晚，这两个女孩都失眠了。春秀想到的是大英那天在兵荒马乱中的哀求，大英这种让人从来没见过的担忧让春秀感到不安，而静静躺在另一张床上的美珍想到的是，伟云受伤那天在山脚下，阿发闻闻自己的手，做鬼脸的表情。

到了一定年龄，女孩子就会突然间饱满水灵起来，特别是像美珍这样的女孩。春秀有时候不太明白，就算大家都同样扎着土里土气的长辫子，都同样穿着蓝色方格子的长袖的确良衬衣，都同样在脖子上挂着一条白色的长汗巾，可是为什么美珍就能够这么漂亮！她的脸就算大暑天里晒上一个早上，也不见任何变黑的趋势，反而因为被晒，脸蛋红扑扑的让人心疼。春秀自己也长高了不少，身形好像有些曲线变化了，也开始有人夸她长得清秀了，但是女知青里面，还是美珍被男孩子们议论得最多。

谈恋爱是不被允许的，大会小会上都有领导用大喇叭训话。要做好为革命献身的准备，一旦身体不纯洁了，你恐怕连献身的资格都没有了。公社里有女知青哭哭啼啼地跑去找村支书，把男人塞给她的情书当作敌人一样上缴。但是，微妙的萌动就像千年山谷里必须流淌出来的山泉，又是任何外界不能阻隔的。特别是对于这些远离父母兄长一人独自生活的女知青来说，劳累、病痛都不可怕，最可怕的是夜晚来临的孤独和寂寞。

美珍在一次挑土方的时候，被大石头压到了脚趾。白皙而纤细的脚指头一下子变成黑红肿胀的萝卜条。好几个男知青都想上前帮忙，可是美珍都客气地拒绝了。春秀从另一个石场赶过去的时候，只见美珍拖着受伤的脚，一步一步地往住家方向挪，在甘蔗地的小路上，那个像芦苇棒子一样瘦弱的背影让春秀心疼。看到了美珍，春秀觉得就好像看到了自己一样，不知道明天、明天会怎样。

春秀是知道大英的心思的，大英虽然像个男人，可她胆大，她不害臊，她可以一直追着阿发不放。像拿着调配好的红薯粉、面粉，故意去找阿发，让他帮忙带回给大英家里这种事情，大英是会做出来的。有人笑大英："你这种死样子，喊做发春。"大英翻白眼笑笑，说："发春又怎样？你咬我？"

阿发也很无奈，碍于情面，毕竟是都住在一栋房子里的邻居，阿发不好多说什么。因为，在他的心里，还是记挂着美珍那张柔弱的小脸。大英有时故意用她高大的身体有意无意地碰阿发，阿发的每一根汗毛都被这飘着女人香味的细腻触感摇醒了。不能恍神，阿发一直告诫自己。

那年夏天，农闲的晚上，一大帮中山西路的老街坊知青约好到洛崖水库游泳。洛崖是因为悬崖而得名，据说是天宫里的天后娘娘被惹怒了之后，一挥神剑把洛崖山劈成了两半。整块像屏风一样敦实的崖山绝壁尖锐地直插水中。中间自然形成了"狮子滚绣球""和尚念经""飞来石"等景观，就连那个传说中歌仙刘三姐和阿牛哥也在这里相遇。

平静的黑夜，无边的水面，倒映着水中央孤独的悬崖，掩盖着白天戏剧般的荒诞。会议越开越多，大家都要写心得。有人开始重新找出塞进李包最底层的皱巴巴的中学课本，因为听说，好像又可以考大学了。

阿发和美珍趁着大家没有注意，两人有默契地往深水处游去。他们都没有注意到背后有一双眼睛在注视着他们，那是春秀的眼睛。

说到游泳，因为中山西路就是紧靠着柳江边。这帮孩子从小就在水里泡大的。清凉的河水，悠长的水草可以在脚掌底部帮你轻轻地挠痒，远离烦闷。游到了一垛石头后面，美珍停了下来，阿发傻乎乎地跟着前面这个女孩停住了划水。月是温柔的，投在这两个互相倾慕的男女身上，顽皮地揉碎了璀璨的星光。美珍还是低着头，小声地自言自语："阿发，我……我想问问你……你和大英到底……到底有没有好？"

女孩子家问这种话，实在是难为情。可是美珍还是忍不住，她并不想掩饰自己的好奇了。特别是在听到春秀说大英

一匹被扯开了线头的布 ————————————

总是去找阿发的时候，她乱了，她不知道该怎么去面对这两个她从小玩在一起的朋友了。她每天晚上都睡不着，无法说出来的恐惧让她辗转反侧，而平静下来之后的空虚又像魔鬼一样来纠缠她。美珍这副欲言又止的样子，实在是让阿发动情。阿发此时根本听不见美珍说的话，他的眼里只看得到对面这个女孩薄薄的嘴唇，一开一合的旋涡要把他所有的力气都吸进去。阿发虽然打着赤膊，泡在水里，可是还是觉得热，觉得无法排解这种莫名热浪。正在他头脑发昏想要吻这个他喜欢的女孩的时候，岸边传来了莎莎的惊叫声："不好了，快点，快点，救人啊！"

原来，从岸上走过来一对母子，二十多岁的妇女要带着三四岁的孩子越走越远。莎莎发现不对劲儿，赶忙喊起来。泳技好的男知青们马上向远方的黑影游去，已经被水淹到耳朵的孩子正在痛苦地挣扎，母亲却是一脸茫然，无所谓的样子。在大家的齐心帮助下，终于把这对母子安全地送回了岸边。阿发也丢下美珍，加入了救人行列。还好，人救上来了，总算是松了一口气。

水性不太好的春秀本来是在岸上帮大家看守衣服的，孩子一被抬上岸，春秀迅速用几件干爽的衬衣裹住了孩子。这是一个男孩，被水打湿的头发紧贴他的脑门，神情依然是惊恐的，眼睛睁得大大地望向春秀，他大概还不知道母亲为什么要带他去赴死，也不知道他刚才幸运地从鬼门关走回来吧。春秀怀里是温暖的，她静静地抱住这个苦命的孩子，望向远处那深邃的水，是那么黑。

　　　　　　　　　　一匹被扯开了线头的布

日子就在各种劳动、会议中度过，村里的广播又传来一个天大的消息。春秀记得，那天天气阴沉又闷热，她还在田边的埂上掏出白色汗巾擦汗，汗水浸润出了一个圆形的形状。美珍急匆匆地跑过来，脸上凝重地说："阿秀，不好了，出大事了。毛主席……他……他走了。"听到这个虽然心里有准备但是却不能接受的消息，春秀心里咯噔一下，感觉到一片空白的惊恐。

大型的祭奠活动在几个大型企业的广场举行。留城好几千知青，在干部的带领下，分批走路回到城里。春秀她们走到柳市北边的钢铁厂，参加祭奠活动。黑压压的人群，沉默地移动着。低着头，没有谁露出笑容，在行走的队伍里还隐约传来有人的抽泣声。

春秀看着自己胸口别着的小白花，觉得这像是妈妈给自己定做的一样。春秀爸走了，他孱弱的肺终于被病魔一把捏碎了。就在上个月，春秀刚刚把阿爸送到西山的墓地里。对于春秀来说，没有比阿爸离开人世更让人难过的事情了，就算眼前这个逝者是像神一样的领袖，可是他不是春秀爸。血肉至亲的离殇，只有真正经历过的人，才会明白，什么叫作生无来处，死无去处。路走了很久，春秀感到自己的脚肯定是磨出了水泡了，脚后跟的鞋子突然变小了，脚和鞋子之间有一些疼痛。但是无所谓，大家都在哀伤里，没有人在意。她看了看走在前面的阿发，他的脊背还是那样挺直，像当过兵一样。

而此时，这一片哭泣声中，阿发想到了美珍，想到了那惊恐的小脸。

就在这天下午，美珍发烧没有跟着去，留在了住家。在她昏昏沉沉的时候，似乎听到窗子被人小心地推开，突然有一个黑影蹿到她的床边。"你是谁？"美珍没有来得及问完这话，就被罪恶的手打晕了。在美珍失去意识之前，她只看到是一个男人——一个丑陋的男人……

政策陆续下来，知青允许回城了。春秀也参加了许久以来的第一次高考，因为有春秀爸在小时候打下的基础，就算她的数学只考了30分的情况下，她还是考上了柳市的师范专科。大家陆陆续续地被安排面试、招工、盖公章、摁手印，有一种欢天喜地的期待在这些知青的心里萌芽。

美珍来找过春秀。她本来就瘦的身体更瘦了，那是在流产之后根本没有得到好好休养的缘故。美珍眼睛底下的黑眼圈，好像是被人狠狠地揍过，再漂亮的脸也显不出美丽了。事实上，她的肚子一天一天大起来之后，正好碰上抓典型。"女流氓""破鞋"……公社大会上，台下传来的议论声咒骂声，让一同坐在台下的春秀觉得又愤怒又羞耻。

曾经，春秀扭着美珍的手，说："阿珍，你讲，孩子到底是哪个的？"美珍凄楚地摇摇头，绝望地沉默。这回是真的要走了，美珍拿过来了一个淡黄色的信封，"阿秀，你们回去了，记得有空来看我。这个……麻烦帮我交给阿发。"

美珍是在吃晚饭之前来的，等她推门出去的时候，已经是夕阳落山的时候。绚烂的霞光给周围的山谷镀上了金边，美得让人心醉。美珍要翻过前面这座山，经过3个小时走回婆家。好心的莫阿婆给美珍介绍了一个远方亲戚，四十岁没有娶上老婆，不介意美珍流过产。就这样，稀里糊涂的婚姻，把美珍从大家的视线中带走了，几乎没有留下来过的痕迹。第二年，听说美珍生了一个男孩。

4

回城了，各人各自生活。

没有人想得到，大英后来嫁给了阿发，吵吵闹闹地过了半辈子。阿发是严谨至极的人，偏偏大英大大咧咧。两个完全不相像的人成为一家人，有时是上帝的恩赐，有时也会是魔鬼的玩笑。鸡毛蒜皮的小事，两个人都可以赌上大半天气。东西放在哪里？毛巾挂的角度不对？院子里枇杷树果子要不要摘？张家的满月酒随多少钱的礼？阿发对于这种琐碎的吵闹采取的最好的办法，就是走出去和老工友喝酒吹牛。大英就招呼姐妹来打牌，在和牌的兴奋中驰骋冲杀。

20世纪80年代，美珍还在留城的村子里，丈夫早早得了风湿病，儿子眼睛不好。据说是先天弱视，以后还会发展到青光眼。她带儿子回城看病，在医院门口竟然见到阿发。那天，阴冷的风，呼呼地刮，是个暮春的季节。

阿发老了，美珍更是憔悴。两人相对无言。

"阿弟，你喝汽水咩？"阿发问美珍的儿子。才刚进城什么都稀奇的孩子哪里懂什么矜持，说："谢谢叔叔。"孩子高兴地捧起黄灿灿的汽水瓶吸了起来，这可是最流行的汽水。"好贵的吧？"美珍问。"没要紧，让娃仔高兴，你们难得来一次。"阿发回答。阿发想起了，好多年前，曾经对美珍说过，要给她尝尝最好喝的东西的。只不过，永远没有机会了……

看着眼前这个男人，虽然熟悉，但是已经非常陌生。"大英怎么样？女儿咧？"美珍问。"还不是老样子，还是一样的啰唆，你也懂的，几十年没有变过。"阿发的眼睛没有望美珍，却望向了她儿子。这孩子太像美珍了，简直和美珍年轻时是一个版子印出来的。本来美珍还想多问几句，但是孩子在场，有些话终于还是没有说出口。

二十年就这样过去了，像是一匹被扯开了线头的布，被时间劈开得支离破碎。

退休不久的阿发，得了鼻咽癌，开始了疯狂的吃火锅模式。一年多来，大英无微不至地照顾着阿发。春秀偶尔来看望，两人坐着，聊聊其他人的生活，聊聊孙辈的事。谁都不想提过去。

春秀看着病床上虚弱的阿发，心里一阵颤抖，好像有无数只蚂蚁一起噬咬着她的心底。她仿佛看到那个被霞光包裹的瘦削的背影默默地走进遥远的山谷。

清点遗物时，大英在阿发的抽屉里，发现了一个老旧古怪的瓶盖，像是汽水瓶的盖子。"这个死阿发，整天乱收东西，干吗没多收点钱。"不知缘由的大英还是改不了埋怨阿发的习惯。这个二十多年前的汽水瓶盖和阿发的旧衣服、旧报纸一块儿，被扔在了巷子口的垃圾堆里。时间用腐烂的鱼皮和臭肉、过期的面包还有饼干掩埋了它。

一个烦闷的下午，在空无一人的月山公墓里，一个女人在一座墓碑前伫立着。虽然年过半百，但是这个女人还是保持着一贯优雅的仪态与气质。随身带着的刺绣手帕被她紧紧地握在手里，另外一只手，则有点颤抖地把一封淡黄色的信封丢进燃烧着纸钱的火盆里。一阵风吹来，几张烧着红光的纸钱被抛向半空。

"阿发，对不起，我没有把美珍的信交给你。你一定要原谅我，因为……"女人说不下去了，她的哽咽让她有点呼吸不畅。她抽动着自己的鼻子，轻轻地哭泣，"我不后悔，就算你永远不知道，我也不后悔。"

原来，春秀一直喜欢阿发。这个保守了四十年的秘密，没有人知道。她瞒住了所有人，却瞒不住岁月，瞒不住自己的心。

美珍还在那个偏远的村庄。

她很衰老了，有时候坐在低矮的老屋门口，晒着暖和的太阳。在晕晕乎乎的光线里，她偶尔会想起阿发，想起那个把双手放到鼻子下闻闻，然后做鬼脸的年轻男人。

阿发的笑容，被刻在墓碑上的瓷像里，有点玩世不恭，又有点嘲讽地看着这个世界……

我不是英雄

1

她的耳垂饱满，像一颗发育成熟的牙齿，朝气蓬勃地挂在耳朵的末梢。恍惚间，徐莉发现自己竟然盯着人家的耳朵，研究了很久。

请您说说，当时您救人的时候，您心里想到什么？身穿天蓝色格纹西服的女主持人试图启发徐莉。

呃，没有想什么，只是……觉得……他躺在那里……徐莉感觉眼前的话筒和主持人的脸，模糊地混在一块儿，她有点惶恐。我的脸应该朝向话筒还是主持人，或是应该朝向远处更远的地方？她发现自己的声音好像也出现了问题，嗓子里似乎有一口浓痰想要冲出来。她连忙咳了几声，把痰巧妙地压了下去。

哦，您的意思是……要帮助需要帮助的人，对吗？女主

————————— 一匹被扯开了线头的布

持人脸色微微发青。已经重复 NG 十几次了，徐莉感觉到她有点生气，显然她在克制。这女孩手中的话筒有点颤抖，不知道是不是她的手累了。

嗯……老师都说……要帮助别人。徐莉说完这句磕磕巴巴的话之后，庆幸地深吸了一口气，来缓解自己的尴尬。

好的，非常感谢您接受我们的采访。女主持人迅速转身面对镜头。这转身的速度快到足以让人感觉到她厌倦了与徐莉的对话。

感谢徐小姐。中华民族向来是礼仪之邦，助人为乐是传统美德……女主持人还是控制了她的情绪，用字正腔圆的语调，把剩下的台词录完，平静如常。

这甜美软腻的声音虽然就在身边，可在徐莉听起来，却距离她越来越远。

这几年，徐莉的听力真的出现了问题。她会在某一个时刻，感觉到自己的大脑被某个神秘的按钮控制。当这个按钮被按下之后，她的耳朵就只能听见嗡嗡嗡的轰鸣，好像是柳工牌挖掘机在勤勤恳恳地挖掘着她大脑中央的某一块不知名的地方，恪守职责从不怠工。这轰鸣声会连同她的后脑勺一起咆哮。

女人最喜欢的事情，绝对是凑在一起聊八卦。这是最不费力气的社交技巧。当你和同伴没有什么实质性的东西可以聊的时候，只需要随意找个明星来说说绯闻，便能很快融进一个陌生的圈子。徐莉这几年就是用这个最简单的办法，才让自己能够不那么格格不入。

有好几次，俏佳人美容店里的小姐妹聚在一起七嘴八舌，徐莉都没听见她们在聊些什么，好像自己的耳朵被世界忽略掉了，只感到嗡嗡嗡的震动。她在连续不断的轰鸣声中机械地收拾客人用过的棉签、面膜，好像自己被透明的玻璃笼住倒插在香台里的半炷香。她不是故意的，可是这种暂时性的失聪真的越来越频繁。

曾经有一次，阿菊特意跑到她的跟前，眼睛直勾勾地盯着徐莉说，我叫了你这么多次，为什么不理我？

徐莉被阿菊的愤怒吓到了，她不敢直视阿菊质问的眼神，连忙低头说，嗯……我……真的没有听见。可能……我刚刚想别的事情了。

阿菊安慰地拍了拍徐莉的手臂说，小莉，你不要这样子。不就是失恋吗？告诉你，他是狗屎，他不配！

不……不……不是因为他。徐莉担心阿菊高亢的大嗓门让更多的人听见，她扯了扯阿菊的衣袖。徐莉早就习惯把自己隐匿在人群中，阿菊的嚷嚷让她感到不安。参加集会，徐莉永远不会主动上台发言，她害怕被人注视。出去吃东西，徐莉要是碰到需要排队叫号的情形，她宁可马上换一家不用排队的餐厅。被人看到自己拿着号码牌走向前台急不可耐地找食物的样子，实在太蠢。如果有可能，徐莉希望自己像个透明的物体，可以随意安置在任何的场合。

这年头，谁还这么单纯？小莉，你就是太傻了。阿菊嘟嘟嚷嚷地走开了，顺便娴熟地吸了一口她手上的芙蓉王女士烟。阿菊喜欢在中午吃饭的空隙，偷偷跑去店门口抽一口烟。

徐莉曾经被阿菊塞过一支烟在手里。她胆怯地嘟起嘴，像小时候吮吸螺蛳一样，深吸了一口，之后就被烟雾呛得差点窒息。那种微辣的烟雾钻进肺部的感觉，就像是被人用一根无形的绳子勒住了嗓子。徐莉皱着眉说，这东西，真不好玩。惹得那时的阿菊在一旁哈哈大笑。

傻吗？也许吧。徐莉知道阿菊并不是真的想责备自己，她只是想替自己打抱不平。能够说出来的悲伤，恐怕也就不那么悲伤了。徐莉尽力说服自己，一切只是凑巧。

那天，她帮一个四十多岁的顾客做完美甲。这个客人是店里的新会员，好像姓张，大家都叫她张姐。微胖身材，圆润的脸，文过的深棕眉毛整整齐齐的，又略显呆板。眼睛端正平稳地摆放在眉毛之下，倒也有几分古典美。其他的客人往往会结伴一起来刷卡，借着美容洗脸美甲的时间大骂自己的老公不省心，或者吐槽谁谁谁的上司抠门、谁谁谁的同事像妖精。

张姐平时到店里，总是独来独往，平时不太说话，来了就直接做项目。她的手很饱满，皮肤润泽，手背上也没有什么突出的青筋，一看就是不用在冷水里洗碗的手。这是一双富贵手，也是徐莉工作时最喜欢的手。

店里用了薰衣草香氛，这种淡淡的清香能够让人疲惫的神经慢慢放松下来。徐莉用小刷子将最后一道透明指甲油仔细地刷着。

这颜色挺好的，你手艺不错。张姐原来一直闭目养神，这时睁开眼，淡淡地夸了一句。她闭上眼睛的样子像个睡着的年画娃娃，眉眼之间有喜庆的味道。今天，徐莉帮她做的是星空主题。张姐的手指甲，正被一片淡蓝色的星辰环绕着，上面零星地点缀着闪亮的光。能够折射阳光的碎钻，成本不低，多亏这是个出手阔绰的客人。

谢谢夸奖，以后常来。徐莉用她的职业习惯礼貌地答道。她早已习惯了客人对她的夸奖。来店里的这两年，徐莉早就适应了这里的环境。其实美甲是个技术活，除了需要耐心细致，多少还需要一些艺术功底。

徐莉喜欢在指甲上作画。先是用线条笔打底，再涂上丰富多彩的颜色，根据客人的需要，还可以贴上各种稀奇古怪的装饰品。古典、浪漫、现代，太阳、星空、花朵、动物，很多元素都可以画在指甲上，然后变成一幅幅绚烂的画。女人的手指甲，也可以成为赏心悦目的作品，不仅仅为了男人的欣赏。在完成自己的画作之后，徐莉会感到一种无可替代的满足。这种满足好像是在黑夜得到了一次安稳的睡眠一样，让徐莉觉得愉悦。

会的，以后来了，还找你。张姐答。

徐莉带着张姐往前台走。就在张姐拿出手机扫码的一瞬间，徐莉看到张姐手机屏幕上那张用了爱心相框加上复古风滤镜的合照，也瞥见了宁楚杰那张熟悉的脸。照片上的两个人亲密地搂在一起，看上去很是登对。不过，对着镜头比心的幼稚手势，果真一点儿不符合宁楚杰惯有的商务风格。

嗡嗡嗡，徐莉的耳朵从那时开始响个不停，以至于后来宁楚杰给她打电话解释道歉的时候，她都感觉自己掉进了亚

一匹被扯开了线头的布

马孙河原始森林里一个硕大的蜜蜂窝里，随时随地都听见嗡嗡嗡的响声。开门时、坐公交车时、回家爬上床时，无论何时，徐莉脑子里都有工蜂采蜜的宏大场面。她试图甩开这种可怕的轰鸣，但收效甚微。

分手是徐莉提的。

毕竟没有人想要做一个可有可无的影子。宁楚杰之前一直行踪不定的神秘行为，终于有了恰如其分的理由。

他喜欢把手机铃声调成无声振动模式，很少在电话铃声响起时第一时间接电话。如果他在和徐莉说着话，即使电话来电显示灯亮起来，他也会不动声色地把手机反扣在桌面，装作什么都没有看见。最开始，徐莉还觉得这是宁楚杰重视自己的表现。毕竟和心爱的人聊天，是值得专心投入的事情。

他还经常出差。据说公司的外地项目基本是他在负责，三天两头得去盯着那些不省心的家伙。宁楚杰在徐莉面前，一直是一个无比热爱工作的工作狂。他非常在意他的项目，忙起来的时候，他会很抱歉地给徐莉发短信，然后不见踪影，仿佛他被半途而来的绑匪绑走，丢到了失去信号的大山里。徐莉发过去的消息，往往很久才回复，似乎隔了好几个世纪。

有一次徐莉半夜被胃痛折磨醒了，感觉自己好像飘在天上的一团乱飞的柳絮，无法找到地面上的土地。人在病中，最害怕孤独。她想要打电话给宁楚杰，让他陪自己去一趟医院。可挣扎着起身，拨了电话，电话那头传来冷冰冰的声音，您拨打的电话已关机。徐莉才想起，原来除了宁楚杰找她，一般情况下，她是找不到宁楚杰的。徐莉的胃部好像被滚烫的热油浇了一遍，有一双莫名其妙的手在胃里来回搅拌。徐莉蜷曲着身体，硬着头皮摸索着下了楼，叫了出租车。

出租车司机看徐莉一个女孩这么可怜，还好心地搀扶她到了急诊室。挂号、抽血、检查一系列操作之后，结果是急性胃痉挛。

白茫茫的急诊室，把人的孤单照得更加明显。坐在医院凌晨三点的长凳上，周围的病人都有人陪护，徐莉抬头看着输液瓶里的药水一点一点地变少，徐莉感到宁楚杰就像这瓶越来越少的消炎药，一点一点变得陌生。

徐莉不知道张姐是不是故意给她看见手机里的照片，毕竟和宁楚杰的谎言相比，那已经不重要了。

宁楚杰告诉徐莉他离婚了，一个老头儿很可怜，也不会相信爱情了。怎么是老头儿，明明还正是好看的年纪。他说这话的时候，正半躺在他的丰田车驾驶座位上，半眯着眼睛，远远地望着车窗外黑魆魆的江面。徐莉常常看到他这样发呆，像是在想事情，又好像把自己锁在他自己的世界里，谁也进不去。

徐莉打断宁楚杰的自嘲，谁说你老了？徐莉用纤长的食指戳了戳他的脸，皮肤还很有弹性。虽然眼角旁边的鱼尾纹在不笑时，也很明显，但还是好看的。

宁楚杰轻叹说，别人啊。

徐莉说，我又不是别人。

宁楚杰转过身来，一把搂过徐莉，狠狠地亲一口，笑着说，没错，你不是别人，你是我的宝贝。接着他的手就开始熟悉地抚摸，柔情似水……

宝贝？大概他的宝贝遍布地球吧，可笑的是我居然还信了。

网上都说，这年头，人人都把渣当作时尚，却把深情当作舔狗。徐莉想起宁楚杰对自己说过的肉麻话，一阵难受从心里涌出来。

这种难受就好像你怀着极其虔诚的态度去参加一个大家都说特别重要的需要盛装出席的舞会，外面还下着雨，你身上金丝绒晚礼服和脚上的高跟鞋都被打湿了，裙摆还溅上了难看的泥点。可这些都不能阻挡你去走红地毯的决心。当你千辛万苦冒着冷冽的风，冲到了舞会入口时却发现，每个人都穿着最普通不过的条纹睡衣和大裤衩，松松垮垮地穿着拖鞋，毫无形象地在用牙签剔牙用手在挠胳肢窝。原来，只有你自己在意。

龙城这个城市的味觉偏重，湘菜馆开得遍地都是。离俏佳人不远，有一个人气很火的襄阳酒楼。在这个充满着辣椒气味的饭店二楼，徐莉和沸腾的红色锅底正在互相对望。她感觉到静静安顿在桌面那些羊肉片、毛肚、土豆片、豆芽都在嘲笑她，笑她太蠢。徐莉头一次喝了二两白酒，那舒爽的灼热感从喉咙一直贯穿到胃底。随之而来的眩晕，让她飘忽不定，仿佛自己踩在了老家高低不平坑坑洼洼的稻田里。

那天阿菊原本是要找徐莉顶班的，接通电话之后，听到徐莉说话含糊不清，就知道她这个一直谨小慎微从不喝酒的人，今天喝多了。阿菊担心徐莉出事，便急匆匆地赶来。阿菊身型宽大，可以单手就把单薄的徐莉拎起来，就像拎起一只被雨水打湿的颤颤巍巍的小鸡一样毫不费力。

阿菊说，你想哭就哭吧

徐莉说，不……我才不哭。

阿菊说，你多久没有哭过了？

徐莉说，好久……好久了。她想起奶奶去世时候，也许是突如其来的悲痛自动把她的泪腺锁住了，她一直没哭。她只是重复机械地按照族人的要求，一遍遍地磕头、绕灵、磕头、绕灵。直到奶奶的棺材被抬棺的金刚一点点地放进了灰黄的土里，再一铲一铲地用那些浑浊的泥土盖上时，徐莉的眼泪才像是回过神来，奔泻而出，离开徐莉连续两天没有合过的带血丝的眼睛……

阿菊沉默了很久，说，我也是……我也遇过狼心狗肺的混蛋。没事，我们都会好好的。

就着火锅店喧闹的猜码声，两个女孩在一阵氤氲的火锅白雾中，就这样祭奠了自己的爱情。

送徐莉回出租屋的路上，夜晚已经进入了睡眠。阿菊借着酒劲对着电线杆大骂了一通，坏蛋，渣男，臭狗屎，总有一天……你们……你们会后悔的。那些污言秽语好像是尖锐的刺，扎向那个躲在她们记忆里的人，也扎向自己试图遗忘的痛苦。徐莉想说却不敢说出来的话，被这个泼辣的姐妹骂了出来，徐莉感觉异常爽快。

————————— 一匹被扯开了线头的布

徐莉随后还充满仪式感地去剪了一次头发，看着头发一缕缕地跌落在地板上，徐莉想起了那首老歌《短发》。那是小时候在镇上糖烟店的电视里播放的复古MTV。梁咏琪圆而大的杏眼，清爽利落的短发，徐莉当时还很天真地想着，要是有一天我也失恋了，我也剪一个这样的短发。只是剪短了头发，就能剪断烦恼吗？就能剪断对那个人的恨吗？显然是不能。

　　不过，时间总是治愈悲伤的良药。当有更重要的事情出现时，她的悲伤就被挤占到了一个人气极低的角落。

　　没过多久，徐莉就惊人地恢复了平静。

　　在徐莉眼里，当前最重要的事情，是要搞钱。这个城市里，身边的小姐妹都在说搞钱。

　　徐莉其实很不喜欢用"搞"这个字，她觉得太粗暴。

　　小时候在县城老家，经常听见街坊邻居吵架互相嚷嚷，小心我搞死你。徐莉会感到一阵害怕。搞，这个字，似乎天生就带着野性的禁忌，像是一个姑娘没穿内衣去街上买菜一样羞愧。刚上中学那会，徐莉和女同学要是不小心走过街上混混聚集的地方，会听见身后传来不怀好意的声音，喂，靓女，搞一下吗？每到这时，徐莉就会加快脚步，头也不敢回。她内心的羞耻，在此时突然被这些听起来臊耳朵的话给撩拨出来。

　　在初中，徐莉的作文写得不错。老师会在某个晴朗的下午，用一节自习课的时间来专门朗读优秀作文。也不知道是不是幸运，徐莉的文章会经常得到表扬。对于一个平淡无奇的女孩来说，自己的文章能够在全班同学面前亮相，简直是太不可思议的事。

夏天闷热，教室天花板上的风扇会吱吱呀呀地响，发出像是关节错位的响声。班里的同学有的打瞌睡，有的发呆，有的在聊昨天考试的分数还有隔壁班的校草好像恋爱了。有好几次，老师念文段的声音，都差点被风扇的转动声和同学的聊天声遮盖过去了。那个小个子语文老师说话，慢条斯理的。可是每一个字，徐莉都听得清清楚楚。她觉得整个教室里最悦耳的声音，就是老师的朗读声。她也一直都相信全班都像她一样听得见。她身子坐得笔直，像是被人用手扯起了脊背一样。

语文老师身上穿着的淡粉色连衣裙，袖子是喇叭袖。她半弯着拿着作文的时候，会有像花朵一样的涟漪飘在她的手肘上。就连老师停顿的表情，直到现在，徐莉都还记得一清二楚。

那篇文章是写《我的理想》。

那时同桌阿珍羡慕地说，阿莉，你作文写这么好，以后真的想当作家吗？

徐莉说，我不知道……作家很厉害吧？

阿珍说，那肯定厉害啊。你写作文这么好。

徐莉说，我……写得不好……都是瞎写的。

在她们看来，小城里的日子像婴儿一样酣睡，作家离她们还是太远了。

时至今日，徐莉清楚自己不应该追求什么文雅诗意，那

一匹被扯开了线头的布

太扯淡。就像她爸说的那样，作文写得好又怎么样？你以后还不是要嫁人？要勤快点，多存点嫁妆，要让我看到抱孙子那一天。

她爸不是她爸，她爸是她阿伯。

徐莉印象中那个亲生父亲是个跛子。

跛子很早就消失在徐莉的记忆里。是五岁，还是六岁？徐莉不太记得最后一次见到跛子的具体时间。

她只是在梦里隐隐约约想起过。一次，跛子带她去看电影。县城电影院前面有一个宽阔的广场。小摊错落排列，像被咬过一口的玉米一样参差不齐。摊位上有卖变形金刚的，有卖明星贴画的，有卖金鱼和哈巴狗的，还有冰激凌和麦芽糖的。看电影人群里，人和人紧紧挨着。徐莉个头小，被跛子一只手牵着，一路左摇右晃地往前赶。徐莉一抬头只看见无数个晃动的屁股，在她的头顶上经过，似乎每个人都轻松地越过她的人生，跑在了她的前面。

跛子歪着身体，一步一挪。跛子走路，右脚脚掌刚着地，瘸的另一边左脚会条件反射地弓起来，用脚尖做支撑，好像要做一个跳跃的动作。但其实，他哪里都跳不了。跛子拉着徐莉吃力地挤到了一个小摊前。前面还有好几个大人也带着小孩。徐莉不自觉地有点心虚，看看身边的跛子，没有说话。为什么心虚，徐莉也说不清楚。也许是跛子和别人的爸爸不一样吧。

两人排了很久的队，好不容易等到卖棉花糖的额头亮亮的阿婶把一串大白云团一样的棉花糖递到徐莉面前，她刚想用嘴巴去咬，梦就醒了。

醒来的时候，徐莉的嘴巴还是张开的，可什么都没有吃到，尴尬至极。

阿伯来带走徐莉的那天，坐在摇摇晃晃的三轮车上，徐莉还偷偷望着车外，在心里暗暗记下了回徐家祖屋的路，记住了沿途的大树、糖烟店、水塘，还有那些叫不出名字的山。要是有一天，阿伯对我不好，我就偷跑回去，徐莉这么想。

阿伯虽然凶，可对徐莉不错。小学时候，正赶上学校周年大庆，徐莉班上要表演六一儿童节节目。徐莉从来没有如此正式地参加过文艺表演。虽然她非常害怕自己在舞台上会遗忘动作，会站错位置，但毕竟是第一次。每个同学都要租白色公主裙做表演服。价钱是多少，徐莉忘了。在当时，也是一笔不小的费用。徐莉可怜巴巴地把老师的要求回去跟阿伯一说，阿伯没辙，只好去把院子里的几只老母鸡抓起来，毫不留情地拿到集市上卖了。清晨的雾气中，老母鸡凄厉的叫声，徐莉听得很真切。

阿伯性格好，邻居都喜欢和他聊天，没事就来家里坐坐，喝喝酒。喝酒是老人们常聚在一起做的事情。两三桶白色大塑料放在后屋，里面的米酒可以喝倒好几拨人。若是酒喝完了，再去糖烟店里扛回来几桶就好。在老家，糖烟店都是按斤来卖酒的。有了酒，就着几片爆香生姜猪肉，炒点花生米，阿伯一坐就可以坐一天。各家各户的田地荒了不少，周围的青年，大多都出去打工，剩下的多是孩子和老人，村子里总有挥之不去的暮气。阿伯出过省，见过世面。碰到哪家有矛

——————————— 一匹被扯开了线头的布

盾，阿伯还能帮着说个理，大家也都信。

徐莉问过阿伯，阿伯，我亲爸在哪里？

阿伯说，听说偷渡去泰国了。

徐莉说，他怎么去的？

阿伯说，当年有人说去泰国捞金，容易赚大钱。

徐莉说，赚大钱这么重要吗？

阿伯说，唉，阿莉，他那时在老家也欠了好多钱。没有办法才出去的。

徐莉说，现在谁也不知道他在哪里。他怎么这么狠心？

阿伯说，阿莉，他能回来，会回来的。不回来，只怕是……

徐莉知道阿伯没说完的话。跛子一去十几年，生死不明，谁都知道凶多吉少。阿伯是跛子的堂哥，他没有结婚，也没有子女，徐家人就把徐莉过继给他。阿伯就成了徐莉她爸。

徐莉被阿伯带回家的时候，她没有流泪。徐莉想起奶奶床上那个浅绿色的竹枕头。夏天要是太热，徐莉就会偷偷爬上奶奶的床，把脑袋枕在上面，冰冰凉凉的。这枕头有奶奶身上惯有的中药味，是奶奶的味道。

阿伯原来在甘蔗厂上班，后来因为赶进度没休息好，从拉蔗车上摔了下来，像个轱辘一样滚在甘蔗地里。幸好及时被工友救了上来，但落了个腰伤。每到变天的时节，他就会痛得直不起腰，半躺在躺椅上发呆。

逼仄的屋子，空气阴冷，还有一个佝偻身躯的人。这一切都让徐莉希望自己能够想尽办法地逃跑……

2

市中心的步行街，最大的特色是有骑楼。这个城市曾经有无数个骑楼群，南方少数民族的干栏式建筑和岭南的南洋建筑结合之后，就形成了特有的建筑风格，上面房屋，下面走廊。连通之后，既能遮阳又能避雨。只不过，高楼越来越多，眼见着骑楼已经拆得所剩无几。徐莉总觉得少了些什么。

俏佳人美容店就在步行街的骑楼东北角。因为是老店，店里客人基本上黏性很强。每一天都是香粉掠影，人头攒动。去年因为疫情，客源少了不少。但从今年开始，生意又好转起来。老板琳达姐每天开员工会时总是斗志昂扬地鼓励徐莉她们，赚女人的钱是最好赚的。让女人变美变漂亮的行业永远不会失业。

别的都不要想，专心搞钱。狭小的员工休息室，拥挤地摆放着几个储物柜。一整面墙大小的镜子前，阿菊一边小心翼翼地粘贴眼皮上的假睫毛，一边说。被采访灯晃了眼睛，回到店里的徐莉，耳朵还充满着女主持人甜腻的播报声，这时，又听到了阿菊苦口婆心的教导。

徐莉说，总要有机会才行……搞钱，哪有这么容易？

阿菊说，小莉，你都上电视了，你是个英雄，你有机会。

徐莉说，我……我不是英雄……我都不知道自己说了什么。

　　　　　　　　　　　　　　一匹被扯开了线头的布

阿菊说，管它说什么。谁在乎呢？

徐莉说，我……谁都不愿碰到这种麻烦事吧。

阿菊说，你说你，为什么偏偏遇到这种事？

徐莉说，也许……是碰巧。

阿菊说，那个人家里人呢？

徐莉说，不清楚……好像没见过。

阿菊说，你看吧，白忙活一场。要是遇到有钱的，咱们就狠狠敲一笔。

徐莉说，其实……那时……我就只看见……他躺在那里。

没错，徐莉只看见他躺在那里。

他大概有六十多岁，侧身躺着，一动不动。沙滩上的白色沙子被他压出了一个很深的凹痕。徐莉睁开眼睛看到的就是一个老头儿，躺在离她不远处。脸色发青，意识模糊，呼吸微弱。

要不是夜晚的秋风吹到脸上，有些许微凉，同样躺在沙地上的徐莉还以为自己产生了幻觉。

她只记得下午自己被张姐堵在了店门口。十月的午后，阳光温和，步行街上，行人像鲇鱼一样穿梭。她正蹲在一排玻尿酸面膜前用打价器打价，准备把产品摆上湖蓝色的展示台上。

快中秋节了，店里做促销活动，正费劲地打着广告：充值两千块，送价值五百的面膜。比起其他店家，俏佳人的折返力度听上去很让人心动。徐莉当然知道，这面膜的进货价可能还不如买一个鸡蛋的钱。管它呢，客人就是要一种莫名其妙的高级感。有时候越贵，越能体现她们的价值。其实她已经蹲了很久，正感到脑子有点缺血，想着等会儿一定要找机会藏在员工休息室里打个盹儿。

谁知，这个看上去和善富态的女人，突然悄无声息地站在徐莉身边，斜着眼说，你叫徐莉对吧？告诉你，离宁楚杰远一点儿。

徐莉一开始没反应过来。她抬头看到张姐，才想起了那个许久没有见过的人。宁楚杰消失在她的世界，却给她留下了种种难以言说的愤怒和屈辱。

阿菊曾经劝她，有可能连那张离婚证都是假的呢。是假还是真，对徐莉来说，不再是纠缠不清的问题。曾经在夜里辗转反侧的苦痛和疑问，突然得到了一个清晰的答案，似乎也并不是一件坏事。

不想引起不必要的麻烦，也为了让自己显得没那么卑微。她缓缓地站起身，用牙根里迸出的声音，对张姐说，张姐，那个人告诉我，他离婚了。

张姐双手交叉放在胸前，瘪瘪嘴，不在意地说，反正他和你只是逢场作戏。

徐莉说，逢场作戏也好，真心真意也好，都过去了。

张姐把手上的蔻驰小提包换了一个姿势，挽在怀里，说，谁还不知道你们这种小姑娘心里想什么。想找一个好靠山，自己就可以上岸了。自己也不看看自己是什么鬼样子。

徐莉用最平静的语调说，张姐，我和他之间已经没有任

　　　　　　　　　　　一匹被扯开了线头的布

何关系。事实上，是他欺骗了我。

张姐对徐莉的冷静感到意外，说，你……你还有理，不要脸！贱人！

徐莉说，请你不要再骂人。我并不是故意想介入谁的生活。

张姐说，总之，他根本不爱你。你少做梦了。

徐莉深深地吸了一口气，说，他爱不爱我，现在已经不重要了。说起来，我也是受害者。如果因为我伤害到了你，我向你道歉。麻烦你回去告诉他，少出来祸害女孩子。有一天……他也会有报应的。

说完话，她丢下手中的玻尿酸面膜，冲进店里抓起她的天蓝色帆布包包逃离了这个地方。

店里人来人往，大家生活得都不容易。徐莉不想再让别人来肆意揣测自己的生活，她只想快点躲起来。

感情的错综复杂，不过是人在寂寞时候的调剂品。只要在自己的规划里，删掉这样的选项，人生便显得从容得多。二十四年的人生，徐莉从来没有觉得像现在这么窝囊和不堪。

徐莉去了江边。

龙城有一条蜿蜒曲折的江，绕城而过。小时候，跛子曾经带徐莉来过这里。那时的江面没有这么开阔，水也没有这么清澈。

跛子斜坐在江边瘦骨嶙峋的石头上，呆呆地望着水面。徐莉那时还小，脑袋里根本不知道跛子在想什么。

跛子从裤兜里拿出了烟，闷着头一根又一根地抽着。烟雾很快被风吹走，飘向远处的芦苇，好像在等待着什么。徐莉蹲在大大小小的石头里，撅着屁股寻找形态各异的花石头。

　　爸爸，你看这块石头好看吗？徐莉问。跛子没有回答，只是对着徐莉笑了笑。虽然跛子身体有残疾，但是长得俊朗。跛子的脸色一直蜡黄，徐莉后来才知道他的肝不好。徐莉有时候在梦里，还能看见跛子坐在江边的石头上对她笑的样子。

　　徐莉后来才从阿伯嘴里知道，原来那天跛子想把徐莉卖了。卖家都找好了，是江下游一户没有儿女的人家。夫妻俩坐着船，就想接了徐莉过去，希望能引来一个亲生骨肉。当时，跛子是瞒着奶奶把徐莉带走的。可也不知为什么跛子最后没有卖掉徐莉，大概是不舍得吧。

　　不是因为穷，谁还会卖自己的亲生骨肉呢？阿伯有时候会这样宽慰徐莉。徐莉倒是看得开，她还得感谢跛子还有点恻隐之心，没有把自己卖掉。

　　逃离张姐，跑来江边，究竟是为什么？徐莉也说不清楚。张姐会不会在店里撒泼，徐莉已经无暇顾及。

　　在江边，看着平静流淌的江水，徐莉总能找到一种舒坦的宁静。这种感觉，像是在母亲子宫里一样。

　　徐莉的亲妈，徐莉印象就更浅了。听阿伯说，徐莉的亲妈叫作秀芬，端端正正的一个女人。那个年代正流行像古惑仔陈浩南那样的男人，大背头长发，牛仔裤黑色背心，金色

　　　　　　　　　　　　　　　　　　一匹被扯开了线头的布

项链在脖子上闪闪发光。江湖义气的兄弟一喊，好像全世界都要为他们让路。跛子虽然行动不便，但做事大胆，心狠手辣，在县城里有一帮小兄弟跟着。天天穿着牛仔裤，开着转手买来的旧摩托车，在街道呼啸而过。秀芬当时也没有明媒正娶，就傻乎乎地跟了跛子。

秀芬生了徐莉之后，不知道为什么就像变了一个人。家里人要抱徐莉的时候，秀芬就像发疯似的不给碰，有着狼妈护狼崽一样的凶狠。

秀芬很疼你，疼出毛病了。阿伯说。

徐莉说，她生我的时候，很难吧？

阿伯说，大出血……人快不行了。

徐莉说，拿命生下来的，换了是我，我也疼。

阿伯说，要怪还是要怪你亲爸。

跛子没学好，生了徐莉以后，还要去跟别人开赌场。秀芬受不了三天两头动不动有人上门来讨债的情形。秀芬的脑子一受刺激，就发了疯。一天半夜，她从家里跑了。

最后，她是在隔壁镇上的河里被捞上来的。那条小河常年长着湿漉漉的水草，水流像深邃的山洞一样不可捉摸。徐莉不知道当秀芬的手脚沉浸在冰冷的河水里时，她的脑子在想些什么。会不会还有那个圆乎乎小肉团一样的婴儿？

徐莉偶尔还会在梦里梦见秀芬的样子：尖脸，细长的眼睛，还有一个圆润的额头。

事实上，徐莉随了秀芬的长相，清秀干净。刚开始来店里的时候，有客人说，小莉，你长得漂亮，来这里做可惜了。

徐莉说，有什么可惜呢？这里挺好，能养活我自己。

客人说，我要是有你的漂亮，我早就享福了。

徐莉说，享福我是没福气，还是靠自己。

江边的夜风让徐莉清醒了许多。那个男人的欺骗，让徐莉感到就好像在沸腾的麻辣火锅里吃出肥硕苍蝇一样的恶心。她来不及为自己默哀，她有其他的更重要的事情要去应付。

被蒙在鼓里的自己，应该很傻吧。想起宁楚杰虚伪的情话，徐莉脊背发凉。那双曾经抚摸过自己的手，像是香港鬼片里僵尸的手一样鬼魅，伸向徐莉的心窝里。

早知道，当初就不应该去第三空间。

第三空间，是市中心的一家书店，离俏佳人不远。虽地处闹市，却没有多少人真正因为看书而去那里。

不算安静的书店，总有一种世俗的嘈杂。门面是简约的现代风，大块的墨绿色地砖刻意制造出一种深沉。

书店里经常有带娃等补习班下课的全职妈妈，等面试通知的女白领，网恋奔现的情侣，买杯奶茶就蹲一天的游戏男。现在都流行在网红书店打卡，在明亮的灯光下，穿着带蝴蝶结花边的法式茶歇裙，身段婀娜地倚着书架拿着名著摆拍几张照片，再用各种修图软件，把自己的人像 P 得如玩偶一样。这样的小姑娘，也经常会出现。只不过，在打卡之后，她们就很少再来。因为市面上有更多的新店开业，等待她们新一轮的打卡。旧不如新，这是自然规律。

徐莉是在第三空间遇见宁楚杰的。脱掉了美容店的黑色工作服，在有书的地方，徐莉才感觉找回了自己。

　　小时候写作文写得好，徐莉不认为这是一种能力。只不过，自己好像比别人多了一点儿敏感。这种敏感没给徐莉带来什么好处，反而让她对自己的处境多出了焦虑和恐惧。比如她会对陌生人的靠近充满抗拒，她会浑身起鸡皮疙瘩，哪怕帮客人做美甲的时候，她心里涌出来的恐惧，也是她无法压制的。从内心来说，她喜欢在书里找到自己神交倾诉的对象。尽管这显得非常不合时宜。

　　第三空间的书会定期更换，她在这里办理了会员卡。一有机会，她就在下班的时候来这里转转。书店的会员可以在店里任意阅读，一直待到书店打烊。暖黄色的吊顶灯，木制的书架，还有各种不知道是不是盗版的书密密麻麻地在书柜里排队，等待阅读者的宠幸。总之在这里，比待在徐莉租的小单间里要好很多。最起码，书店有免费的灯光和音乐，还有人的气息。没错，是人的气息。

　　那天，徐莉下了班，像往常一样拿着天蓝色的帆布包包，来到了第三空间。店里客人不多，熟悉的店员给徐莉端来了一杯白开水。四周迎面而来的书，正安静地发呆。徐莉微微闭着眼，沉浸在钢琴曲的轻柔中。一个穿着西装戴眼镜的男人主动过来问她，这本书好看吗？

　　徐莉手里拿着张爱玲的《倾城之恋》，身上穿着紫藕色带亮丝的针织衫，不贴身却很舒适。她喜欢针织品贴在身体的触感，软糯又温暖。

　　虽说搭讪的男人都不太靠谱，可是他的脸看上去很诚恳。

戴着眼镜的眸子，看上去很像小说里的范柳原，有种勾人的魄力。要是真的遇见了范柳原，我自己也不是白流苏啊。徐莉低下头，突然为自己略显邋遢的平底球鞋感到羞耻。早知道，就应该穿一双磨砂的尖头皮鞋，这样会更有质感。

徐莉并不清楚，她在书店里静静看书的样子，早就被宁楚杰看在眼里。这样的邂逅无非是找个机会，上前搭讪，一来是试探，二来没风险。大不了，就当是自己唐突，下次再换一个女孩搭讪就好。

接下来的故事，就显得平淡无奇。徐莉在第三空间开始了和宁楚杰的爱情。

是爱情吗？徐莉也不太清楚。宁楚杰从来没有带她见过他的朋友，他也没有见过徐莉的朋友。

宁楚杰说，我刚离婚，马上就公开女友，身边的人都会觉得我疯了。才脱离苦海，为什么还要再上岸？还有，我刚加入这个公司，老板会嫌弃我不上进，整天只想着情情爱爱。男人不能没有事业的。小莉，等我的工作稳定了，我们再公开好吗？

这一切似乎合情合理。望着宁楚杰诚恳的眼睛，徐莉默默地点头，把自己的疑惑压在心里。做一个懂事的女孩，徐莉一直这么认为。

两人最喜欢去的地方，不是第三空间，就是烧烤摊。当然，他们两个有时会在他的丰田车上缠绵，在空无一人的江边，在那些漆黑的夜晚。

宁楚杰说，你是我这辈子最爱的女人。

　　　　　　　　　一匹被扯开了线头的布

徐莉说，我不相信。

宁楚杰说，你不知道……你有多值得爱。

徐莉说，你的话对很多人说过吧？

宁楚杰说，不……只对你。

徐莉说，哪怕是假话，我也愿意听。

宁楚杰说，你知道我有多失败，我前妻家里看不起我，对我一直呼来喝去。她以为她有多了不起，要不是看她一直缠着我，我才不会和她结婚。她什么都不懂，每天只知道花钱、逛街、美容。她那张脸，从来没有对我笑过。她总是那么居高临下，要把我踩在脚下。

徐莉说，她也许是爱你的。听着宁楚杰在表达对前妻的不满，徐莉不知道自己应该难过还是应该高兴。一个人对待别人的基本底线是善良。太过锋利的语言，有时候是杀害信任的斧头。

宁楚杰说，爱我？我一个读书人，没有这么多阴谋诡计。她嫌弃我不长进，不积极，非要逼着我去竞争当部长。我不愿意，她用尽所有的脏话来骂我。

男人说起过去，表情不自觉地阴沉下来，语速也加快了许多。这时，男人好像需要安抚的婴孩一样狂躁不安。他的脸贴在徐莉的怀里，缓慢又暧昧地移动着。

宁楚杰的愤怒，让徐莉感到些许悲哀。眼前的男人，是否真的在前一段感情中失去了自我？人一旦失去了自我，还能剩下什么呢？

徐莉搂住了他，轻声安慰道，也许，她逼你也是为了你能事业有成。

宁楚杰说，事业有成？那是为了她脸上能有面子。我在她眼里不过是一个被她利用的棋子。我过得好不好，开心不开心，她从来不会在乎。

徐莉说，她希望你能给她依靠。也许……方法弄错了。

宁楚杰说，不，不是方法错了。是人错了。我当初就不应该心软，答应和她在一起。还好，碰到了你。我这个老头儿，真幸运。

徐莉说，谁说你是老头儿？你又不老。

宁楚杰说，老了，四十不惑，人生太短，一下子就老了。他的眼神黯淡下来，让徐莉有点心疼。在这一刻，宁楚杰仿佛和她一样，都是被兵荒马乱的世界抛弃的孩子。

徐莉眼里的宁楚杰，算不上老。没到四十的他，比起那些店里小姐妹的男朋友多了稳重。阿菊的男朋友就像个没长大的小孩子。平时在奶茶店上班，剩下的时间就是打游戏，没钱了还要伸手问阿菊要。

这个男人，总是彬彬有礼，好像生活在一个和自己很遥远的世界中。和他见面，徐莉每次都会很在意自己廉价的连衣裙，掉了色的发圈，这些让她感到很不自在。

认识三个月了，徐莉一直没敢让宁楚杰去过她的小单间。不到十平方米的单间，租金在徐莉能够承受的范围之内，最关键的还是离工作的门店很近。越过步行街背后狭长的小巷，穿过被各种电线划分得支离破碎的天空，就走到了幸福里小区。这里多是三四层的小民房，被房东改为一栋栋群租楼。

————————一匹被扯开了线头的布

几乎每一个屋子里面都住着渴望城市的灵魂。

这里实在太不体面。洗手间里的蹲坑，尽管徐莉用了两瓶除臭清洁液，用尽全力地刷了十几遍，那里依然泛着暗黄的尿渍印记。只有一张狭小的行军床，摆在房间的角落，摇晃的床脚被徐莉用细细的铁丝绑了起来。正对着床的是一个墨绿色的折叠小书桌，它是徐莉在网上花了50块钱淘来的。

桌子既是餐桌也是书桌，徐莉经常会在这里发呆，或者胡乱地写几个句子：

一朵朵粉红色的蕊 / 斜躺在石板的坚硬里 / 不声不响 / 把飘扬凝固成了静止 / 走过的人 / 低头 / 又视而不见 / 光秃秃站着的 / 还有树 / 寒冷和鱼 / 一起钻进了冬天的身体 / 明明没有雪 / 可是 / 为什么我看见了 / 雪的眼泪

徐莉没有见过雪，这个南方的城市一般不会下雪。大概每年只有在海拔最高的高寒山区，才会有少量的雪。徐莉在诗句里，把下雪的地方当作了自己灵魂飘去的方向。初中那篇作文里，徐莉写自己的理想是当作家。多可笑啊，当作家就像这个城市下雪一样，遥不可及。

这屋子墙板极薄。隔壁住着湖北来的一家三口。一到晚上两口子教训孩子的骂声，常常顺着墙角传过来，和徐莉屋子的安静角逐。当然，半夜偶尔会有让徐莉心烦意乱的低吟声，钻进她的梦里。

这样的空间，徐莉从来没有给宁楚杰展现过。她担心这里像一件肮脏的内衣一样，被晾晒在天井里，被自己心爱的人品头论足。

她总是安慰自己，真正的爱，是不在乎金钱的。电视剧上都这么演，小说里也都这么写。

只可惜，生活不是小说。徐莉后来才知道这句话的真相。

3

徐莉连身上的黑色工作服都没换，背上天蓝色的帆布包，从店里跑了出来。她跑得飞快，像是要跑出令人窒息的圈子一样。张姐是宁楚杰的前妻还是情人，又或者宁楚杰根本没离婚，徐莉其实并不清楚。事实上，她也并不想弄清楚。

在江边，看着对岸的高楼还有炫目的霓虹灯，徐莉会暂时忘记自己的悲伤。耳朵里面的按钮好像又被神秘的力量按下了，一阵嗡嗡嗡声，震得她打了一个趔趄。

徐莉拨通了宁楚杰的电话，你现在来江边，你知道的，我们常常来的这个听涛亭。立刻……马上。

宁楚杰说，你怎么了？

徐莉说，你来了再说。

宁楚杰说，莉，你别想不开，别做傻事。

徐莉说，你放心，我还不想死。

宁楚杰说，好，小莉你别走，我马上来。

徐莉看着自己手上的电话，脑袋还是嗡嗡作响。

——————— 一匹被扯开了线头的布

恍恍惚惚中，徐莉想象了无数次自己杀死男人的场景。用一把尖锐的剪刀，狠狠地插向他的胸口？他的心跳会不会会骤然停止，涌出无数的红色血浆流向地面？还是用一瓶下了毒的药水，骗他喝下去，让他的五脏六腑慢慢变成黑紫色，腐烂变质？又或者猛地把他推下江里，让冰冷的江水漫过他的身体，让他膨胀、肿大，成为透明的尸体？

徐莉觉得宁楚杰过去的微笑，就像是一个魔咒，烙印在她试图遗忘的心里。

徐莉的手开始颤抖，她有点分不清自己的手是不是还听使唤。嗡嗡嗡的声音，从她的后脑勺一直漂移到她的眼眶。她的眼眶开始麻木，眼球每一次转动都会牵扯到她眼眶周围的神经。有一种隐忍的痛，让她忍不住想要往眼眶深处抠去……

也不知道过了多久，男人一直没有出现。夜越来越深，听涛亭的游客也越来越稀少。

徐莉倚着亭边的石栏杆，思绪好像陷入了另一个世界。

在那里也有一个第三空间，音乐轻柔，灯光暖黄，木制的书架上摆着各种厚薄不一的书，客人不多，偶尔传来钢琴曲的音乐声。徐莉和宁楚杰头安静地挨着头，在看着一本书。书名，徐莉忘了。男人扶了扶垂下的眼镜，对着徐莉笑了。这个笑容带着宠溺。徐莉没有笑。她伸出手，想要去抚摸那个男人的脸，可是不知为什么，男人的脸，就像镜子一样被打碎了。

她的眼前一黑，像是被人撞破了梦境，被人拉到了一个陌生的山谷，无边无际的黑暗，让她恐惧地往前跑……

等她睁开眼睛，徐莉发现自己躺在亭子下面的沙滩上。她转了转脑袋，虽然眼前有点眩晕，但还勉强看得清。她试图确认自己的手脚是否能动。她把手掌慢慢地抬起来。还好，能动。她又把脚指头上下左右绕了一圈，还好，能动。

徐莉缓慢地屈起膝盖，用手撑着地面坐起来，向四周看去。离自己大概一米左右，躺着一个老头儿。他无声息地躺着，好像死了。

徐莉从沙滩上爬起来，向老头儿摇摇晃晃地走去。她用手轻轻推了一下老头儿，他没有反应。摸了摸老头儿的鼻息，有呼吸，但是很微弱。

徐莉抬头看了看四周，周围一片寂静。什么人都没有，只有江水的奔流声在耳边响起。

徐莉一时半会儿也不知道发生了什么。为什么自己身边会莫名其妙地出现一个昏迷的老头儿？他虚弱又无助地躺在那里一动不动。

这是一个完全陌生的人。徐莉努力搜寻自己的记忆，找不到任何一个人与眼前这个老头儿有联系。

不然还是走吧。徐莉对自己说。谁知道会惹出什么麻烦？这样走了，这个人可能会死。谁知道他是什么人？可是他会死的……

徐莉抬头看了看四周，周围一片寂静。什么人都没有，只有江水的奔流声在耳边响起。

这一刻，徐莉似乎跳出了自己的身体，站在了更高的高

——————————— 一匹被扯开了线头的布

处看着自己的躯壳。此时，一个身形瘦削、面容姣好的女孩脸色煞白，手脚发软，瘫坐在沙滩上。她黑色的工作服上面沾满了白色轻柔的细沙，还有一些沙砾被印在了她的手臂上，留下深深浅浅的凹痕。后背背着的天蓝色帆布包，和主人一样沉默不语。

总不能看着一个人死。徐莉收回了犹豫的思绪，拨打了110。

警察很快到了现场。紧接着，120急救中心也来了。炫目的车顶灯照亮了黑色的天幕，宁静的沙滩一下子热闹起来。看到这好像是警匪片的场景，徐莉的脑子又开始充满了嗡嗡嗡的声响。

一个戴着大檐帽的警察问，你怎么发现他的？

徐莉说，我……我也不清楚。

警察说，你第一眼看到他的时候，他是什么样子？

徐莉说，他……他躺在那里。

警察说，这么晚了，你一个小姑娘为什么会在这里？

徐莉说，我……我来散散心。

警察说，这么偏僻的地方，一个人散心很不安全。

徐莉说，我在……在想一些事情，一下子没注意时间。对不起。

警察说，偏偏这里没有监控，这老头儿也算幸运，还好碰见你这个好心人。

录完笔录的警察，显然很满意。

那个人怎么样了？徐莉小声地问。

估计是脑梗，生命指标还在，现在送去医院急救。警察回答。

小姑娘，这年头，你能主动救人，真是好心。如果让这老头儿躺在这待上一夜，后果……不敢想象。警察看着徐莉，慈祥地说。警察并不知道，徐莉下意识地隐瞒了自己也昏倒了的细节。

管它呢？要是说了，可能有更大的麻烦。我自己为什么会昏倒？我自己也不知道。徐莉这么想。

老头儿被抬上了急救车，警察也准备撤离。徐莉这时才突然发现，那个男人一直没有出现。他果真是一个胆小鬼。徐莉失去了咒骂他的力气，颓然地咬着自己的下唇，咬出了一道细细的血痕。

徐莉一步一步挪回了自己的小单间。这里一如既往的狭小，小得仿佛徐莉一伸手，就能摸到四周的墙。

曾经店里的客人和小姐妹们聊天，说起自己拿手的菜。有人说是红烧狮子头，有人说是蒜香排骨，有人说是爆炒肥肠。

你最拿手做什么菜？阿菊问。

徐莉说，我不太会做菜。

阿菊说，那你会煮鱼吗？清蒸鱼最简单了。

徐莉说，我不喜欢吃鱼。

然后，大家嬉笑着把这个话题带过了。

阿伯说过，在她出生一百天的时候，是跛子亲手给徐莉钓的鱼。那时，跛子还没有跑路，秀芬还没有掉到那条深邃

　　　　　　　　　一匹被扯开了线头的布

的河里。

阿伯说，你那时脾气倔得很。长到一百天，按老太祖的习俗，小孩要吃荤。你跛子爸辛辛苦苦去江边钓了好几条鳝鱼。回来切段后，就熬粥。你这犟牛，偏偏一口不吃。你秀芬妈哄了好久，你扭着头，捏着嘴巴才吃。谁知道后来就喜欢吃了。

这个世界上，除了乳汁，徐莉尝的第一口的荤味道是鱼腥味。

徐莉当然喜欢吃鱼，只有她自己知道，她住的小单间，连能够把一条完整的鱼平放的大锅都没有。因为只是单间，没有厨房和灶台，房东讨厌油烟。徐莉只能买了一个小电炉，平时煮点方便面而已。出来打工之后，徐莉更清楚自己要省吃俭用，才能多攒点钱。阿菊说得没错，什么都不想，要搞钱。徐莉想起老家的房子，这几天下雨，不知道阿伯是不是又爬上屋顶去修瓦了。

夜已经很深。回到小单间，徐莉才发现自己的胳膊有点痛。脱了黑色工作服之后，她看到了右肩膀被撞出了一块瘀青，那形状有点像发育不良的鸟。对着镜子，她感到一阵后怕。如果我没有醒过来，会不会就和那个老头儿一样？之前，我为什么会昏倒呢？今天晚上到底发生了什么？

夜晚随时会带走一个人的记忆，徐莉在单人床上疲惫地睡去。这一夜，宁楚杰自始至终没有出现。

当摄像机和主持人在店门口找到徐莉的时候，徐莉对昨晚老头儿躺在沙滩的画面，还是记忆深刻的。

徐莉被老板叫出来的时候，手上还拿着半张散发着葱香味的手抓饼。街口的早餐铺，最好吃的食物就是秘制手抓饼。赶不上吃米粉的早上，徐莉就会在那个胖摊主的早餐铺，买一个香喷喷的手抓饼。

　　嘴里含着没有咀嚼完的饼皮，徐莉还没有来得及捋捋自己蓬乱的刘海，就被女主持人拦住了。

　　支支吾吾地回答完女主持人的问题，徐莉耳朵里就只能听见嗡嗡嗡的轰鸣。老板琳达姐显然比徐莉更兴奋，她兴致勃勃地拉着徐莉说，你可是个英雄。你这一上电视，可就是给我们店做了最好的广告。今年的年终奖，我少不了你的。

　　徐莉把手上最后的手抓饼吃完，自言自语说，我……我不是英雄。

　　昨天警察问她话的时候，徐莉留的是俏佳人美容店的地址，可没想到引来了媒体记者。听女主持人的口气，大概是说徐莉救了人，非常难能可贵。这年头，缺少像徐莉这样的热心人，还说要把她作为道德模范的候选人宣传。

　　徐莉可没有想得这么多，人，不过是循着良心在活着。

　　两年前，徐莉刚到这个城市。她拖着银灰色的行李箱，在人流如川的火车站门口，就被一个白发驼背的老太太堵住。

　　姑娘，你行行好，我两天没有吃饭了，你能不能给我5块钱买包子吃？瘦弱的老人一边说，一边哭。哭到一半，嘴里的假牙竟然掉了出来。孤零零的假牙被她握在苍老的掌心里，特别可怜。

───────────── 一匹被扯开了线头的布

徐莉哪里见过这种阵仗，心里一酸，急忙把兜里的零钱找出来，塞到老太太手里。

后来和小姐妹们说起这件事，大家都说徐莉是傻子。你知道吗？那个老太太已经被偷了好几年了，每天都在火车站门口，专门找你这种一看就是从外地来的好心姑娘下手。

她是不是一哭就会把假牙哭掉？阿菊问。

嗯……是掉了出来。徐莉答。

嗨，那人的假牙，就是她的帮凶。不信，你去火车站蹲点看看。阿菊打着呵欠，头也不抬地刷着手机说。

徐莉从此知道了，原来不是谁都可以相信的，哪怕看上去很可怜柔弱的老太太。

尽管如此，徐莉还是会时不时犯傻，那是后话。

因为上了电视新闻，徐莉救了老头儿成了英雄的事情，一下子在这条步行街传开了。连着几天，徐莉接待了好几拨跑来店里打听消息的好事者。

我不是英雄……反复地重复同样的话，徐莉感觉自己的耳朵越来越轰鸣，她开始有点后悔。为什么要跑去江边？为什么要在听涛亭待这么久？为什么还要抱着一丝希望等那个男人？

徐莉的耳朵胀痛，但她还是极其敏锐地分辨出宁楚杰的电话铃声。

这个铃声，徐莉是认真挑选过的。男人说喜欢在第三空间第一眼看见徐莉的样子，清清爽爽的，特别温润。那时，书店里正播着钢琴曲《雨的印记》。徐莉不会弹钢琴，她特别羡慕穿着露肩紧身晚礼服坐在舞台上弹钢琴的女孩子。徐莉知道自己没有资格去弹钢琴，她连唱歌都找不着调子。和宁楚杰相遇的那一天，她正在静静地听着钢琴曲，这首曲子悲伤又轻柔。后来，她就把这首钢琴曲设置为宁楚杰的专属铃声。

只不过，这首曲子再也没有响起。那个男人从那天晚上之后，就好像消失了一样，彻彻底底。

徐莉翻开了手机的短信，空空如也。宁楚杰没有发来一条新消息，一个字也没有。他没有任何留恋地离开了徐莉的世界。

徐莉努力让自己的注意力集中在其他事上，比如阿菊新做的黑茶色头发、老板琳达姐新买的学院风半身裙，这样才会显得自己没这么悲痛。

人生大多数的时候，是痛苦的，习惯就好。阿菊常用她惯有的语调教育徐莉。

跛子消失了，秀芬消失了，现在那个男人也消失了。消失倒也省事了，徐莉自己安慰自己。

不知不觉，又过了几天。徐莉已经习惯了店里的客人有意无意地夸奖。救人英雄呢，小莉，你说要是你救的那个老头儿是大富翁，他要是醒了，你不就发达了？

你说那躺着的为什么是个老头儿？要是个高富帅，他要是醒了，必须让他以身相许来报答你的救命之恩。

徐莉听着这些开玩笑的话，没放在心上。那个老头儿被抬上救护车的时候，眼睛微微张开，似乎往徐莉身上瞥了一眼。

他到底是谁?

在自己独自一人的时候,徐莉会忍不住问这个问题。

他为什么无缘无故地在我身边出现?我到底经历了什么?徐莉找不到答案,那段记忆布满了灰尘,让人看不见真实的面目。

阿菊在吃午饭的时候说,小莉,你去医院看过那个人没有?

徐莉说,嗯……没有

阿菊说,为什么不去看看?

徐莉说,会不会打扰别人?

阿菊说,你去了才知道打扰不打扰。

徐莉说,那倒也是。

阿菊说,万一人家家属想要感谢你呢。

徐莉说,那就不用了。

阿菊说,你就是傻。

阿菊的唠叨还在继续,徐莉的脑子却开始分神了。也许去看看,能了解一些情况。不管怎么样,老人家如果能够抢救回来,是件好事。毕竟是一条人命啊。

阿伯说过,人要有良心。

趁着下午客人不多,徐莉向老板请了假,说是自己胳膊有点疼,坐上 35 路公交车,去了本市医疗条件最好的人民医院。她问了女主持人有关老头儿抢救的情况,了解到老头儿被送来了这个医院。这个语速很快的女孩子似乎忘记了她当时采访徐莉时的艰难，热情地把那个老头儿的病床号告诉了徐莉。

每次走进医院，徐莉都会有一种窒息的感觉。直到今天，她都不习惯这种消毒药水的刺鼻味道。这种对鼻孔的侵略曾经很长时间困扰着她。

阿伯说徐莉是天生娇弱命。徐莉从小营养不良，病恹恹地长大。好不容易到了初中蹿了个头，出落得漂亮水灵。谁知道又碰上眩晕症这怪毛病。在县城医院查了很久，没查出什么原因。当时徐莉在医院住了快一个月。常常一醒来，就被面无表情的护士吆喝，快点去小便，等会儿要送去检查。今天的药，放在床头，记得吃。叫你的家属快点去交钱，昨天欠费了。

曾经以为是脑子的问题，可是 CT 没检查出任何病症。后来，医生又让徐莉去了心理科，穿着白大褂的女医生特别温柔地问了徐莉很多问题，还让她做了一大堆测试题。题目有些很幼稚，有些又让徐莉感觉很深奥。那时候还小，徐莉还没察觉到外人在看她的时候那种奇怪的眼光。长大懂事之后，徐莉才回过神来。那时大概他们以为自己疯了吧。

走进医院，看到无数个人，缓慢或者匆忙地行走，徐莉的心开始跳得飞快。

内科 5 楼 36 床，徐莉找到了病床上的老头儿。

眼前这个瘦削的老人家，还像在沙滩那样面朝病床墙壁，侧身躺着。眼睛紧闭，像死了一样。徐莉站在床尾，不敢靠近。

————————— 一匹被扯开了线头的布

姑娘，你是这老人家的亲戚吗？隔壁床的陪护问。

徐莉说，嗯……不是

陪护说，他刚刚吃了药，睡了。

徐莉说，他的情况好点吗？

陪护说，时好时坏的，这两天好一点儿。

徐莉说，他家里人呢？

陪护说，只有一个小伙子，正好出去了。

徐莉正准备去医务站问问护士，一抬头就看见一个二十上下的小伙子进门。隔壁陪护马上指着他说，喏，这就是老头儿的亲戚。

小伙子手里拿着一个白色塑料袋，里面装着几个刚熟的橘子。这看上去就是一个地道淳朴的农村小伙儿。

小伙子说，你是谁？

徐莉说，我……我来看看老人家。

小伙子说，你是记者吗？

徐莉说，嗯……我想了解一下老人家的情况。徐莉没有刻意强调自己的身份，大概是想让小伙子不要有所防备。

小伙子说，我叔公被人发现的时候，情况比较严重。这几天好了很多。

徐莉说，他清醒过吗？

小伙子说，昨天清醒过一阵子。人太虚弱，基本上是昏昏沉沉的。

徐莉说，叔公没有家人吗？

小伙子说，叔公家里就剩他一个人了。

徐莉说，那他平时做什么工作？

小伙子说，叔公在江滨公园做保安。

徐莉在和小伙子断断续续的对话中，知道了这个老头儿叫乐叔，平时在江滨公园做保安。早几年，老伴得癌症走了。唯一的儿子也在十几岁天折了。一个人在老家待不住，乐叔就跟着老乡来到城里做点散工。小伙子是乐叔的侄孙，叫城仔。这次乐叔出了事，家里人就派城仔来照顾他。

城仔一边熟练地撩开被子，帮乐叔按摩小腿，一边说，叔公说当公园的保安，是最不用费力气的工作。没事在江边溜达溜达，可以看江边的风景，也可以看浓妆艳抹的大妈跳广场舞。

他最喜欢看年轻人谈恋爱。城仔尴尬又羞涩地挠挠头说。他真的以为徐莉是记者。之前有过记者来问过乐叔被人救助的情况，更何况这个单薄的女人看上去这么斯文可亲。

徐莉腼腆地笑笑。心里想，乐叔没准也见过我和宁楚杰呢。可是他为什么会在我的身边昏倒呢？我在这之前又发生了什么呢？

徐莉一直努力地想从支离破碎的记忆中找出完整的片段，可就算见到了病床上的乐叔也没有太大帮助。用阿菊的说法来看，乐叔这家人是不可能有巨额酬金了。眼下这个情形，他们能够自保就不错了。看来都是穷苦人家，徐莉不免唏嘘。

正在和城仔聊着天，乐叔的身体动了一下。城仔连忙说，叔公，你醒了？

乐叔原本闭着的眼睛，睁开了。他混浊的眼眸，呆呆的，没有生气。他茫然地转了转头，看看城仔，没说话。他的脸上布满了褶皱，看上去要比实际年纪大得多。

城仔说，要喝点水吗？还是肚子饿？

乐叔虚弱地摇摇头。就在他摇晃脑袋的时候，他瞥眼看见了徐莉，眼神错愕。徐莉戴着口罩，淡蓝色口罩挡住了她大半个脸，只露出她的黑眼睛。徐莉不确定乐叔到底有没有认出自己。她想还是自报家门，这样更方便乐叔回忆起当时的细节。

徐莉慢慢走到乐叔的身边，弯下腰对着乐叔说，乐叔，您好，我是那个帮你拨了110的人。

城仔愣住了，哎，原来你不是记者啊！

躺在床上的乐叔似乎听懂了徐莉的话，他想要抬起头，刚想说话，又好像被喉咙里的痰卡住，胸腔发出剧烈的咳嗽声。

徐莉说，乐叔，您别激动。您记得我吗？

乐叔说，你……怎么会……在这里？

徐莉说，乐叔，我来看看您。

乐叔脸上没有太多的表情，说，你……你没事吧？

徐莉听出了乐叔话里的意思，他记得，他应该知道发生了什么。

乐叔，我没事。徐莉回答。眼前这个老头儿到底是为什么昏倒在我的身边？徐莉急切地想找到这个问题的答案。

乐叔闭上了眼睛，缓缓地点点头，没再说话。

徐莉感觉不太对劲儿，连忙问，乐叔，你还记得……

乐叔打断了徐莉的问话，转头对城仔说，城仔，我想喝水。

徐莉看出了乐叔的抗拒，说，乐叔，您放心，我不是来要什么报酬的。

城仔在一旁，也听出了端倪。你想要，我们也给不起。

徐莉说，放心，我只是来问问情况。

乐叔紧闭的眼皮，似乎有些抽搐，他应该在回忆着什么。

4

你……今天，不用做生意吗？乐叔一字一顿地问。

徐莉说，生意？什么生意？

乐叔表情变得有点羞赧，说，你不是出来做那个生意的吗？

徐莉再单纯，也听出了乐叔这句话的原意。她戴着口罩的脸一下子涨红了。做生意？出来卖？乐叔原来以为我是……鸡婆。老家的人都是这么称呼那些女人的。徐莉被这突如其来的定义吓了一跳。

来不及愤怒，她还是耐着性子，故作老练地问，乐叔，你怎么知道我是做这个的？

乐叔说，你……你那个熟客说的。

徐莉说，熟客？

乐叔说，那个个子瘦高的戴眼镜的……他跟我说的。

———————— 一匹被扯开了线头的布

宁楚杰？！徐莉瞬间明白了乐叔口中所谓的熟客是谁。徐莉的心口好像被人撕开了一个大裂口，往里面扔进了一个燃着火光的鞭炮。

徐莉颤抖着声音，说，哦？那个人，他……告诉你的？

乐叔说，那天我巡逻到亭子那里，他在台阶下抽烟，看见我，神神秘秘地说他刚刚爽完。问我想不想。我还没有说话呢，他又说，他和你关系好，是熟客。你最近生意难做，问我是不是能够照顾你的生意。

徐莉咬着自己的下唇，压抑着自己的愤怒，说，然后呢？

乐叔停顿了一下，说，我没有多想，就和那人瞎扯了几句。那个男的，经常来江边。我见过你们几次。有时候，他也带其他女的来……

徐莉感觉自己的脚突然发软，往后退了一步。

乐叔接着说，他跟我借过火，还给我发过烟。对了，你那天为什么要往台阶下跳啊？

徐莉摇了摇嗡鸣声不断的脑袋，说，我……往下跳？

乐叔说，对啊，我刚想往台阶上走，就看到你……生意不好做，也不用寻死啊。

也许那时真的陷入了一种黑色的幻觉，徐莉似乎只是想要去抚摸一下宁楚杰的脸。是渴望还是不甘心，徐莉分不清楚。

这时，徐莉突然想到了那把被她刻意遗忘的水果刀，正阴森地躺在她那天背着的蓝色帆布包里。它不说话，却好像说了很多话。

我自己跳下了台阶？徐莉终于明白自己为什么会躺在沙滩上了。

乐叔说，我想……把你摇醒，谁知……说到这儿，真的谢谢你救了我一命。

走出医院的时候，徐莉望着来来往往的路人。他们的脸上，有各种生动的表情，但是对徐莉而言，她只看到了这个世界最丑陋的嘴脸。

回想起宁楚杰在江边，深情款款地说，以后，我不允许你这么虐待自己，多吃点，少熬夜。等哪天有空了，我陪你回老家，看看你阿伯。

徐莉说，要是有一天，阿伯对我不好，我就偷跑回去，我当时这么想。

宁楚杰说，阿伯对你凶吗？

徐莉说，阿伯虽然对别人凶，对我倒是很好。

徐莉记得她问过阿伯，阿伯，我亲爸在哪儿？

阿伯说，听说偷渡去泰国了。

徐莉说，他怎么去的？

阿伯说，当年有人说去泰国捞金，容易赚大钱。

徐莉说，赚大钱这么重要吗？

阿伯说，唉，阿莉，他那时在老家也欠了好多钱。

徐莉说，他怎么这么狠心？

阿伯说，阿莉，他能回来，会回来的。不回来，只怕是……

听着徐莉诉说阿伯和跛子的往事，宁楚杰一脸真诚地说，你不要担心，宝贝，不管你爸回不回来，你还有我。

徐莉说，我爸生死不明，谁都知道凶多吉少。

宁楚杰温柔地抚摸徐莉的脸，说，别怕，有我在。

徐莉还记得宁楚杰心疼的眼神，那种感觉从心里涌出来的呵护，好像徐莉呵护自己那张优秀作文卷子一样。

那个夏天，那个小个子的语文老师在全班面前朗读的那一篇作文卷子，不管徐莉在哪里租房子，它都牢固地躺在她行李箱的夹层里。卷子上的字迹已经发黄，还有几个字已经被摩擦掉了。可徐莉只要想着行李箱里有这张作文卷子，她就感到说不出的愉悦。我的理想？理想这两个字，既是轻盈的，又是沉重的。

她偷偷写一些不成熟的诗来打发那些睡不着的夜晚时光。她看过热门脑瘫诗人余秀华写的诗，好多诗句会像长了手脚一样，在徐莉的大脑里舞蹈。仿佛在一阵风吹过来的紫荆花树下，跳舞的精灵。

徐莉和宁楚杰说起过自己写的诗句，宁楚杰说，我的宝贝，真是个诗人。

徐莉说，怎么可能？我……我胡乱写的。

宁楚杰说，胡乱写的也能写得这么好，那才是本事。

徐莉说，你不觉得我很奇怪吗？

宁楚杰说，怎么奇怪了？

徐莉说，我……一个做美甲的……居然……居然写诗。

宁楚杰说，写诗有规定要做什么的才能写吗？

徐莉说，那倒没有。

宁楚杰说，那不就对了。我的宝贝，是最好的。宁楚杰似乎懂得赞叹徐莉的不切实际，也好像怜惜徐莉的辛劳。

徐莉也懂事地从来不过问宁楚杰其他的事情。徐莉担心自己的幼稚会不会让看上去和自己不是同一个世界的男人感到厌恶。

他明明显得这么深情。徐莉坐在小单间的书桌前，自嘲地对自己说。可是这样的人，却把我推向了可怕的深谷。

徐莉的脑袋依然充斥着轰鸣声。她想起了，前不久的七夕节，男人给她发了九块九的微信红包。连阿菊都在朋友圈晒她奶茶店小男友送的雅诗兰黛小棕瓶的时候，徐莉看到了这九块九的红包，一时半会儿没有反应过来。最初的质疑还是有的，难道我连十块钱都不配拥有？

宁楚杰温暖的语音发送过来，亲爱的，七夕快乐。祝愿我们长长久久。

徐莉说，嗯……谢谢。

宁楚杰说，我今天刚刚投资了一个项目，钱拿去周转了。别生气啊，这红包就是个形式。以后我赚钱了，我再给我亲爱的买高级礼物。

徐莉一听，心就软了，连忙说，买礼物干吗呢？还不如我们去吃点好吃的。

宁楚杰笑着说，对啊，以后我们吃好吃的。

徐莉想起了和宁楚杰去得最多的是光头德记烧烤店，它就在离江边不远的夜宵一条街。老板是个光头，眉眼凶狠，

———————————————— 一匹被扯开了线头的布

好像《水浒传》里面的李逵，不过是秃顶的李逵。德记的青口螺加上特制的调料，鲜甜香辣。两个人一起吃夜宵，当然比起徐莉在小单间里一个人泡一碗方便面要温暖得多。只要能看到对方，心里就已经很满足，徐莉单纯地想。

看到穿着笔挺西服的宁楚杰，和自己坐在烧烤摊旁，徐莉感到有点难过。宁楚杰的眼睛有很多血丝，是工作辛苦熬夜加班累的吧。他的衣领上有一小撮脱线冒出来的线头，在灯光下疲惫地摇摆。

也许，他应该和穿着米杏色连衣裙的女孩子，坐在闪着镭射灯的酒吧，或者是在高级饭店喝着香槟，品尝着意大利料理和法国鹅肝。

徐莉时常会安慰自己，珍惜眼前，不要管以后。哪怕宁楚杰迟早要离开，也要好好感受这一段值得珍惜的时光。她无数次想象过和这个男人过柴米油盐日子的画面，也许拮据，可两个人可以一起做饭、一起旅行，如果可以还可以一起生个调皮捣蛋的孩子，养只温顺的猫。那种两个人在一起甜蜜的生活，徐莉贪婪地幻想过。

可讽刺的是，偏偏是宁楚杰，告诉乐叔，我是鸡婆。

如果真的有人以为我是鸡婆，我将会面临怎样的命运？如果乐叔没有昏倒，我没有醒过来，结果会怎样？徐莉想到这里，不禁感到恐惧像是不可阻挡的山洪，从老家那些种满桉树的大山上倾斜下来。

人性的恶，有时候会大大超过我们的想象，让我们无法喘息，徐莉想。

一夜没睡，徐莉顶着两个巨大的黑眼圈，去了俏佳人。

阿菊看到徐莉的脸色不好，问，小莉，你昨天去医院检查了没有？

徐莉说，嗯……还好。

阿菊说，你啊，自己要调整，现在什么都是假的，搞钱才是真的。

徐莉说，放心，我早放下了。

阿菊说，你放下才怪呢。都怪你，太相信别人了。我早说过那男的有问题……

徐莉听得出阿菊的关心，怕她再多问，连忙岔开了话题。

阿菊是个直肠子，当初一开始到俏佳人上班，徐莉就被阿菊狠狠地教训了一次。当时，徐莉还很羞涩，不太会和客人聊天。结果一个熟客就在做美容的时候，突然问了徐莉，小妹，你猜猜看我几岁？徐莉低头看看这个平躺着像一个被挤压的米袋、脸上有雀斑的女人，很自然地说，嗯，大概三十多岁吧。那熟客一听，脸色大变，说话语气也强硬起来，说，三十多？小妹，人家都说我才二十多岁呢。你的眼神不太好吧？徐莉被客人这么一怼，结结巴巴地说不出话来，落得个脸红脖子粗的尴尬。

后来听说，这个熟客特地在老板琳达姐面前告了徐莉一状。那天下午，阿菊就来找徐莉了。

阿菊说，你知道你在什么地方上班吗？

徐莉说，俏佳人。

　　　　　　　　　　　一匹被扯开了线头的布

阿菊说，你还知道是叫俏佳人？来这里的女人来干吗的？

徐莉说，美容……变漂亮。

阿菊说，对啦。来这里就要让顾客感到自己变漂亮，不然还不如在家自己敷个面膜补个水。

徐莉说，我……说话……有时候太直接。

阿菊说，你这不是直接，你是没有脑子。以后只要见到客人，你就使劲儿往年龄小里说。嘴巴甜一点儿还不会吗？又不要你的钱，又不会少你一块肉。

徐莉说，嗯……我尽量试试。

阿菊是徐莉这一组的组长，年纪轻轻就出来上班。本来眉清目秀的她，顶着一头利落的短发，说话干脆，接人待物特别老练。徐莉知道阿菊家里还有三个弟弟，她赚的钱大概有三分之二是要寄回去给弟弟上学用的。她的凶，是被生活逼出来的，徐莉想。

香颂家园，是城西一个外来人员聚集的社区。

徐莉站在一根电线杆的背后，目不转睛地盯着小区的入口。曾经听宁楚杰说过离婚后他和别人合租在这里。他从来没有带我来过他的家，说是和别人合租不方便。徐莉想起在说起他的室友喜欢洗完澡之后不穿内裤在客厅里溜达，宁楚杰还不怀好意地说，他很小。

这种骚气的话题，只有宁楚杰才会说得出来。

徐莉不知道这种守株待兔到底是不是对的方式。她想见见宁楚杰，想要弄清楚自己心里久久没有答案的问题。她不希望自己像是被洗衣机搅拌过的卫生纸，只剩下一些细碎且不重要的纸屑。

也许他的名字都是假的，有可能他叫作王阿福又或者张阿狗。也许他的西装是租的，弄不好他的车子也是借别人的。从头到尾，极有可能他所有的一切都是虚幻的。徐莉想到这儿，不禁苦涩地笑出了声。

徐莉想到有一个地方能够找到宁楚杰。曾经他带她去修过车，那个车行在香颂家园附近。临街的三间铺面，那时是因为车子的轮胎胎压有报警，宁楚杰就开来了那里。

徐莉凭着印象找到了修车行。广福车行里面弥漫着刺鼻的汽油味。三三两两的修车小弟正凑在一块儿刷手机。远远地，还能听见短视频里那个东北男人的诡异笑声。

突然看见来了一个身材窈窕的美女，伙计们的注意力一下子被吸引过来。

徐莉问其中一个看上去精明一些的小伙子，把手机里宁楚杰的照片拿给他看，打扰了，我在找这个人，上个月，他和我来过这里修车。你还有印象吗？

小伙子说，上个月？美女，我们这里每天有这么多客人，谁还记得？

徐莉说，麻烦你帮问问看，当时他来检查胎压的。

小伙子说，检查胎压，后来有没有问题？没有在我们这里消费的客人，我们也不一定有记录的。

徐莉说，当时……是有的。后来你们还给他办了会员卡。

小伙子说，办了卡啊？我们有的只是客人的基本信息，

　　　　　　　　　　　　　　一匹被扯开了线头的布

那也是客人的隐私。不能给你提供的。再说，你是他的什么人啊？

徐莉的心咯噔一沉，是啊，我是他的什么人啊？我什么都不是呢。

小伙子不耐烦地挥了挥手，像赶走无赖的乞丐一样，你走吧，美女，我们帮不了你。

徐莉低下头，默默走出了车行。

身后，有一个声音冷冰冰地传过来，这年头骗子多了，谁知道她是什么人。

徐莉听到这话，莫名地感到哀伤。骗子？到底是谁骗了谁呢？这可笑的时代，欺骗原来这么容易产生，又这么容易得逞。人海茫茫，原来想要找到一个人是如此困难，离开一个人却又如此容易。

就像是一场梦，第三空间的爱情也好像被入秋的夜风吹散开去。

正在徐莉的耳朵又准备开始嗡嗡嗡的时候，电话响了。是城仔打来的。电话那头的声音听起来，有点急促又有点慌张，徐姐，我叔公好像不行了，他说想要你来医院一趟。你方便过来吗？

人民医院内科病房里，一片白色让人感觉压抑。

乐叔的呼吸不太好，但神智还是清醒的。城仔看到徐莉走进病房，马上站了起来，小声说，叔公可能就是这一两天的事了。医生偷偷跟我说过。他非要我打电话给你……不好意思了。

徐莉低下头，对着乐叔长满皱纹的脸，说，乐叔，你好点了吗？

乐叔睁开眼，看到徐莉。他有点不好意思地说，你来了？耽误你……耽误你做生意了。

徐莉看着眼前这个濒死的老人，竟然不知如何回应他的话。

乐叔说，我……想请你帮个忙。

徐莉说，帮什么忙？

乐叔说，我快死了……我一个老头儿……能不能让你帮我擦一次身？死……我也做一个桃花鬼……我……给你钱……

徐莉多年以后也能记得乐叔那双混浊的眼睛，定定地盯着天花板。那里，一片白，是孤独的一片白。

乐叔还是把我当作了鸡婆。徐莉本来可以掉头就走，奇怪的是，她居然什么都没做。她望着病床上这副瘦骨嶙峋的躯体，竟有一种错觉，好像看到了跛子虚弱而衰老地躺在这里。

跛子究竟在哪，没有人知道。徐莉一直在找跛子。她去过寻亲网站，也去过派出所。徐家人，渐渐老了，远了。奶奶去世之后，唯一的小姑姑也嫁到了另外的城市。阿伯也老了，以后没有人再记得跛子了吧。

可他是我亲爸啊。

徐莉的耳朵又开始了嗡嗡嗡的轰鸣。她看到乐叔这张即将走向死亡的脸，似乎与跛子的脸在自己的大脑里重合，重

　　　　　　　　　　　一匹被扯开了线头的布

合，再重合。他们的脸重合在一起，好像长出了一个年老的婴儿……

徐莉掀开了乐叔蓝白色的病号服，她的手拿着一块温热的毛巾，轻柔地、缓慢地擦拭老人干瘪松弛的皮肤。一点一点地经过老人的脖子、胸膛、肋骨，再往下，经过腹部、下体、大腿……她肃穆的神情，仿佛在宣告她正在做一件极其神圣的事。她说不清楚为什么，她只知道这个瞬间，她必须这么做。

这具躯体透露出衰老的腐臭气息，这是死亡的味道。这让她想到了那个被她从店里带到江边的锐器——一把锋利的水果刀。如果她没有昏倒，那把水果刀是会阴森地继续躺在天蓝色帆布包里，还是会刺向哪一具肉体，让它走向死亡？徐莉并不知道答案。

奶奶咽气的时候，徐莉没有来得及回到家。阿伯托人把她从高中接回家，一百多公里的路，似乎走了很久。当她跪在奶奶的灵前，她才第一次意识到，死亡离她如此近。

眼前这个人是真的准备走向生命的尽头了。乐叔的眼眸，原本黯淡无光，此刻却变得很有神采。是回光返照？还是想起了他去世多年的老伴？徐莉不知道乐叔是不是真的因为一个女人的触碰而感到幸福。

我……其实……那天看你摔倒，我有点想顺便捡个便宜的……乐叔突然说话了。老人的表情变得让人难以捉摸。

那个开始吹起秋风的夜晚，江面起了雾。游客本来就不多，那天就更少。乐叔正在江滨公园巡逻，看到了那个瘦高男人。这小子，艳福不浅。他的丰田车经常停在旁边，乐叔撞见过几次。这小子常带不同的女孩子来江边观赏夜景。每次的女孩子都身材姣好，水灵得很。

这次，这男人好像有点不寻常。他正在台阶的阴暗处抽烟，男人看见乐叔就冲他笑笑。乐叔也礼貌性地点了点头。那男人嘴里叼着烟，用头往亭子那边晃了晃，说，阿叔，那个妞不错。最近不景气，她生意难做。乐叔停下了脚步，说，你就爽了，谁有你这种艳福？那男人说，你可以去啊。之前你不是说，这里的监控坏了吗？白送都行。乐叔看男人说得这么笃定，还以为男人是皮条客。没多久，男人就丢下烟头，转身走了。

乐叔往亭子方向看了看，看见一个女人正在伸手往空气中抓住什么，神经兮兮的，也不说话。

没等他跑过去，女人就摔下了台阶。乐叔刚想把女人扶起来的时候，低头看见了女人黑色连衣裙下的春光。反正不摸白不摸，这妞也是干这行的，她也不算吃亏。他心里一热，刚想把手往女人身上胡乱地摸，谁知，就眼前一黑失去了知觉。

当然，这些细节，乐叔是不会告诉徐莉的，到死都会烂在他的肚子里。这个当下，乐叔看得出这个女孩是个好人，就算她是个鸡婆，她也是好人。

乐叔说，那个男人是你的老熟客？

徐莉说，不……不是。

乐叔说，那他是你什么人？

徐莉说，我和他没有关系。

————————————— 一匹被扯开了线头的布

乐叔说，这小子，看上去斯斯文文的，看样子对你也不好。

徐莉摇了摇头，没接话。

终于洗完澡，擦完身。在徐莉轻柔的抚摸下，乐叔的毛孔张开了，他的全身舒展得像被泡开的茶叶。

城仔，记得给钱。乐叔用一种满足又悲哀的语调说。

乐叔，其实……我不是你想的那种人。徐莉把脸盆里的毛巾用力拧干，抖了抖，像是要抖掉那些粘在空气里的悲伤一样。那个男人……是我男朋友，他骗了我……然后，他不见了……

乐叔难以置信地睁大眼睛，转头望向徐莉，什么？这人……这混蛋……他妈的……太恶心了……

徐莉耳边的轰鸣声，似乎加大了音量，眼前这个白色病房由宁静变成喧闹……

5

徐莉又回到了俏佳人，回到了以前早九晚九的生活作息。徐莉后来又接受了几个媒体的采访，讲述她救乐叔的经历。面对镜头的她，显然比之前熟练很多，连阿菊都说她这几次上镜变好看了。她清楚地知道，这只不过是熟能生巧罢了。

第三空间的轻音乐依然悦耳，徐莉依然还会去看书，去感受人的气息。周围恰到好处的嘈杂，让她更加放松。每一个人已经被生活的潮水往前推，浅滩像秋风拂过，带走了那些真实与不真实的东西。

这天，徐莉正帮顾客做着热玛吉，据说这神奇的力量能够让女人容光焕发，重回年轻。店里电视正在播报一则本地新闻，说的是杀猪盘惯犯落网被捕。一个善于包装的骗子覃某，同时和几个女孩假借谈恋爱为名，骗财骗色，结果被警察抓获，此案正在审理中……

徐莉抬头看了一眼电视新闻里的画面。犯罪嫌疑人的脸被打了马赛克，看不清楚长相。

如果那天她没有昏倒，没有乐叔，也许宁楚杰的血液会像静静流淌的江水从胸膛涌出来，奔向不知终点的明天。

躺在美容床上的女顾客正闭目养神，听到电视上的新闻，忍不住说，看吧，哪有这么多高富帅？哪有这么多的真爱？你们小姑娘可要长点心。

徐莉轻轻地点头，说，是啊，哪有这么多的真爱！

她现在已经不再害怕一个人回到小单间，她对自己的平底布鞋也不再嫌弃，她开始被她自己写的那些诗句感动。她似乎也与耳边的嗡鸣声完成了和解。这一切，要从她变成一个救了乐叔的英雄开始。

乐叔还是死了。

乐叔安葬的时候，徐莉看到了城仔的朋友圈，发了一张雪景。洁白的雪地上，只有送葬的人们深深浅浅的脚印。

乐叔，我不是英雄，谢谢你救了我。徐莉笑了笑，躲在口罩下的笑容前所未有的平静……

————————————— 一匹被扯开了线头的布

好久不见

1

米虫的身体在上下蠕动，扭动的频率就像是发情的雄性在做天经地义的共振运动。它细小的触须，摩擦到了牙齿的背面，它的质地有点硬却又有些柔软，仿佛是无处不在的人生，矛盾又可笑。嘴里这只被截断了身子一分为二的陌生虫子，让周文曼感受到了一股莫名的眩晕，胃里也泛起了一股腐朽的酸味。抬起眼，本能地想要放松一会儿，装着白色格子暗纹扣板的卫生间天花板似乎也在冷冷地嘲弄她的无知，跟着一起天旋地转。

还没有来得及吐掉满嘴牙膏泡沫和虫子尸体，周文曼接到了韦诚辉的电话。

我爸走了。韦诚辉的声音听上去没有什么特别的悲伤，就好像例行公事地宣告一个人的死亡。毕竟对于一个已经瘫瘫在床十五年的人来说，死亡也许是一种解脱。

周文曼是在下午的时候，更强烈地感受到这种不可告人的愉悦的。她几乎一整天的时间都在为自己清晨起床刷牙的时候结束一只米虫的生命而感到羞耻。当她踏进韦诚辉那间破败的家时，她竟然觉得屋子的空气中有自由的味道。

韦诚辉是周文曼的表弟，死去的韦信强是她的大舅。

在龙城这个南方小城，依然还保留着南方少数民族的很多习俗。娘舅大过天，这个规矩是在的。对于大舅的丧礼，周文曼必须得上心，代表母亲去探望，也是人之常情。信强大舅是整个韦家数得上的能人。小的时候，周文曼就惊讶于这个看上去脸圆心慈的大舅，居然能在龙城当时最雄伟的柳江大桥上的广告牌画猴子。

信强大舅不是美术专业出身，在龙城链条厂上班的他，也不过是一个普通班组长。可在二十世纪八十年代末，广告设备没有喷塑几乎全靠人工手绘的时候，信强大舅居然能接到在广告牌上画画的活儿。

在冷飕飕的冬天傍晚，信强大舅会和一群工人，攀上脚手架，带上五颜六色的颜料桶，挥舞着特大号的刷子，在白色的广告牌上画上带有双马标志的电风扇、两面针牙膏又或者具有龙城特色的各种汽车。走过人来人往的柳江大桥，一抬头看到上面的广告画，是自己大舅画的，周文曼当年没少和同学吹嘘这事，就像她吹嘘自己家里有源源不断的麦乳精一样。

周文曼想到这里，心里不免要埋怨起自己的父母：当年

————————————一匹被扯开了线头的布

如果不是他们的阻拦，保不齐她如今也是一个资源不错的画家。当年，大舅教了一群表姐弟画画，只有周文曼能代表小学去参加迎新年现场比赛。

周文曼还记得当年带她去比赛的美术老师，顶着一个乱蓬蓬的鸡窝长发，人瘦得连颧骨都高耸入云。她和几个被点名的小孩子，被统一安排在一排白色的宣纸面前。这条目测长度超过一百米的白色画纸，完完全全地呈一个一字形，横陈在人民广场的水泥地面上。只听一声令下，开画。那个颇有艺术家气质的美术老师，就在身后催促，快快快，抓紧时间。他焦虑的声音，就好像在催促准备下蛋的鸡尽快收缩肛门，发起最后的用力。

周文曼像之前预演过很多遍那样，趴在了那条白色画纸上，撅起屁股，拼命回忆自己要画的千里马的样子。对了，那是 1990 年，是马年。

在涂抹颜色的同时，周文曼侧头望了望身边的竞争对手。那个从侧面看眼睛已经被脸上的肥肉快挤没了的小胖子，一边在给马的尾巴画纹路，一边在用他肥硕的手背擤掉被冷风吹出来的黄色鼻涕。和周文曼一样，他的屁股也高高翘起。放眼看去，有一百个小孩子的屁股都高高翘起，一直翘到了天空上，就像是拉完屎之后等着要擦屁股的样子……

原本一直是信强大舅住的靠东头的房间，突然宽敞了不少。韦诚辉把那张信强大舅躺了十五年的木板床拆掉了。几块零落的床板被孤零零地竖在了窗台边，失去了床头和床尾的束缚，它们显得有点落寞。

我就是转个身的工夫，他……就……没了。大舅妈李玉的眼泪一直在流。虽然同样的话，她已经说过了很多次。长年神经衰弱的她，脸上的皱纹明显比同龄人要深得多。

舅妈，大舅……会保佑我们的。周文曼的话，多少显得有点自我安慰。到了这个时候，人们似乎也只能重复这样苍白的句子，别无他法。

我有点后悔，本来说好今天给他炖点红枣枸杞鸡汤的。你看……土鸡我都买好了。可是……他却吃不到了。李玉的眼睛朝厨房里看了看，又忍不住拿出一块绣着梅花的淡绿色手帕擦去眼角的泪。

她也老了，曾经她也是上过广告牌的美人啊。周文曼想。

周文曼小时候无数次听过韦家的人说起信强大舅和李玉的风流韵事。李玉那时是棉纺厂出了名的漂亮姑娘，想要追求她的小伙子从厂门口排到了沙角。棉纺厂原来的厂址，就在沙角附近。眼光高的李玉，谁也没看上，谁想到，竟然看上了帮她画画的憨小子。当时，信强大舅还被人介绍，正准备和一个做会计的女孩谈恋爱。李玉下了班，竟然大大方方地去堵信强大舅，拦在他的二十八寸蝴蝶牌自行车的车头，不害臊地问，你说，我靓（方言，漂亮的意思）还是她靓？

信强大舅不敢正视李玉，只能低着头，看向自己快要戳破鞋面的脚指头，你……靓。

我靓就行了，你不能选别人。李玉转了身，刚想走，又转回头，走近信强大舅，朝着他圆乎乎的脸嘬了一口。然后，才扭着摇曳的肥硕屁股，消失在信强大舅的视线中。

至于李玉有没有嘬这一口，周文曼向来是表示怀疑的。要是嘬了一口，就能拴住一个男人的心，周文曼不禁想问问过去那些曾经靠近她又离开她的男人，是不是忘记了还有一句话，叫买卖不成仁义在。

哎哟，妈，不要想了。老头儿走得也算安详……遭了这么久的罪。韦诚辉从大门外跨过燃烧着木炭的火盆走进来。阿曼姐，你来了？他和周文曼打了一声招呼，有种刻意的生疏。

阿辉，你干吗去了？周文曼把手上的心相印面巾纸揉了揉，鼻子酸酸的。

把我爸的席子，拿去楼下烧掉。韦诚辉答。

大舅的东西，你要……慢慢收拾了。周文曼说。

嗯，那也没办法。韦诚辉答。

要把他的衣服上的扣子都剪掉，才能拿去烧。周文曼说。

啊？为什么？韦诚辉问。

还有他衣服裤子的口袋都要剪烂，听说，这是……不给他留后路。让他早点放心去……周文曼。言语间，她的耳边响起了韦信娟絮叨的抱怨声。

小姨韦信娟向来对人对事都没什么耐心。在龙城老街长大的女孩，有着本地女人的火爆脾气。年轻的时候，信娟小姨在青云菜市卖猪肉的时候，为了一两肉的秤头，差点没和街坊把剁猪肉的木制案板掀翻，她胸前那两坨圆乎乎的肉，就像弹棉花的弓一样要从短袖衫里蹦出来。

叫你不要这么快装进袋子，你看看，你不听。信娟小姨在一旁嘟囔。

我……不知道，还有这些规矩……周文曼有点局促地一边拿着剪刀，一边把母亲的衣服从红蓝色竖条纹的编织袋里慌乱地翻出来。

要剪掉扣子，剪烂口袋，听见没有？信娟小姨的语气有点生硬。她好像长期和这个世界生气，不管什么时候。

母亲的衣服算得上是精致，数量不多，但都是经典款式。成年之后，大概是因为身为子女的羞涩，周文曼有三十多年没有触摸过母亲的身体。南方的父母和子女远不如北方的亲密融洽，有一个重要的因素，是南方人很少在自己的父母或者儿女面前裸露自己的身体。

北方一家子同性的亲人一起在澡堂里互相搓背的画面，在南方人眼里，简直超出想象，无法理喻。越是长大，越会和自己的同性亲人疏离。更不要说，面对自己母亲赤裸的乳房，用柠檬味的两面针香皂用力揉搓内裤。这种场景是决不会在南方城市家庭里发生的。只是，周文曼没有想到的是，她还没有来得及准备好，她就失去了触摸母亲的机会。当周文曼真正去用手摸上那些看上去熟悉却又陌生的衣服的时候，每一件衣服上似乎都还留着母亲的体温……

这么麻烦。韦诚辉把眉头往上一挑，嘟着嘴说。快要到不惑之年的他，还是有着和年龄不相符的幼稚。这大概和他屡次结婚又屡次离婚的经历有关。周文曼尽管自己也自顾不

　　　　　　　　　　　　　　　一匹被扯开了线头的布

暇，可是每次看到这个表弟，总会想起母亲在世时候说的话，大舅没有机会管阿辉，你要多关心他。

不要嫌麻烦，这个是规矩。周文曼说。

规矩？人死了，就是一抔土，哪有这么多规矩？韦诚辉把手上一沓皱巴巴的纸钱放在自己的左手手掌里，再用右手手背的骨关节以某个点为圆心使劲旋转。陆续摊开的纸钱就像是每个人的命运，变化出一朵朵淡黄色的花。

信强大舅的丧礼，办得很风光。至少，在最后等着用雕刻着龙凤的金坛装好骨灰被抬出来摆在公共祭台上祭拜的时候，周文曼听见了十八声电子礼炮的轰鸣。她知道，这个套餐花了九百块，一百块两声，一声三十秒。办了套餐，还能在祭拜台上摆上电子蜡烛。

不要省钱，你爸养你这么大不容易，信娟小姨习惯性地对着韦诚辉嘟囔，在她跪在大哥的遗像前，磕完三个响头之后。

烧完了，也就一了百了了，舅妈李玉目光定定地望着信强大舅的遗照说。遗照上的大舅眼睛圆润有神，韦家人特有的硬朗眉形，让他看上去很有气质。那应该是他40岁的样子。周文曼想着，没几年我就也快要四十了。

可能有一年多的时间，周文曼没有见过信强大舅了。她自己的工作室刚开始创业，每天忙得脚不沾地，几乎也就隔绝了和亲戚们的联系。她印象当中，虽然瘫痪在床这么久，大舅的脸依然圆润。舅妈李玉把他照顾得很好，周文曼向来很放心。这个女人像是一个虔诚的教徒，把丈夫的生命当作是自己唯一的信仰。

可是，在刚刚追悼会的现场，周文曼看到了一个几乎是用一团棉花堆成的大舅，尽管殡仪馆的入殓师已经用尽全力。他们应该在大舅空洞的口腔里，塞满了白色的脱脂棉花，并且扑上了厚厚的粉底，以便让他的脸颊看起来没有凹陷得太厉害。可是，大舅依然像个脱了形的蜡像，躺在礼台上，被一圈廉价的塑料百合花包围着，沉默地接受众人最后的致意。

在某一个瞬间，她的眼睛似乎有些游离。她和她记忆中的大舅仿佛漂浮到了另一个与追悼会平行的空间。

大舅，你为什么这么瘦？周文曼问。

我饿……大舅衰老的脸发着抖，挤出这句颤抖的话。

十五年前周文曼还在沈阳上大学，喝了酒的信强大舅在回家上楼的台阶上一脚踩了空。开颅手术之后，善于说笑话的信强大舅就成了一个缺少半边脑壳的哑巴，一并和他的画功消失的，还有他的语言系统。他的右边脑袋呈现出一种不正常的凹陷，没有头骨的头皮，软趴趴地贴在他的耳朵上。周文曼已经很久没有听到过大舅的嘴里能够说出一句完整的话了。大多数情况下，他只能用他歪向一边的嘴，吃力地抽搐，然后发出"啊——咦——哦"的动静。信强大舅除了不能说话、不能动之外，神志其实还算清醒。饿了会叫，渴了会叫，拉屎了也会叫。他像一个寄生在床上的诡异生物，偶尔发出一些声音，表明自己还活着。

大舅的话语，有些遥远，但是又仿佛很真实。一个看上

　　　　　　　——————————　一匹被扯开了线头的布

去莫名其妙的邪恶想法，从周文曼的心中慢腾腾地冒了出来。她突然对身边这些哭哭啼啼的人，充满了戒备。

舅妈李玉的脸上，深深的法令纹正在和她的嘴角一起上下抖动，她正在和她身边的人说着些什么。韦诚辉的眼神空洞，他蹲在人群旁的一角，正在大口大口地吸着真龙牌香烟。从他鼻孔里弥漫出来的白色烟圈，很快把他的脸变得模糊不清……

给你一支。韦诚辉把一支香烟递给周文曼。

周文曼没有作声，她伸手接过了那支细长的白色香烟，虽然她并不是烟民。

周文曼第一次抽烟是和韦诚辉一起从家族聚会上偷溜出来，周文曼的记忆有些模糊了。龙城地处西南地区，和湖南、贵州接壤。少数民族多，加上外来人口多，这个城市的女人会抽烟这个风俗，一直有之。外婆徐秀芝就会抽烟，她用手指夹着香烟的样子，和男人一样洒脱。

那次家族聚会和平常一样，男人们喝到半醉时候，又不约而同地谈起了自己年轻时走南闯北的轶事，顺便吹吹自己当年的风流。父亲周昱正在高声地说起，自己写情书塞给女列车员的细节。周文曼被大声喧哗的气流冲击得无处可藏。韦诚辉仿佛看出了她的窘迫，向她使了一个眼色。在黑色的天幕中，两人就从中山西路的骑楼蹿出来，走到了巷子口那条湿漉漉的青石板路上。

众多表亲中，周文曼和韦诚辉年纪只相差两个月。周文曼读书最厉害，韦诚辉成绩最差。要说有缘，大概是因为更小的时候，周文曼在和表亲们一块玩捉迷藏，她被奔跑中的韦诚辉一不小心推到了骑楼的楼梯口。看上去安全的木制楼梯，竟然在转角处有一个突起的木钉，阴森森地待着。周文曼的膝盖一下子就被钉子划开了一道口子，鲜血汩汩流出来。

她镇静地没有哭，反而把吓哭了的韦诚辉推得远了一些。在母亲韦信柳的观念里，你必须得为你自己的所有一切负责，哪怕是不好的事情。当母亲用细长的藤条鞭打周文曼的屁股，责备她为什么不小心要让自己受伤的时候，周文曼咬着嘴唇没有把韦诚辉招供出来。

从那儿以后，韦诚辉似乎比其他的表亲，和周文曼走得更近了一些。那天，韦诚辉把香烟递给周文曼的时候，她也没有打算拒绝。

已经退学一年的韦诚辉，在周文曼看来，依然幼稚。在那个港片横行的年代，很多十几岁的少年学着江湖片里面的古惑仔，成立帮派，打架堵人，还要把一条街上最漂亮的女孩追到手。每个男孩都幻想着自己是前几年港片经典电影《天若有情》里的刘德华，骑着一辆大红色的摩托车，开在深夜凌晨的大街上。而摩托车的车尾坐的应该是长着单眼皮像吴倩莲那样痴情的女孩。谁能想到，时隔多年，深夜凌晨的大街上确实跑着许多骑摩托车的男人，而他们的车尾坐的是装外卖的铁箱子。

不管怎样，韦诚辉的世界里突然间就多了江湖义气，眼看着和周文曼的世界离得越来越远了。从韦诚辉递香烟给周

　　　　　　　　　　　　　　　　一匹被扯开了线头的布

文曼的那一刻开始，周文曼又觉得这个表弟还是那个当年流着清鼻涕的跟屁虫。

想不到阿曼姐，也会抽烟。韦诚辉有点玩世不恭地说。

你不知道的事情还多着呢。周文曼吐了一个白色烟圈，强压住胸口呛人的反胃感觉，她故作轻松地回答。

阿曼姐，不愧是我阿曼姐。韦诚辉笑笑说。

知道吗？我在想人为什么要抽烟？周文曼说。

解闷呗。韦诚辉说。

嗯，真能解闷吗？周文曼说。

嘿，你成绩这么好，又马上要当大学生了，你哪里来这么多痛苦？韦诚辉问。

成绩好？成绩好……就是全部吗？周文曼说。

那肯定是全部。我这种人，想读书，也读不下去了。韦诚辉没有说。

有时候要看点运气。你其实……挺聪明的。周文曼说。

聪明有什么用？一读书，我头就晕。我以后给你打工吧，要是阿曼姐你当老板的话。韦诚辉说。

嗯，当老板也不错。以后要是真的能当老板，我第一个请你当员工。周文曼说。她看着眼前这个低头看水坑的表弟，感觉自己好像无缘无故提前衰老了一样。

周文曼当时正在被一段莫名其妙的关系纠缠着。那个跑去美国的男孩吕吕，现在到底长成什么样子，周文曼并不关心。她只想关心一下他现在的伴侣是不是会像她当年那样被他突如其来的狂躁吓到失眠。毕竟，那一道鲜红的口子，要是划在了自己的脖子上，将会是怎样的一种撕心裂肺的疼痛？周文曼只是吕吕追求的对象之一而已，吕吕也仅仅是在上学路上堵她的其中一个男孩而已。其实那个时候，周文曼还不太能明白什么叫作喜欢。

后来，周文曼曾经读过这么一句话，如果你能安住在痛苦与恐惧之上，你就有可能去穿越它，接触到它背后的柔软地带。她想了很久，也没能想通，为什么当时看到这个句子的时候，她脑子闪现出来的是吕吕——那个连样貌也模糊了的男孩子。他用青色的啤酒瓶碎片，重重地划在了他自己瘦弱的手腕上，然后，血就无声息地流出来，滴在了那个放学后的黄昏……

这么说定了，这他妈的人生。噗……韦诚辉朝地上的水洼吐了一口浓痰，愤愤地说。

2

周文曼的戒备不是无缘无故的。

她很清楚地知道自从母亲韦信柳去世之后，她和韦家的关系就在渐渐疏离。长女如母，在韦信柳眼里，她就是韦家的主心骨。特别是在外婆徐秀芝大脑萎缩之后，母亲韦信柳就成为韦家老老小小大事小事的实际执行人。从韦家在老家桂平的各种红白喜事的红包打点，到外婆徐秀芝的存款明细、房屋票据，都是韦信柳在一手操办。

韦家在龙城开枝散叶快一个世纪，从中山西路骑楼街，到温馨苑的拆迁房，外公韦忠良算得上是老家数得上的

　　　　　　　一匹被扯开了线头的布

人物。

这么多兄弟姐妹，就是你外公在龙城立了足，扎了根。母亲韦信柳以前经常和周文曼说起外公的荣光。

外公韦忠良，在老家排行第九，人称九叔。在周文曼的工作室开张之前，她还特地去了桂平老家，找到了韦家村黄土坡上最破烂的那栋土泥房。在众多的新建三层小楼的包围中，大片土地寂静地荒芜着，像是默默等待死亡的病人。韦家已经很少有人回去了，他们多在韦家村以外的地方扎了根。外公的黑白照片，被端正地挂在韦家祠堂的正中央。村里人都知道韦家的九叔，在龙城中山西路有一栋骑楼。

中山西路是龙城最老的街道之一。南方少数民族的干栏式建筑在进到城市后就变得入乡随俗。本来是上面住人下面养家禽的结构，经过演变后，变成了上面有阁楼下面有通道的模样。又因为融合了南洋华侨商铺的传统样式，骑楼中空的屋外走廊，连成一片，天顶上是每家都有的小阁楼。走在骑楼里，抬头看不见天，只看见暗青色的阁楼楼板在远远地看着你。朝街阁楼的窗子通常只有两尺见方，突兀地敞开着，呼吸着临江沙角吹来的风。

南方骑楼的好处是最大限度地体现建筑的包容。肩并肩紧挨着的骑楼像一把巨大的雨伞，从街头撑到了街尾。太阳天丝毫不挨晒，下雨天丁点不挨淋。周文曼从来不怕被外婆追着打。嬉闹的孩童只要一跑进了骑楼的大肚子，就能够得到它温柔的呵护。只要惹了大人生气，周文曼就一溜烟儿钻进骑楼的走廊里，闪进任何一家邻居的木门，让佯装要打人的大人找不到她的踪影。

阿曼，过来帮拿豆腐泡给你妈。隔壁独居的谢妈妈的呼喊隔着薄薄的墙板，听得分明。每家每户的堂屋大门都是不关的，厚厚的木门一推，就有吱吱的声音，从遥远的昨天传来。从张家的饭碗里拿一个鸡腿，再从李家的后院里摘一把瓜苗，或是从何家的灶台下借几块蜂窝煤，这是常有的事。要不是外公韦忠良结婚早，估计整条街的丈母娘都要把自己的女儿嫁给他。

周文曼从设计系毕业，用她专业的眼光来看，外公韦忠良很适合做素描模特。他的眉眼挺括，眼窝深邃，眼睛大且有神。有点像女人一样娟秀的薄嘴唇，给他的脸增加了特别的阴柔。但因为他的脸形是国字脸，并没有减少他的英气。他的身形瘦削，骨骼匀称挺拔。

心理学上说孩童性别意识的启蒙，大概率是先从自己的亲人开始。和其他的孩子不一样，周文曼从小表现出来的沉稳，却被母亲韦信柳认为是反骨。每次母亲在韦家唠叨周文曼不听话的时候，她都忍不住低下头，用自己的余光去偷看坐在一旁看报纸的外公韦忠良。他已经开始衰老了。

他总是喜欢坐在电视机旁的矮木凳上，斜靠着看报纸，中分的花白刘海悄悄地垂下来。播放着新闻联播的电视机上的光线，打在外公高挺的鼻翼旁，形成一个明暗分明的阴影，像极了周文曼后来学画画素描临摹的大卫头像上的光影。

走出殡仪馆，周文曼自然而然地把一根红线系在了自己车子的后视镜上。刚刚，舅妈李玉的眼泪看上去像是真的。

——————————— 一匹被扯开了线头的布

周文曼想。

坐在驾驶室里，周文曼努力平复自己的情绪。悲伤有时候不一定是明晃晃的出现的，它往往是在你莫名其妙的一个瞬间潜进你的脑子，然后让你处于一种无法呼吸的窒息里。周文曼正在发呆，电话铃响了。

阿曼，我是小姨。信娟的声音，还是冷冰冰的。她总在和这个世界生气。上次和你说的事情，你考虑得怎么样？我刚刚问了阿辉，他和他妈应该不会反对。现在就差你和你爸的意见了。

小姨，从一开始，我就没打算同意。如果在这种时候，你还要提这件事，那以后不要怪我。周文曼强忍着怒气说。

阿曼，你为什么这么犟？信娟在电话那一头有点恼怒地说。

小姨，我不是犟。外公外婆的房子，我是不会同意卖掉的。我相信我妈要是还活着，她也不会同意的。周文曼说。

阿曼，房子是大家的。信娟小姨想要劝说周文曼。

小姨，房子是大家的，那也有属于我妈的一份。不好意思，我赶时间，先这样吧。周文曼不想再多说，挂掉了电话。

周文曼启动了汽车，车里的电台节目正在播陈奕迅的《好久不见》。我来到你的城市，走过你熟悉的街，想象着没我的日子，你是怎样的孤独。陈奕迅的声音低沉孤独，像是要把人内心极力隐藏的东西不客气地挖出来。周文曼的脸色一沉，她迅速地按动了按钮，把电台转到了交通路况播报。

柳江大桥附近，交通拥堵，请各位司机朋友注意绕行……

这首歌，还是不能随意听的，至少现在不能。周文曼活动了一下已经僵硬的脖颈，心里想。

没有人知道这首歌对周文曼的意义，她也不想因为某一个瞬间的脆弱而忘记自己要做什么。

车子缓慢滑翔到了周文曼的工作室附近。回到这里，她才能感受到和自己生命有联系的空气。临街的铺面，此时才陆续开门，隔壁花店老板娘文姐正在门口蹲着，从云南花卉基地发来的鲜花一朵一朵地躺在水泥地面上，等待着人们的挑选。品相不好的玫瑰或者百合，将会被淘汰归拢在一个灰色的铝桶里，然后挂上促销的牌子，十块钱三朵。

工作室的名字，叫作曼妙。简单又带着一丝性感，很符合周文曼服装设计的风格。

她一直偏爱用基础色，尤其钟爱灰、白、蓝。再根据客户的需求，搭配一些足够适应场景的颜色，很快就能出设计图。周文曼在业界，是出了名的快手。最夸张的一次是，她用了不到一个小时，把一个临时空缺的秀场压轴礼服完成了。其实，对周文曼来说，完成和做到最好是有极大差别的。对于外行人，她只要能够做到八成的效果，她就会告诉自己，算了，不要过于追求尽善尽美，放过自己。

放过自己，这种听上去非常懒惰的话，显得极度愚蠢。可是，现在，却是我的人生。周文曼自嘲地想。

两层楼的铺面，楼下是接待区和展示区，楼上是她平时做设计的空间。回来快两年了，周文曼其实还不太适应南方

———————————— 一匹被扯开了线头的布

小城的生活和工作节奏。龙城的独立品牌市场不够大，能够吸引的高端客户有限，很多时候，周文曼是依赖线上的订单维持运营。这样倒也方便，周文曼不喜欢自己像个赔笑的戏子去拉生意。靠着原来在北京积攒下来的资源，最起码能够保证每个月有收入。

一张巨大的褐色木制设计桌，摆在二楼的正中央。靠楼梯的一角，是各种布料的住所。一边的墙壁上，错落有致地挂着模特穿着成品的照片。模特的选择，也是周文曼与别人不一样的地方，她不喜欢用长得太规整的模特。她选的模特大多数是脸上、身体上有一个最吸引人的特点。比如阿华的厚嘴唇、天天的塌鼻梁、波仔的雀斑还有娜娜的平胸。

周文曼正准备打开电脑，把昨天还没有完成的画稿拿出来，好好想想怎么修改。可是不知道为什么，她的眼前还是漂浮着信强大舅那张用棉球填充的像蜡像的脸。

周文曼知道，韦诚辉抱着的那个坛子，已经装下了一个人的全部，就像她抱着装着母亲的坛子一样。

大舅和母亲、外公外婆总算在天上团聚了。不知道他们会不会坐在一起打麻将。外婆还会不会像以前打麻将那样，一边毫不犹豫地甩出六筒，一边拍着桌子催促，你们这么慢，黄花菜都凉了，快点快点……

信娟小姨早在几年前就提出要卖外公外婆的房子。咋咋呼呼性格刚烈的她，曾经和母亲吵过一架。那年春节回来，周文曼听母亲说过这事。

小姨说要卖房子，母亲说。

为什么？周文曼问。

不知道，她不喜欢那里吧，母亲说。

她这么缺钱吗？周文曼问。

你知道的，小姨她一个人不容易。母亲说。

那是外公外婆的房子，又不是她的。周文曼说。

阿曼，小姨她只是提一提，我没有同意。母亲说。

现在，房子放租出去，虽然租金不多，但至少房子还存在。周文曼说。

大舅现在这个情况，要真的卖房子，还要问阿辉他们的意见。小姨向来脾气急。母亲说。

韦家又没有欠她的，外公外婆以前对她这么好。为什么她这么急着想要和韦家撇清关系？周文曼说。

阿曼，以后小姨的事，你也少说话。她心里有疙瘩。母亲说。

过去的事情，总是要过去的。人，不就是要往前看嘛。周文曼说。

唉，一晃就是这么多年，如果没有那件事，小姨也不会是现在这个样子。母亲低下头叹气地说。

不管怎样，每个人都要为自己的人生负责。如果总是责怪别人，不可能走出来。周文曼说。

阿曼，你有空也关心一下小姨。她真的不容易。母亲说。

周文曼知道母亲韦信柳是热心肠，就是一辈子操心别人的命。只可惜，母亲偏偏没有操心过自己……

———————————————— 一匹被扯开了线头的布

周文曼想起中午，信娟小姨打的电话，她感到心里有一种说不出的颓败。人究竟是不是应该被捆绑在过去？如果没有过去的一切，又怎么会有人的现在？哲学上说的"活在当下"，很多人都认为当下是一个虚无的概念。可是真的虚无吗？如果没有过去的每一个当下，又怎么会有此刻的当下？人如果只是一堆肉体，那么逝去之后，不过就是一个盒子或者一个坛子就能装下的物质。可是，人的一生，从来就不应只是这些看得见的物质而已。

周文曼大约五六岁的时候，她就曾经在某一个晚上，拦着要去上夜班的父亲周昱，突然问了一个冒失又奇怪的问题：人会死吗？

父亲正在一边关门，一边推着自行车，显然他被周文曼的问题吓了一跳。还没有想好怎么回答的父亲，只能埋怨地说一句，傻妹，谁让你问这种问题的？人，当然会死啊。

周文曼还记得父亲的表情，是一种仓皇的神情，他大概想不到这么小的孩子，能够想到关于死亡的问题吧。门口的路灯一闪一闪的，照得父亲的脸一会儿明一会儿暗，就好像那些不确定的人生。

周文曼向来就不喜欢信娟小姨。不可否认，小姨是一个美人。作为设计者，周文曼从来不抗拒美的事物、美的人。

在她的记忆里，小姨一直在卖各种东西。最早的时候，在中山西路骑楼的周末集市卖茶叶蛋。蜂窝煤炉上，一个铝质的大锅，里面热滚滚地塞着一锅的茶叶蛋。小姨就坐在外公外婆家的骑楼底下，守在那个大锅旁边，对着行人吆喝，茶叶蛋一毛钱一个。

那时的一毛钱，可是一个算数的价格。一毛钱一个茶叶蛋，两毛钱一碗水煮螺蛳。龙城的人们，肯定不会想到，多年以后，龙城闻名于世的特产竟然是这种街头上摆摊的散发出腥辣味道的食物。

螺蛳粉就是在原来水煮螺蛳的基础上衍生出来的食物。那时，她和韦诚辉，还有几个亲戚家的孩子，会向大人讨要两毛钱，飞快地跑过连成一片的骑楼屋檐，跑到沙角旁边的螺蛳摊旁边。一个成年人拳头大小的浅碗，装满一颗一颗挂满红色辣椒油的螺蛳。汤汁鲜咸，带着螺蛳特有的泥腥味。一碗螺蛳两毛钱，便宜实惠。周文曼和伙伴们在矮小的桌子旁，围着一碗热腾腾的螺蛳，几个人分着吃。只要没吃完碗里的螺蛳，就能无限加汤。

她抬起下巴抿着嘴唇望向那个汤碗的馋嘴样子，到现在想起来，周文曼真觉得自己像条快要吐舌的蛇，饥饿冲昏了她的神经。这时候，如果还能去信娟小姨摊位上讨来一个茶叶蛋，这简直是完美组合。只有周文曼小学考试考到了一百分，才能享受这样的最高待遇。

周文曼每次看到小姨坐在大锅旁边，挺直腰板，眼光流盼的样子，心里都会嘀咕，是卖茶叶蛋又不是卖珠宝，眼神有必要这么勾人吗？

韦信娟没有能去卖珠宝，最后，她去青云菜市卖猪肉了，一卖就是好几年，直到发生那件事。

韦家都很有默契地试图让那件事沉入海底，最好永远不要浮出水面。

　　周文曼还记得有时候不小心提起这事，母亲的表情难过中又夹杂着一些尴尬。母亲的话，周文曼自然会听。所以，这些年，她对小姨的态度一直还算不错。哪怕，小姨时不时就蹦出来，要求卖掉外公外婆的房子。

　　周文曼看着电脑里的设计稿，竟然发呆了半晌，也没有头绪。索性放假吧，她对自己说。

　　难道小姨真的这么恨外公外婆？周文曼很纳闷。如果真的是这样的话，那么就能解释为什么小姨在母亲的葬礼上没有流一滴眼泪。

　　少了母亲，周文曼感觉和韦家就少了一根看不见的绳索，逐渐生疏起来。

3

　　周文曼向来是行动派，想太多不如先做下去。龙城的早上是从一碗米粉开始的，龙城的夜晚也是从一碗米粉结束的。空气里，似乎永远弥漫着酸笋的味道。事实证明，后来《舌尖上的中国》把第一集的镜头投给龙城山野外的竹笋，是极其聪慧的。

　　表弟韦诚辉最近又折腾了一阵，在小区门口开了一家螺蛳粉店。他的三婚老婆据说又跑了，那个和他相差十几岁的年轻妹妹，本质上和他是一类人。大家都不想委屈着，也不想多付出，说白了，就是都自私呗。当谁也不能迁就谁的时候，那就是离开的时候了。

为什么要生活得这么狼狈？也许是很多人在独处的时候，不停追问自己的问题。周文曼想过无数次这个问题的答案，也在无数个黑夜里夜不能寐。

母亲去世这几年，周文曼竟然一次都没有梦见过她，哪怕很刻意地去努力。没有孩子，没有婚姻，这恐怕是母亲最放不下周文曼的地方。

给母亲办完下葬仪式之后，周文曼才第一次深切感受到自己在北京漂的隐痛。也幸好人际关系单纯，没有过多负累，周文曼迅速清理了在北京的一切，回龙城做了一个逃离北上广的实践者。

这天，周文曼刚开门不久，就看到一个女人闪进了门口。她抬眼一看，是舅妈李玉。

和年轻时候相比，舅妈憔悴了不少，但眉眼间依稀看得出美人的轮廓。信强大舅走了之后，她的生活似乎悄悄发生着变化，眼见着显得圆润了。一个女人，要守着一个瘫痪在床的丈夫十五年，守着一堆没有思想的肉体，那也是一种难以言说的痛苦吧。

舅妈，你今天有空？周文曼打着招呼，迎上去。

嗯，今天特地来看看你。李玉说。

最近有点忙，诚辉那里生意怎么样？你身体还好吧。

嗯，你表弟的性格你又不是不知道，开门一天，关门三天，做什么事情都是随自己的性子。我老了，也管不动他了。李玉说。

舅妈，儿孙自有儿孙福，你别太上火。多锻炼，多休息，身体才是自己的。周文曼说。

现在正在准备打官司，他那个三老婆，要求协议离婚的条件太高。两个人一见面就打架，现在闹得是不可开交。

唉，都是麻烦事。

对了，前几天，你小姨到我那儿去，又提了要卖房子的事情。文曼，你怎么看？李玉问。

舅妈，有件事，我就一直没弄清楚。今天你正好来了，我就想问问你。周文曼说。

什么事？李玉问。

小姨到底当年是怎么和毒贩扯上关系的？周文曼忍不住问出了隐藏在心中很久的疑问。

这事，从你外公外婆开始，就不让大家提。我也是隐隐约约听说的。你妈当年还在世的时候，应该是最了解情况的一个。信娟那时不知怎么的，偷偷瞒着家里谈了一个男朋友。听她说，那男人长得俊，脾气也好。你知道你小姨的性格就是火爆得要命，能有一个人能管得住她，其实大家都觉得挺好的。也不知为什么，那个男人从来没有来过家里，逢年过节也没有出现过。记得有一次，你外公在吃年夜饭的时候，喝多了，借着酒劲儿当着大家的面说，如果那个狗崽子再不露面，以后你再和他来往，我就打断你的腿。你小姨也是犟脾气，她哗的一声把饭碗甩在了地上，扯着嗓子喊，你们凭什么说他，我选的人，你们就是看不起。以后就是讨饭做叫花子，也不要你们可怜。你外婆和你妈赶忙拉住了你外公。你外公被气得差点高血压爆血管。那时你们都还小，估计没有什么印象了。李玉讲述起信娟小姨的爱情，不禁摇头。

　　周文曼在脑子里想象了一遍舅妈说的那个对抗惨烈的场景，她有理由相信，外公这么儒雅的人居然能发这么大的火，无非是看到了自己孩子的命运被莫名其妙的力量裹挟的结局。

　　人一旦有了某种执念，不管走了多远，都会被这种可怕的东西如影随形。

　　有一天晚上，我记得是夏至过后的第一天，那时你大舅才从厂里回来，说那天他涨了工资，特地给你外公外婆买了一盒人参，说是要给他们补身体。刚下过雨，大家正准备吃饭。只听见门口砰砰砰有人猛烈地敲门。打开门一看，是一个从来没见过的精瘦男人，拖着你小姨。你小姨当时好像很虚弱，一点儿力气都没有，脸色煞白。以前总看到你小姨咋咋呼呼的样子，突然看她这副模样，把大家都吓了一跳。那男人大概有一米八的个子，南方人里面算是高大了。脸特别黑，发青，我当时在想怕不是这男的身体有什么病？你小姨被拖进来的时候，整个人是软的。家里乱成了一锅粥，赶快把你小姨安顿好。掐人中、捏手心，还有人说要报警打120。你外公毕竟见过世面，开口问那个男的，和你小姨是什么关系。你小姨清醒了不少，这时开口说，阿爸，你不用问这么多。让阿天走，以后我和他就是陌生人，各走各的路。大家从你小姨的话里，也听出了些问题。那个男人也就是呆呆站在一旁，没有吭声。你外公看情况已经如此，对那个男人说，你叫阿天对吧？你之前和信娟不管发生了什么，我们家，尊重我女儿的意愿，如果她不愿意，我们不会逼她。你走吧，以后不要再来。那个男人转头看了你小姨一眼，抿了抿嘴，对你外公说，阿叔，我是真的想和信娟过日子的。你们要相信我这一点。说完，那个男人就走了。那一个夜晚，真是吓人。说到这里，李玉的肩膀不由得耸起来，好像又回到那个夜晚一样。

是不是因为小姨不和阿天在一起了，那个男人就走邪道儿了？周文曼问。其实阿天这个名字，周文曼听母亲说起过，当时母亲只是提到说，小姨信娟要是不被这个阿天拖累，有可能就不会像现在这个样子。

谁知道呢？后来听说阿天去帮人家老板拉货跑运输，专门跑云南那边，应该是想搞点钱吧。听说他拉了一车大蒜，里面竟然藏有白粉。半路被警察拦下来，抓了一个正着。也不懂他想些什么，一下车就想跑。不跑还好，这一跑，不就是让警察以为他想畏罪逃跑吗？一开枪，废了他一条腿。后来听说判了十五年。李玉舅妈继续说着。

那这个阿天，出来以后呢？周文曼很好奇这个人的命运，毕竟小姨变成现在这样的怪脾气，多少都和这个男人有关。

哪有机会出来？我不是说吗，那个男人特别瘦，脸还黑，一看就是命不长的样子。还没有等到放出来，就突然发病死在牢里了。唉，你小姨虽然不说，但心里肯定不好受。

做了错事，就应该付出代价。白粉这种害人的东西，沾上了就是家破人亡。应该庆幸小姨没有和这种人继续纠缠，不然我们家注定鸡犬不宁。周文曼禁不住要激动起来。她想起了母亲说过小姨曾经怀过一个孩子。在那个年代，没结婚的女孩居然怀孕，是一件让全家都感到耻辱的事情。母亲从来没有明说小姨肚子里的孩子是谁的，但从韦家上下都沉默不语这一点来看，周文曼猜到一定和那个阿天有关。韦家人当时对小姨是不是太严厉了，所以小姨信娟这么希望把外公外婆的房子卖掉，和韦家完全脱离关系。

各人有各人的命。你外公是个实在人，特别看重名声。过去不是说谁家有钱，说的是谁家人实在。要不然，我也不会对你大舅一心一意。当初你大舅对我那真的是没话说。天气冷，他能把他的棉衣里放个暖水袋，骑自行车十多里路，跑去接我下夜班。等见到我，往我手里一塞，暖水袋还是暖乎乎的。唉，只是……你大舅没享几年的福气，就……李玉边说着，又拿出丝绸手绢，她的眼角已经藏不住那些苍老的眼泪。

舅妈，这么些年，你也不容易。大舅走了，可从另一个角度来说，他解脱了。只是我们活着的人，心里放不下罢了。周文曼安慰着眼前这个又想起亡夫的女人。这一刻，她也仿佛想起了自己在梦里怎么也梦不见的母亲。这话是说给舅妈听的，不妨说，是周文曼说给自己听的。

送走了舅妈李玉，周文曼在设计桌前发呆了很久。金鱼缸里的金鱼好像被按下了慢动作的按钮，在巨大的鱼缸壁旁边，缓慢地游动着。

这一刻，周文曼感到了一种无助。韦家三姐弟，只剩下信娟小姨。她对外公外婆的房子是最有决定权的人。只不过，

———————————— 一匹被扯开了线头的布

为什么她这么急迫地又提卖房子的事？如果是缺钱，那倒是好办一些。如果不是为了钱，那又是为了什么呢？

第二天，周文曼和客户约在了海月广场的迪雅咖啡馆见面。客户是周文曼认识很久的熟人巧姐，知道周文曼的品牌一直主打地方文化的特色。下周，巧姐要参加一个紫荆花文化活动，周文曼帮她设计了一件有紫荆花元素的中式改良旗袍。迪雅咖啡是周文曼喜欢的小店，进门就能看见一簇簇绿植，偏向田园风格的装修让周文曼内心感觉很松弛。巧姐说堵车晚点到，周文曼在靠窗的位置往街口外无聊地望去。

从小到大，周文曼都喜欢坐在靠窗的座位。坐公交车、吃饭、办公都如此。她喜欢在透明玻璃窗的后面，观察她看到的世界。走过的每一个人，都有他们自己的符号，有时候这些会成为周文曼创作的灵感。

有一次在饭店的窗边，她看到了一个身穿黑色喇叭裙的女人，黑色布料上面印着很多鸟的羽毛。这个女人的左腿，散发着金属的光。那是一条假肢，从飘逸的裙摆中绽放出来。如此的不协调，可这偏偏让周文曼看到了一种诡异的美。那女人的脸，周文曼已经记不起来了，可是金属的光泽和黑色的羽毛，让她记忆深刻。她后来根据这个场景设计了一条晚礼服，取名为"羽·生"，竟获得了国内一个设计比赛的奖项。

周文曼的视线里出现了一个她熟悉的身影，不高的个头，肩膀有点向右边倾斜，走起路来胸部上下晃动的女人。没错，是信娟小姨。

小姨的肩膀习惯性向右边倾斜，听母亲说是小姨当时在青云菜市买猪肉的时候，用右手剁肉剁多了，会不自觉地往右边沉。信娟本来就长得壮实，像男人一样有力气。她的猪肉摊旁，经常来的是那些眼珠子骨碌转的男人们。

周文曼没想到会在海月广场见到信娟小姨，更没有想到信娟小姨身边还有一个老太婆。老太婆坐在轮椅上，虚弱地耷拉着脑袋，皱纹爬满了她的脸，有可能是因为生病的关系，她的脸色很难看。小姨侧着身在和老太婆正说着什么，手里还提着一个买菜篮，鼓囊囊的。

这个人是谁？难道小姨现在在给别人做保姆？周文曼之前只听说小姨这些年到处给人做点杂活儿。这年头，没有学历加上年龄偏大，还能有个活儿做，对小姨来说，已经是很幸运了。可能是因为年轻时的那次怀孕，身体不好。小姨后来和一个化工厂工人结婚，没多久就经常打架打得鸡飞狗跳。小姨怀不上孩子，那个男人恶狠狠地说没有孩子就换老婆。向来强势惯了的小姨哪受得了这种气，干脆就领了离婚证。小姨这些年一直一个人过，家庭聚会也极少参加，仿佛把自己和韦家隔在了两个世界里。

母亲最疼爱这个妹妹，周文曼知道。可这个妹妹在姐姐的葬礼上，却没有掉一滴眼泪。

4

温馨苑是龙城最早的拆迁小区，临江而建，里面100多户的住户大多都是在原来老骑楼街的邻居。平直的楼房，一

————————— 一匹被扯开了线头的布

栋栋整齐划一的排列，和骑楼比起来自然少了一些热闹。骑楼街的老住户们大多都已老去。像韦家这样的家庭很多，儿女长大了，出嫁了，外出工作了，最后都留下这里的房子出租给租户。

龙城是一个工业见长的城市，外来的人口多。工人们来了之后就要找地方落脚。温馨苑的房子房租便宜，地点也靠近市中心，在这里租房是划算的。

母亲去世后，周文曼就再也没有来过温馨苑。在她的脑子里有一道巨大的山丘，横亘在那一天和现在的记忆里。

这时，周文曼也为自己会出现在温馨苑感到不解。可能是刚刚看到了信娟小姨，又可能是因为母亲生命中最后的电话就是在这里打给周文曼的吧。

周文曼还记得电话那头的母亲说，我来把你外公外婆的东西收拾一下，新的租户说要把三个房间都要租下来。人看上去挺好的，夫妻俩带着一个上小学的女孩子，还有一个老太太。那时的周文曼不会想到，这会是母亲打给她的最后一通电话。正在失恋的她，每天都在单曲循环那首陈奕迅的《好久不见》。我来到你的城市，走过你来时的路，想象着没我的日子，你是怎样的孤独……

母亲是在走出温馨苑的小斜坡上摔倒的，等到远在北京的周文曼知道消息时，母亲已经成为一个消失的灵魂。

没有老房子的钥匙，此刻的周文曼只能在楼下徘徊了一会儿。这个寻常的三居室房子，似乎和那间处在黄土坡上的韦家老屋一样，已经陷入了前所未有的沉默中。

以前听母亲说，信娟小姨是外公韦忠良抱养的。小姨命苦，外婆因为难产，生了一个女儿还没有满月就夭折了，外公怕外婆伤心，就把家族三伯家里养不起的小姨抱养了过来。外婆还有奶水，一边喂养小姨，一边解开了自己女儿夭折的忧伤。瘦得像只小猫崽的小姨从老家被抱上来，在城里的韦家长大，信强大舅和母亲都把小姨当作自己亲妹妹。

周文曼慢慢走出温馨苑，走到了母亲摔跤的那个斜坡。这个坡因为年久失修，路面变得凹凸不平，上面还有一些潮湿的青苔。周文曼曾经想过母亲躺在这里的时候，三月的夜里会不会感到冷。

还是去找信娟小姨说清楚，房子我不同意卖。周文曼对自己说。

小姨的家安在离市中心很远的石柳路，周文曼凭着记忆找到了这个破旧的小区。给小姨打电话，过了许久她才接。

喂，小姨，我是阿曼。你现在在家吗？周文曼说。

阿曼啊，我还在外面忙着。信娟的语气一如既往的冷漠。

你大概什么时候能回来？周文曼问。

还没有这么快。怎么了？

我想见见你。和你谈谈关于房子的事情。周文曼说。

你不是不同意卖房子吗？信娟说。

小姨，我想听听你的心里话。周文曼说。

等到周文曼见到信娟小姨，已经是两个小时之后。小姨从一辆公交车上走下来，身上仿佛有疲惫笼罩在头顶。肩膀还是向右倾斜着，这一刻，周文曼发现小姨也老了。

我房子小，又乱，在外面谈吧。信娟说。

那我请小姨吃饭吧。周文曼说。

石柳路沿街都是小饭馆，两人随意地走进了一家。点了两个菜，两瓶酒。周文曼记忆里从来没有和小姨单独喝过酒。

信娟小姨喝酒的动作很娴熟，她仰起头咕噜喝了一口啤酒，放下酒杯说，你想说什么？阿曼。

小姨，我也不拐弯抹角了。外公外婆只留下这一间房子。这房子在，韦家就在。我妈还活着的时候，一直跟我说，韦家就靠这间房子了。你为什么一直坚持要卖掉房子呢？周文曼问。

阿曼，我有我的考虑。你可能不知道什么苦，毕竟你们这一代人，要好很多……信娟说。

苦？大家都有自己的理解吧。哪一个人没有苦过呢？周文曼说。

阿曼，你可能不知道一些事情，也可能你妈偷偷告诉过你。我其实有过一个小孩。我记得当时我挺着大肚子，连弯腰的力气都没有。我一边吃一边吐，一边吐一边吃。我这么辛苦生出来的孩子。他……他居然就这么……走了。这太不公平了。为什么是我的孩子？为什么偏偏是我的孩子会这样可怜？阿天是个好人，我没有想到他会去贩毒。他为什么要去做这种伤天害理的事？信娟小姨的脸抽搐起来，她真的是一个无助的老妇人。

小姨，我妈告诉过我一些。不管怎样，这些都是过去的事了。人要往前看。周文曼没生过孩子，但她能理解一个十月怀胎最后生出一个死婴的母亲内心的绝望。

阿曼，我不甘心。你外公外婆对我是很好，我也知道我不是韦家亲生的。可是，我过不去心里那道坎。信娟说。

小姨，你的孩子这件事，不是韦家造成的。每个人可能遇到的事情，都不是他自己能够选择的。周文曼试图安慰小姨。

如果阿天不去跑运输，也许就不会去贩毒。如果阿天不贩毒，他就不会被抓到牢里。如果他还在我身边，我就不会一直哭，整夜整夜睡不着。如果我不是这么崩溃，也许我的孩子就能发育正常，他就不会死。信娟的嘴角沉下来，眼里充满了恍惚的悲伤。

小姨，如果的事情有很多，就像如果我妈那天不去温馨苑收拾老房子，会不会就不会出事？可是，这个世界上没有如果……周文曼想起了母亲倒下的那个斜坡，下雨的时候，旁边会有空调滴水的痕迹，还有潮湿的青苔。

阿曼，我知道你心里一定怨恨我。你肯定以为我没有良心。你妈对我最好，从小到大都是。我躺在产床的时候，是你妈帮我把孩子抱去埋了的。她说她的手也在抖，心一直疼。我和那个死鬼老公陈莽打架，手都抬不起来，是你妈帮我去拿的药。我怎么会不难过？但是，我不想哭。你妈不喜欢我软弱。信娟的眼睛没有望向周文曼，而是转向了窗外的黑夜。

　　　　　　　　　　　　一匹被扯开了线头的布

小姨，我妈说过，她最放心不下的人是你。外公外婆的老房子，就是韦家的根。以前外公也跟我说，一家人，就是要和和气气的，这比什么都重要。现在大舅走了，我妈也走了。剩下我和诚辉两个小的。如果老房子卖掉了，我们以后连一个念想都没有了。周文曼用最温柔的语气，在劝说着信娟小姨。

阿曼，有些话我说不出口，我希望你能理解我。小姨说。

周文曼不知道小姨的心里到底在盘算什么，因为这个从小在她身边像个骄傲的斗士的女人，此刻显得这么苍老。

和信娟小姨的对话，就这样不欢而散。周文曼看着小姨走进了那个墙上充满着各种小广告的巷子，街道旁的大音响正在竭尽全力地呼喊着，9块9，清仓大甩卖，跳楼价，错过要等十年。一种失望像被灌进鼻孔的冷风从周文曼的身上弥漫开去。

周文曼不会刻意去记住时间，在她的感知里，时间是有图像的。比如此刻的小巷，比如那天母亲倒下的斜坡，比如分手后宿醉的某个清晨。

平淡的七月过去了，周文曼被父亲周昱电话催着去相亲，三十五岁的人了，还要挑到什么时候？再老一点儿，连做门卫的老公都找不到。以后，你总要找一个能帮着插氧气管的人吧？电话那头，父亲的唠叨继续着。

爸，你不用操心这么多。我自己的事情，自己有数。周文曼说。

我不操心，谁操心？你妈要是知道你现在这个样子，也放不下心……周昱说。

不用太担心了，我妈向来都最支持我。她才不希望我过得不开心呢。我现在工作稳定，生活有保障，自由自在，我没必要改变现在的生活。周文曼说。

周昱是个很现实的人，周文曼太了解自己父亲的性格。不想和周昱说太多，周文曼赶快扯离了话题。爸，小姨说要卖掉外公外婆的房子。你怎么看？

这个事情，你小姨之前也和你妈说过。你妈向来是个和善的人。周昱说。

小姨太过分了吧，为什么要把韦家的念想都卖掉呢？周文曼说。

大人的事情，小孩子不懂也是正常的。总之，如果她真的坚持，你就退一步吧。你妈最疼她了。周昱说。

我妈最疼她，可为什么她对我妈却没有这么好？周文曼问。

这种事情，说不清楚的。韦家的事情，总归也要由他们韦家的人自己决定。周昱说。

韦家人？诚辉算不算韦家人？周文曼问。

诚辉，他的性子你知道，从来不管事。阿曼，你就不要纠结了。周昱说。

我不是纠结，我是想要一个理由。周文曼说。

周文曼觉得自己好像一头被关进玻璃缸里的鱼，水干了，她想呼吸却找不到空气。

韦诚辉的螺蛳粉店开在了他家门口的路边，辉记螺蛳粉的招牌不大，被几个廉价的彩灯装饰着。在夜晚降临的时候，这些灯会亮起来，闪烁在黑夜里。诚辉在店里殷勤地招呼着客人。周文曼刚进去，诚辉还没有认出来。等到周文曼走到他跟前了，他才发现是表姐来了。

阿曼姐，你今天不忙啊？诚辉说。

忙也要来找你。周文曼说。

来一碗招牌干捞螺蛳粉？诚辉说。

那是肯定要的。我特地空着肚子来的。周文曼说。

阿曼姐，你空着肚子，又能吃多少碗？放心，吃不垮我的店。诚辉说。诚辉留着络腮胡子，小肚腩像一个铺开的小桌板，上面放着腻乎乎的岁月。

你要减点肥了，年纪大了要注意。周文曼说。

天天喝酒，哪能减肥？诚辉说。

喝这么多酒，不要命了？周文曼说。

什么命不命的？想这么多也没用。诚辉说。

小姨说要卖外公的房子，她说你同意了。周文曼说。

阿曼姐，这个事情，我真的觉得无所谓。你说那个老房子，现在也没有人去住。之前租给外地人，一个月还有点租金。这几年，小姨没有再把房子租出去了。其实，放着也是放着。不就是个房子吗？诚辉说。

是什么时候开始不租房子的？周文曼说。

你妈走了之后，小姨就跟我说，不要租了。那时你还在北京没有回来。诚辉说。

那也有一段时间了。小姨是对韦家有什么意见吗？周文曼说。

有没有意见我不知道。之前，我听我妈说过，我爸和信柳姑妈最疼她。唉，谁知道……人心总是难预料的……诚辉把眉毛往上抬了抬，无奈地说。虽然刻意留了一脸络腮胡，他看起来还是像个愣头青。

小姨也是个苦命人。周文曼说。

以前，其实她还经常来看我爸的。我妈想留她吃饭，她总是匆匆来了，又匆匆地走。诚辉说。

她的性子，谁都拗不过。周文曼说。

这一点，还真像韦家人。诚辉说。

吃完一碗加了鸭脚和卤蛋的螺蛳粉，周文曼和韦诚辉告别，开车回到了市区。龙城的街道和北方的比起来，不宽大却温婉。周文曼曾经在北京三月的夜晚，在后海那条胡同里，靠着坚硬冰冷的墙。呕吐，让她几乎无法站立，她的肚子仿佛经历了一场汽车拉力赛。酒精把她的嗅觉带走了，也带走了她的爱情。她跑到深夜的马路上，想要去看看那个再也看不见的背影。那一瞬间，她仿佛是个聋子，听不见身后刺耳的汽车刹车声。这个时候，她才突然感到北京的马路好像新疆库木库里沙漠一样宽广，她什么都听不见，包括自己的心跳。

没什么不可以忘记，代价是让自己的心彻底沉默。周文曼对自己说。

这样的沉默，小姨大概也有吧。周文曼望着街口等待红

————————— 一匹被扯开了线头的布

绿灯的行人，脑中突然闪出这样的念头。

此刻，信娟小姨正在温馨苑的老房子里。朝北的客厅有些幽暗，没开灯。她面对着挂在墙上的黑框照片，用手掌把烛台溢出来的香灰抹掉。这个低垂着眼的女人，对着空气喃喃自语：爸，妈，如果信强哥不给阿天介绍拉货跑车的工作，也许阿天就不会去贩毒。阿天要是还在，我们的儿子可能已经要上大学了。每次看到阿曼，我都会想，要是我儿子还在，他会不会像阿曼那样上大学？还有，信柳姐，不是我故意惹她生气的。谁知道，要来租房子的那家人，就是阿天他妹妹呢？那个老太太一见到我，就让我滚。好，我滚，我跑出来。我没想到，信柳姐也跟着出来，那个斜坡、那个斜坡会那么滑。我……我真的不是故意的。我真的……不是故意的。信娟的声音颤抖着，慢慢地，变成无声的抽泣。

透过窗子，夕阳的冷光慢慢地投射到了许久未打扫的地板上，一片荒凉……

后记

记得是一个暮春的下午，我在龙城路的一个转角，看到一位戴着礼帽的老人坐在奶茶店门口的台阶上，他旁若无人地在拉小提琴。行人如织，没有谁在意他。犹豫许久，我还是忍不住，在他面前停下来。他没有看我，或者说他根本不在乎我。对他来说，我这样一个陌生人，在他的琴声里，可能也没有太大的意义。

我没走，他的琴声也没停。两个人就这样，似乎在喧闹的街头，完成了一个庄重的仪式，有关心灵，无关功利。

很多朋友问我，写作的意义是什么？

我很难用具体的语言去描述这个问题的答案。

在我看来，写作和阅读都是一件非常私密的事情。它们都适合在宁静的夜晚，让自己的思想找到一处神秘的归处。热闹不是不好，只是会少很多真实。人一旦在外人面前，总难免会端起架子，装点文艺。只有写作和阅读，是完全属于自己的领域。它们能够提醒我，我是真实地活着。

我喜欢观察，也喜欢在不同的人群中去发现。我对我生命中遇到的每一个陌生人，都有一种天然的好奇。也许他们就构成了我生命的过程。当我打算要写点什么的时候，我的脑海里会不自觉地出现他们和她们。

时代是由每一个个体的命运组成的，我身处的土地上有很多平凡而普通的人。我并不认为，谁注定是高贵的，谁又注定是卑微的。当我把视线投向这个时代时，我发现每一个个体都有它们存在的意义。当故事开始叙写，他们便自然拥有了他们独特的灵魂。米粉店小弟、失独老人、戏子、女守墓人、老知青、美甲师、保安、快递小哥等等，这些鲜活的个体沉浮于世，各有价值。

对于过去，也许我没有经历过全部，可是从那些真实的细节里，我仿佛能够触摸消逝的时间。这些真实的细节，是那些个体留给我的暗号。在虚拟和现实之间，我试图找到一个解开暗号的密码。这个密码连通着死亡和活着，连通着我和另一个诗性的我。

人因为拥有诗性而勇敢。我时常在苦痛面前，用这句话来慰藉自己。海德格尔反复吟诵的荷尔德林的名句"人诗意地栖居"，小时候只懂其句，不懂其义。到如今，是越发清晰地明白其中的坚韧与可贵。当人的内心留有一处高地存放着诗性的时候，人生的苦痛可能会显得没有那么残酷。

人不是刻意为了伟大而活着的。人活着的意义，也许是为了经历、寻找与和解。我们可以面对生命，但不必对它报以过多的期望。因为生命本身，就是消解与重构。

　　我真正开始纯文学写作的时间，其实还不长。从散文诗歌到小说，我努力地抓住每一个从我脑中闪过的句子，发自内心地去爱它们。它们仿佛生来就出现在这里，我做的，不过是把那些文字记录下来，让它们长成它们自己的样子。它们不属于我，它们属于它们自己。甚至有时候，我把自己当作了句子的本身，发出了梦幻般的呓语。

　　过去五年，我更真切地体会了生死与人性，也比从前任何一刻都更相信真诚与善良。

　　得到与失去，从来不是对立。在文学构建的世界里，我可以拥有真实的力量。

　　那么，就这样写下去……

2023 年 6 月于龙城